유 금 호 소 설 집

뉴기니에서 온 편지

도서출판
이유

유금호 소설집

뉴기니에서 온 편지

ⓒ 유금호

엮은이 | 유금호
펴낸이 | 김래수

초판 인쇄 | 2007 년 2월 21일
초판 발행 | 2007 년 2월 26일

기획 · 편집 책임 | 정숙미

펴낸 곳 | 도서출판 이유
주소 | 서울특별시 동작구 상도1동 780-2 종현빌딩 3층
전화 | 02-812-7217   **팩스** | 02-812-7218
E-mail | eupub@hanafos.com
출판등록 | 2000. 1. 4 제20-358호

ISBN 978-89-89703-77-8 03810

이 책에 실린 글과 사진의 저작권은
『도서출판 이유』에 있습니다.

뉴기니에서 온 편지

아궁이에 책으로 불을 지피며……

지난 해 7월은 내내 비가 쏟아졌습니다.
몇십 년만의 호우라고 넘쳐나는 흙탕물과 수해 피해 소식만 뉴스에서
계속되는 날들이었습니다.

지난 여름은 많은 시간을 호우경보를 들으며 양평 산골짜기에 머물러
있었습니다.
한때 화전민들이 거주했던 강원도 접경의 산골짜기에 여러 해 전 땅을
조금 마련해 두어서 쓰러지려는 낡은 시골집을 조금 손보고, 마당 한쪽
에 상추와 아욱, 토마토와 감자를 심어 놓고 툇마루에 앉아 자주 골짜기
를 덮는 물안개와 빗줄기를 바라보았습니다.
그 빗줄기 속으로 봄에 부화한 꾀꼬리 새끼들이 아직 노래를 배우지 못
해 까마귀같이 꽥꽥거리며 마당을 가로질러 날아가고, 빗속에서도 자
귀나무의 분홍꽃술에 산호랑나비와 긴꼬리제비나비가 날아드는 것이
보입니다.
구들장 놓은 방의 큰 무쇠솥 걸린 아궁이에 불을 지피며 연기와 타오르
는 벌건 불꽃을 바라보면서 유년과 치기 어린 젊은 날의 기억들을 반추
하곤 했습니다.
지나 버린 시간들에는 원근법이 없습니다.

파편화된 기억들이 시간의 순서와 관계없이 실제와 환영, 기억과 상상

속에 혼재해 있는 동안에도 비는 등 뒤로 억세게 퍼부었습니다.

수리를 하느라 문짝을 떼어 놓은 구들장 놓은 방에 산에서 너구리가 내려와 밤에 자고 가기도 했습니다. 곧장 국유림으로 이어지는 산골은 밤이 일찍 찾아와서 아궁이의 불빛만 남겨 놓고 주위를 까맣게 덮어 버립니다. 날마다 쏟아 붓는 빗줄기로 나무들이 젖어서 나는 산골집에 옮겨 놓았던 오래된 책들을 나뭇가지 대신 아궁이에 넣었습니다. 한때는 내게 인연으로 다가왔을 책들이지만 다시 뒤져볼 일도, 보관의 의미도 없는 책들을 그렇게 아궁이에 밀어 넣으며 나는 훌짝거리며 혼자 소주를 마셨습니다.

타들어가는 책마다 불꽃 색깔이 조금씩 다른 것을 지켜보면서 나는 아득한 꿈길 속으로 들어갑니다.

나는 훨훨 타들어가는 불길의 혓바닥 속에서 기억의 조각들이 우쭐거리며 살아나는 것을 봅니다. 엉뚱하게 지구 반대편, 마추픽추 산정의 무너진 돌담도, 치첸이사 마야의 석주들도, 두 해 전 여름에 찾아갔던 노르웨이 북단의 그 아득한 백야와 전설로 남은 그 곳 바이킹의 장례식 광경도 살아납니다.

그러다 한순간 아득한 세월의 저편, 몇백 년, 몇천 년 전, 문명 이전의 과거 속으로 잠시 달려가기도 합니다.

행복하다는 것이 무엇일까요? 사랑한다는 것은 또 어떤 의미일까요.

소설이라는 것이 어떤 의미를 가진 것일까요.

40년을 머물렀던 교직을, 그 중에서 21년을 머물렀던 목포를 이번 봄이면 떠납니다.
떠나는 것이 아니고 새로운 여정을 위해 배낭을 꾸립니다.

〈도서출판 이유〉의 정숙미 실장이 내 소설 중에서 여행에 관련된 내 꿈의 일부를 확인했다고 합니다.
이번 책은 정실장이 내가 빗소리를 들으며 아궁이에 책을 집어 넣고 있는 동안 내 꿈의 조각들을 찾아내어 퍼즐 게임을 하듯 묶어낸 것입니다.
다행히 몇몇 독자도 내가 꾸는 꿈에 잠시의 동참이 있을 수 있다면 행복하겠습니다.

2007년 신춘에
양평의 금왕산방에서

유금호 소설집

뉴기니에서 온 편지

차 례

즐문(櫛文)마을 기행

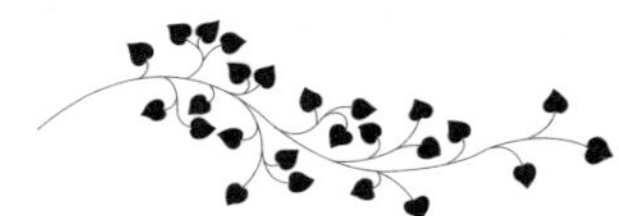

1
.....

"이 무늬를 보게. 생선 뼈 같은 걸로 그렸겠지? 아마."

안고 있던 흙빛 토기 한 점을 탁자 위에 내려놓으며 K교수는 상기된 얼굴로 나를 바라보았다.

"암사동(岩寺洞) 선사시대 주거지에서 나온 것 중 하난데, 비교적 잘 생겼어. 그렇게 생각지 않나? …… 그런데 이 암사동 즐문(櫛文)토기가 요령성(遼寧省)에서 발굴된 것들과 거의 구별이 안 되는 거야. 북방계 몽골리언들의 이동 경로를 이걸로 설명하는 동료들도 있는데, 난 그렇게 생각지를 않아……."

높이가 30cm쯤. 붉은 색 도는 조잡한 항아리 모양의 토기 겉면은 단순한 빗살무늬가 빙 둘러 파여 있었다.

여러 종류의 토기, 석등(石燈), 석도(石刀) 들이 빼곡히 진열된 옛 은사의 방안은 내가 대학을 다닐 때와 달라져 보이지 않았다. 말하자면 시간이 이 연구실에서만은 그대로 머물러 있는 느낌이었다. 창밖으로 세월이 흐르고, 제자들이 나이가 들어가도 이 방안의 분위기는 10년 전이나, 5년 전이나 현재나 흘러가지 않고 그대로 정지되어 있는 것 같았다.

"자연 발생적인 것이라는 뜻이지. 아무런 교류 없이도 비슷한 시기에 다른 장소에서 비슷한 것들이 만들어졌다고 보는 거야."

대학 때 교양과목으로 K교수 과목을 수강한 인연으로 가끔 정년이 지난 노교수를 찾아오면서 느끼는 것은 시간이라는 것의 상대적 속도였다. 노교수가 정지된 시간 속에 머물러 있는 동안, 나는 가속도가 붙은 세속에 표류해 가고 있다는 자괴감이 드는 거였다.

"…… 우리가 시공 속에 머물러 있는 시간이라는 게, 사실은 한 찰나야……. 젊은 나이 때야 하루하루가 변화하고 생각도 달라지지만 우주의 역사까지는 그만두고라도 인류의 역사라는 게 우리들 60, 70년의 경험과 추리만으로는 그 추적이 불가능하거든. 그저 추론해 보는 거지……. 서로 아무런 교류가 있었을 것 같지 않은 미개 종족들이 남겨 놓은 유물들에서 발견되는 공통성, 흙으로 만든 그릇, 돌로 만든 사냥 기구, 죽음이나 성에 관련된 주술적인 상징물들을 보면 이상한 생각이 들어…….

미라를 만든 건 이집트인만이 아니거든. 엉뚱하게 남미 잉카족들의 미라를 보고 있으면 어느 쪽이 한 수 위인지 구별이 안 되지 않나? 그러다 보면 불교에서 말하는 윤회나 영겁 등의 사고방식이 훨씬 더 합리적일지도 모른다는 기분이 들기도 하고 말이야."

K교수와 마주앉아 원시 종교와 금기, 속죄 의식, 성과 생산에 대한 주술을 화제에 올리다 보면 한순간 현재라는 시간이 까마득히 물러나 버리고 무시간적 미분화의 공간에 갇혀 있는 기분이 들기도 한다.

고고학을 전공하지 않은 나 같은 제자를 노교수가 반겨주는 건 때로 K교수의 비현실적인 분위기를 나 역시 잠깐씩이나마 탐닉하고 있었기 때문일 수도 있을 것이다.

한반도 곳곳에서 발견된 공룡의 발자국에 대해서, 뱀에 대한 우리 인간들의 일반적인 혐오감에 대해서, 얼마 전 중국에서 발견된 새로운 날개 달린 조상새의 화석, 뉴질랜드의 날개 없는 키위새……, 프레이저, 융, 레비스트로스……. 그런 대화에 묻혀 있는 동안 나 역시 직장의 구조 조정이나, 중풍으로 쓰러진 아버지에 대해서도 잊어버릴 수 있었다.

신기한 것은 대학 때부터 10여 년 동안 가끔 마주앉는 K교수와의 대화에서 나 역시 한번도 가족이나 일상사를 화제에 올린 적이 없다는 점이었다.

기껏해야 일상적인 삶에 대한 이야기였을 뿐이었다.

"건강 괜찮으세요? 약주는 여전하시지요?"

"암…… 자네는 여전히 그 버릴 기(棄) 자(字), 기자 생활이지?"

"교수님, 전 버릴 기(棄) 자의 기자는 아니구요……."

"헛허허허, 되었어……. 언론계에 의인이 열 사람만 있어도 '소돔과 고모라'의 불 심판을 피할 수 있을 테니 안심일세……."

오래간만에 노교수와 해외 출장 때 들고 들어온 양주를 대작하며, 나는 세속의 때를 씻는 세례 의식을 치루는 기분이 되곤 한다.

그날 저녁의 K박사에게서는 더욱 비현실적인 분위기가 풍겨 나오고 있었다.

평소에도 그랬지만 그날 밤 K박사는 전등까지 끄고 작은 석등에 종이 심지 기름불을 켜 놓고 나를 맞았었다.

"박사님, 에너지 아끼시는 건가요?"

"우리가 말이야……. 언어나 무기, 문명이라고 부르는 것들 위에서 더 행복해졌다는 증거를 찾을 수가 없지 않겠나? 생각해 봐. 이런 그릇을 만들어 여기에 물고기나 짐승고기를 담아 먹었을 그 때가 지금보다 더 불행했다고 단언할 수는 없잖은가?"

연거푸 위스키를 비운 K박사는 나이와 상관없이 소년같이 유쾌해 보였다. 나 역시 몇 잔을 대작하면서 삶이란 게 그렇게 복잡한 것은 아니라는 나름대로의 기분에 젖어갔다.

"저도 그건 박사님께 동의합니다."

사실 나는 최근 직장생활에 극도의 피로감을 느끼고 있었다.

그 피곤함이 쉽게 K박사에게 동의를 하게 했을 것이다. 돌로 된 접시의 작은 종이 심지 불은 팍, 팍, 소리를 내었고, 가늘게 그을음을 올리고 있었다.

"해안이나 강안(江岸)에 반 움집을 짓고, 이런 빗살무늬토기를 빚으면서 그 때의 고대인들은 뭘 생각했을까. 이데올로기, 전쟁, 탈세…… 적어도 그런 것을 생각하지는 않았을 것 아닌가? 중국 심양(瀋陽)에 가면 그쪽의 선사 유적지로 신락인(新樂人) 유적지가 있어. 그럴 듯하게 복원해서 관광 수입도 올리고 하는데, 그쪽에 출장 갈 일이 있으면 잠깐 들러보게나. 지금 기준으로의 국경 같은 건 없었겠지만, 신기한 건 이 곳 한반도에서 발견되고 추론되는 삶의 양식과 그 곳의 공통성이야. 더구나 거기서 발견되는 이 즐문토기 양식은 구별이 힘들어. 기껏해야 그 사람들 날씨 걱정, 사냥 걱정을 했을 생활 패턴의 공통성의 결과가 아닐지……. 자네, 퍽 피곤해 뵈는군.”

“예, 죄송합니다. 사실…….”

“과로야.”

“언론계도 요새는 숨이 막힙니다.”

“그래도 학생 때의 꿈을 이룬 셈 아닌가?”

“이라크전이 진행중일 때는 그 현장에 갔었습니다. 인도지나와 베트남에도 갔었구요. 베트남에서는 월남전 때 우리 군인들이 뿌린 한국인 2세 문제도 취재를 했습니다.”

“…….”

“그런데 점점 제가 살고 있는 방식이 뭔가 잘못 생각한 것 같은 기분이 들곤 해서요.”

“인생은 멈춰서서 되돌아볼 시점이 필요하지. 아마 그 시기가 된 것 같구먼. 그래도 절망은 아직 일러…….”

K박사는 천천히 방안에 진열되어 있는 유물들 쪽으로 눈길을

주었다.

일생을 유적과 유물에만 관심을 두고 살아온 노박사의 모습이 오늘밤은 어쩐지 더 평화롭고 위대해 보였다.

"하던 일을 좀 쉬어야 할까 봐요."

사건과 사건을 쫓아 쉴 틈 없이 내달려야 하는 기자라는 직업. 그것도 일간지의 사회부 기자. 모처럼 휴가가 주어졌을 때 나는 거의 무의식적으로 K박사의 연구실로 행선지를 잡아 버렸다.

"이걸 봐. 적어도 오천 년의 세월이야. 현장만 쫓아다니는 기자에겐 좀 생경하겠지만……."

K박사는 그 즐문토기를 무릎께로 끌어올리며 중얼거렸다.

허름한 한복과 희끗희끗한 머리칼이 종이 심지의 기름 불빛에 조화되어 그날 저녁 방안은 꿈속 같은 분위기에 휘감겨 있었다.

"도리어 류조[鳥居龍藏]나 미카미 쓰기오[三上次男] 같은 친구는 유문토기라는 말을 썼지. 이 친구들은 이 즐문토기를 러시아 북부 카레리아(Karelia) 지방에서 발생한 것으로 보거든……. 그러나 난 그렇게 생각하질 않아. 동시대에 여러 곳에서 만들어졌을 거라는 추측이지……. 우리 나라도 구석기시대부터 인류가 살아왔음이 확실시되고 있으니까."

"그 때는 죽음의 관념도 달랐겠지요? 박사님."

"죽음이라……?"

"킬링필드를 취재하면서 그 해골더미로 만든 지도 앞에서 한참 그 생각을 했습니다. 이제 사람들은 자기 죽음 외에는 무관심해가고 있는 게 아닌가 하고요……."

"술은 그만하고, 이제…… 우리 차를 한 잔씩 하지. 즐문마을 찻잎을 끓여서…… , 헛허허…….”

K박사는 전기난로 위에 그 작은 즐문토기 한 점을 올려놓고 물을 부었다.

"화로에 끓여야 제격이겠지만, 아쉬운 대로 이렇게 하세.”

역시 신석기시대의 유물로 보이는 선반 위의 토기에서 한 줌 차를 꺼내 즐문토기에 집어넣으며, K박사는 개구쟁이 아이같이 장난스러운 얼굴이 되었다.

"박사님을 뵈면 마음이 아주 편해져요.”

"아직 꿈을 먹으니까……. 이 나뭇잎이 무슨 식물의 잎인지, 어떤 식으로 식용을 했는지…… 그건 나도 모르겠어. 암사동 주거지를 발굴했을 때 그릇 속에 담겨 있던 거야. 대개는 완전히 탄화(炭火)되어 까맣게 굳어 있는 수수나 조 같은 곡물이었는데……. 이 마른 잎이 귀중하게 같이 보관되어 있었거든.”

"그럼 이게 당시의 나뭇잎인가요?”

"곡물들과 같이 들어 있었던 걸로 보아 식용은 분명해. 분석 결과 독성은 없고, 약간의 타닌과 카페인이 검출되었다는군.”

"삶이란 게 사실 아주 단순한 게 아닌가 하는 그런 생각을 최근 자꾸 했습니다. 문명의 발달이란 게 인류의 행복에 기여한 것인가 하는 회의도 들고요.”

"그건 이미 레비스트로스가 간파한 거야.”

"죄송합니다.”

작은 토기는 열을 계속 받자 붉던 빛깔이 조금 더 진해진 느낌이었고, 종이를 덮은 주둥이 쪽에서는 은은한 향기를 지닌 수증기가 올라오고 있었다.

"이상해. 당시 사람들도 차를 끓여 먹었는지 말이야, 이 나뭇잎은 오늘날의 찻잎과 거의 같은 성분을 지니고 있고……. 특별한 의식(儀式) 때 이걸 끓여 먹었는지……?"

신석기시대 질그릇에, 신석기시대의 차를 돌도끼며, 돌칼들이 늘어 놓인 방안에서 기름 심지의 불을 밝히고 마신다는 생각에 갑자기 나도 한순간 어린 시절로 되돌아간 듯한 기분이 들었다.

"박사님, 어째 좀 으스스한데요."

"허, 그래? 이왕이면 분위기를 조금 더 살리는 게 좋겠는데……. 안 그런가?"

동네 골목대장 같은 얼굴로 벽장문을 연 노교수는 짐승 털로 얼기설기 꿰맨 조끼 모양의 웃옷, 옷이라기보다 가죽뭉치 둘을 꺼냈다.

"이거 상당히 고심한 거야."

"박사님이 직접 만드신 겁니까?"

"…… 거야, 뻔하지. 마누라나 딸년이 보았다간 119에 신고라도 할 거 같아 많이 마음 졸인 작품일세……. 이거 한 달은 걸렸을 걸. 이 방은 식구들이 아예 얼씬을 안 해주어서 그래도 그 안에 끝낸 거야……."

"바느질 솜씨는 없으신 편이군요. 한번 입어 볼까요?"

어렸을 때 아버지 양복을 몰래 입어보고 킬킬거렸던 기분으로. 웃옷을 벗고 그 하나를 걸쳤다.

"허, 좋군. 그래. 썩 어울려. 정말 어울린다니까…….”

취기때문이었겠지만 K박사도 장난스레 그 가죽옷을 걸쳤다.

"사모님이 보셨으면 좋겠군요. 이게 무슨 가죽인가요?”

"토종 삽살개 있지? 그 삽살개 가죽이야. 왜……?”

"자꾸 개 냄새가 나는 듯싶어서요……. 원시적 가공법을 쓴 거니까 냄새가 날 거야. 지난 여름 그놈 가죽을 구하느라고 보신탕집깨나 싸돌아다녔지. 그걸 이 방안까지 몰래 반입해서 꿰매느라고, 말 말게……. 헛허허.”

K박사의 모습이 하도 그럴 듯해서 거울이 있었으면 나도 내 모습을 한번 비쳐보았으면 싶어 두리번거렸으나 그 방안에는 거울이 없었다.

"아주 칼까지 하나씩 찰까요?”

"자네, 전공 바꿔도 되겠는 걸.”

박사는 껄껄거리면서 성큼 선반 쪽으로 갔다. 나는 돌칼 하나를, K박사는 돌도끼를 허리에 끼우고 나니 우리는 완전히 그림 속에서 보던 원시인의 모습이었다.

"이렇게 하고 거리에 나가면 곧바로 정신병원에 집어넣겠지?”

"신문기자들깨나 몰려들겠죠.”

"꿈이란 게 얼마나 좋아?”

"차가 끓는 것 같군요.”

"이건 굉장한 향긴데…….”

끓고 있는 차 향기는 한번도 맡아보지 못한 미묘하고 은은한 냄새였다. 멀리서 맡는 커피 냄새 같은가 하면 자스민 향기……,

코카 향기…… 무엇이라 끄집어 표현할 길 없는 향기가 방안을 은은하게 감돌고 있었다.

"앙코르 와트 사원에서 커피를 마신 적이 있었는데요. 인스턴트였는데도 분위기 때문이었는지 보통 커피 향하고는 영 다른 향이 났던 게 잊혀지지 않습니다."

"글쎄, 이건 아무래도 처음 맡은 향기 같잖나?"

"도무지 이해가 안 되는 그런 냄새군요."

전기 스위치를 빼고 K박사는 작은 토기 두 개에다 조심해서 끓인 차를 따랐다. 붉은 빛 도는 액체에서는 조금 전보다 더욱 신비롭고 은은한 냄새가 맴돌았다.

"들지. 꿈을 잊어가는 현대인을 동정하는 의미로……."

"삭막한 경쟁사회의 비정을 위로하는 뜻으로……, 그럼 들죠."

우린 찻잔을 부딪쳤다. 은밀한 공모의 전율이 전신으로 흘러갔다. CNN 뉴스, 노사 분규……, 데모대, 성명전, 증권, 정치, 그 비리와 배신……, 넘쳐나는 정보 속의 익사 사태……, 광고의 소음……. 그 모든 것이 잠시 우리에게서 멀어지고 정지되며, 몇천 년 세월을 거슬러 신비한 바람 소리가 귓가를 달려가고 있었다.

한 모금 액체가 혀와 목을 적셨을 때, 나는 은밀하고 포근한 꿈속에 누운 기분이 되었다.

'아아, 굉장한 향기다.'

나는 향기로운 액체를 꿀꺽 넘기면서 눈을 감았다.

"이상한 기분인데요. 교수님. 이 차 맛."

가슴과 뱃속을 지나 써늘한 전율이 척추를 타고 전신에 퍼져

들었다. 그리고 다음 순간 그 전율이 반짝반짝 불꽃을 튕기면서, 활활 타오르더니 몸 전체를 파도처럼 출렁이며 감싸왔다.

"박사님. 아무래도 이 차가……, 박사님. 괜찮으세요?"

"나도 이상한 기분인데, 이 차가 아무래도……. 자네 괜찮아?"

몸속으로 흘러든 액체가 신비로운 향기를 내뿜는 불꽃으로 변해 내 전신을 훑어내리면서 체험해 본 적 없는 전율이 의식의 가닥가닥을 굉장한 속도의 바람으로 흔들어 대기 시작했다. 순간 울부짖는 파도 소리와 천둥이 뒤섞인 폭우 속으로 온몸이 빨려 들면서, 나는 간신히 '박사님, 박사님……' 연거푸 노박사를 부르며 깊이를 알 수 없는 미궁 속으로 가라앉아 들어갔다.

K박사가 나를 부르고 있다고 어렴풋이 느끼면서, 나는 코끝이 아니라 전신을 휘감아 오르는 그 차 냄새 속으로 침전되어 갔다. 온몸이 작은 조각들로 산산이 해체되고 다시 조립되는 듯한 환각이 오더니 모든 게 안개였다. 아무것도 분별할 길 없이 안개가 휘감아 들었다. 천둥과 파도 소리가 들리면서 깊은 골짜기로 안개에 실려 가라앉아간다는 느낌이 왔다.

2

태풍과 파도 소리를 들으면서 잠시 나는 지극히 청량한 공기를 들이마셨다. 그리고 뒤이어 엉덩이에 심한 아픔이 왔지만 나는 깊은 수면 속으로 그대로 빠져들어, 오랜 시간 잠든 것 같았다. 시간이 얼마나 어떤 식으로 흘렀는지 심한 갈증 속에 눈을 떴다.

처음 후각을 파고든 것이 흙냄새였다.

"박사님, 어디 계세요?"

나는 간신히 입을 열었다. 열이 나면서 목이 탔다. 누가 내 이마를 짚고 있다고 느끼며 눈을 뜨자 내 시선에 처음 부딪친 것은 끝없이 깊고 맑은 눈이었다. 병원이라는 생각을 잠시 했고, 그러다 흙냄새 때문에 당황하여 몸을 일으켰다.

한 여자가 내 이마에 손을 짚고 있다가 나와 눈길이 부딪쳤다.

"어딥니까? 여기가."

내가 일어나려고 했을 때 맑은 눈의 주인공이 긴 머리칼을 흔들면서 무엇이라고 높게 소리쳤고, 그리고 뒤이어 여러 개의 시선이 내 얼굴 위에 쏟아져 내려왔다.

그들이 무슨 말인가를 주고받는 듯싶었다.

신문사 퇴근, 커피 집…… 택시를 탔고, K박사의 방에서 차를 나누어 마신 일들……. K박사의 연출 무대에 아직 출연자로 내가 누워 있는 것 같아 다시 눈을 감고 상황을 나름대로 정리해 보았지만 전혀 사태의 내용이 정리가 되지 않았다.

모두 정확하게 기억되어 오는데도 내가 어디에 와 있는지는 전혀 짐작되지가 않았다.

일어나고 싶었는데 열이 있었고, 엉덩이 부분이 몹시 아팠다

"어디죠? 여기……."

갈증 속에서 중얼거리다가 어둠에 익숙해진 눈에 한쪽 벽에 무

질서하게 놓인 즐문토기들과 돌칼, 돌도끼, 돌절구…… 그리고 발밑에서 열을 내고 있는 노지(爐址)의 불길을 확인하고는 나는 가까스로 몸을 움직였다.

높고 맑은 소녀의 웃음소리가 들렸다.

남자 노인과 중년부부. 내 이마에 손을 얹고 있었던 소녀. 그들의 모습이 현실적으로 확인되어 왔을 때에야 내가 전혀 모르는 세계에 옮겨져 있다는 생각이 들었다.

"어디에요? 여긴."

그러나 그들은 내 말을 알아듣지 못하는 것 같았다.

영어, 일어, 중국어, 베트남어까지 생각나는 대로 중얼거려 보았지만 그들의 대화는 내가 전혀 알지 못하는 그 처음 맡았던 차향기 같은 미지의 것이었다.

"샨!"

노인이 소녀를 불렀다.

노인은 주먹 두어 개 크기의 돌멩이 위에 화살촉으로 무엇을 그리고 있다가 내 이마에 손을 짚었다.

샨이라고 표기했지만 그와 비슷한 발음이었을 뿐, 정확한 〈샨〉은 아니었다.

그녀가 토기에 냉수를 떠다 주었다. 이번엔 노인이 내게 누우라는 시늉을 했다. 나는 그 때야 내가 처음 맡은 흙냄새의 소재를 확인했다. 굳어서 매끈거렸지만 우린 모두 맨흙바닥에 있었다. 언젠가 K박사에게서 설명을 들은 적 있었던 반 움집, 그리고 노지(爐址), 갈대 지붕. 환각이라면 너무 사실적이고 분명하게 그것들이 눈에 들어왔다.

나는 급하게 손등을 꼬집었다. 아팠다.

나는 당황하여 일어나려 했지만 엉덩이 부근이 아파 일어나 앉을 수가 없었다. 그들의 웅얼거림 속에서 소녀의 웃음소리가 또다시 맑게 작은 공간을 흔들어 왔다.

나는 겨우 벽에 기대어 앉았다. 벽의 감촉은 짐승 가죽인 듯했다. 그리고 내 옷이 그들 가족의 복장이나 마찬가지인 사실을 새삼 발견했다. 그동안 얼만큼의 시간이 어떤 식으로 진행되었는지는 알 수 없었다.

'시계는 풀어 놓게. 우리가 지금 입고 있는 복장에는 어울리지 않는군.'

차를 마시기 전 K박사의 권유에 따라 벗어두었던 양복 호주머니에 시계를 넣었던 생각이 났다. 다리 쪽에 손이 갔다가 나는 다시 흠칫했다. 입고 있던 바지 대신 짐승 가죽이 꿰어 있지 않은가. 또다시 소녀가 높은 소리로 깔깔거리며 웃었다.

나는 비틀거리며 빛이 들어오는 입구 쪽으로 몸을 움직여 갔다. 순간 먼지 한 켜 없는 파란 하늘과 시리게 청량한 공기 속에 서너 채의 움집이 눈에 들어왔고, 그 움집 사이로 작은 강과 강둑에 쌓인 조개껍질 무더기들이 보였다.

'이럴 수가……'

나는 너무도 황당하여 다시 내 살을 비틀어 꼬집다가 눈을 감아 버렸다.

'눈을 다시 뜨면 아마 K박사의 연구실에 와 있으리라. 아니면 적어도 창살이 있는 어느 정신과 병동 안에 앉아 있으리라……. 아니라면……?'

급격한 공포감이 전신을 욱죄어 왔다.

또 잠이 들었던지 누가 어깨를 흔들었다. 낮고 맑은 웃음소리도 들렸다. 눈을 떴다. 여전히 조개껍질 무덤과 갈대 너머의 강, 맑고 높은 하늘, 몇 채의 움집. 그리고 젊은 여자가 내 어깨를 흔들고 있었다.

나는 신석기시대의 어느 지점에 완전히 이방인으로 버려져 있는 게 확실했다.

수수로 만든 죽과 메기처럼 생긴 생선구이로 저녁을 먹었다. 수수죽은 껄끄러워 목에 넘기기가 힘들었지만 생선구이는 맛있었다. 움집 한가운데에 구덩이를 파고 자갈을 깔아 불을 피웠는데, 거기에 생선을 얹어 구워낸 모양이었다.

그들은 나를 아주 친절하게 대했다. 특히 샨이라고 불리는 딸은 나를 위해 여러 가지로 신경을 쓰는 듯했다.

서서히 어둠이 오기 시작했을 때, 그들은 그 원형의 움집 안에서 발을 중심부 쪽으로 시계 바늘처럼 모으고 곧장 누워 버렸다.

어둠이 움집 안을 덮고, 노지의 불빛이 가물가물해지면서 나는 그네들의 잠든 숨소리와 가늘게 들려오는 물결 소리, 그리고 갈대지붕 위를 스치고 달리는 바람 소리를 들으며 견디기 힘든 불안에 빠지기 시작했다.

그리고 그 어둠과 정적을 비집고, 멀리서 달을 보고 울부짖는 짐승의 울음소리를 들었을 때 내가 지금 공간이동을 해온 것이 아니고, 공상영화에서나 가능한 시간을 여행해 왔다는 느낌이 왔다.

'아닐지도 몰라. 내가 눈을 뜨면 병원 베드 위에 눕혀져 있는 나를 중심으로 친구들이 몰려들어, 무슨 잠을 그렇게 자? 한 이틀 동안 의식이 없잖아? 과로 탓이야.'

그렇게 말할 듯도 싶었다.

그러나 그 집 식구들이 잠들어 있는 모습을 보면서 몸을 뒤척이던 내가 설핏 잠이 들었다가 눈을 떴을 때 다시 시작된 아침은 그 미지의 시간 속에 내가 옮겨져 있음을 사실로 확인시켰다.

잠이 깨었을 때 나는 혼자였다.

내 머리맡에 출입구가 뻥하게 뚫려 있었다. 돌을 놓아 계단을 만든 입구를 빠져 내가 밖으로 나왔을 때 그들은 지금 막 강 위로 솟아오르는 태양을 향해 꿇어 엎드려 있었다.

내가 나온 걸 알자 샨이 뛰어오더니, 나를 부축했다.

"괜찮아."

나도 그들이 하는 것처럼 무릎을 꿇었다. 샨도 내 곁에 꿇어앉았다.

그들은 태양을 향해 두 팔을 크게 벌려 두어 번씩 원을 그리고 절을 했다. 그 의식이 끝나자 그들 가족들은 모두 내 어깨를 두드리기도 하고 웃기도 하면서 나의 적응이 즐거운 얼굴들이었다. 그들의 표정에는 조금의 악의나 적의 같은 것을 찾아볼 수 없게 밝고 평화스러웠다.

남자가 강둑으로 나가 그물을 끌어올렸기 때문에, 나도 샨을 따라 자갈길을 내려갔다. 발바닥이 몹시 아팠다.

강 쪽에서 올려다보니 움집은 다섯 채였다. 강을 내려다보는 언덕 위에 땅을 1m쯤 파고 둘러가며 기둥을 세워 지붕을 덮은 집들이었다. 집 뒤로는 울창한 밀림이었고, 강 건너도 숲이었다. 그 숲 위로 바람이 꿈결처럼 흐르고 있었다.

발바닥이 아파 나는 잘 걸을 수가 없는데도 샨은 노루새끼같이 자갈밭을 뛰어 강 쪽으로 앞서 달려갔다. 나는 끌어올린 그물에 붙은 물고기들을 광주리에 담는 일을 거들어 주었다. 그들은 그것이 기쁜지, 뭐라고 중얼거리며 웃었다.

'얘기가 통할 수만 있었으면……. 다 좋으니까 지금 내가 있는 곳이 확실하게 어딘지만 알 수 있다면, 그럼 난 이 여행을 즐길 수도 있겠는데…….'

나는 심호흡을 하면서 그녀 샨의 머리카락에서 가늘게 빛 무늬를 이루는 태양 빛을 문득 아름답게 느끼고 있었다.

발바닥과 엉덩이가 얼얼한 외에는 온몸이 가벼웠다.

아침 식사가 어젯밤과 비슷하게 끝나자 아낙은 짐승 뼈로 된 바늘에 종류를 알 수 없는 가는 실을 꿰어 그물을 깁기 시작했고 노인과 남자는 활을 메고 나가 버렸다. 그들이 나가면서, 내게 뭐라고 얘기를 했지만 무슨 말인지 도무지 알아들을 수는 없었다.

그들이 나를 해치지 않을 거라는 사실만은 분명했다.

나는 밖으로 나와 햇빛, 나무 잎사귀, 자갈 하나하나가 내가 살던 세계에서 보았던 것과는 전혀 다른 분위기의 것임을 받아들여야 했다.

발부리를 조심하면서 나는 천천히 강 쪽으로 내려갔다. 한 떼의 물새가 후루룩 강 위에 내려앉더니 헤엄치기 시작했다.

손으로 강물을 움켜보았다. 시원했다. 나는 잊고 있었던 것처럼 웃옷을 벗고 얼굴을 씻었다. 무릎까지 물에 담그고 서자, 시간은아주 느릿느릿 움직여 갔다.

샨이 깡충깡충 뛰어왔다.

열여섯…… 혹 열여덟……, 나이를 구별해 낼 수는 없었으나 그녀는 퍽 예쁘고 싱싱한 느낌을 주는 소녀였다.

"샨!"

내가 자기 아버지를 흉내내어 그녀를 부르자, 그녀는 반가운 듯 머리를 젖히고 웃었다. 그러고는 손가락으로 나를 가리키고, 강가의 조개껍질 무더기를 가리켰다. 내가 의아한 얼굴을 하자, 그녀는 뛰어가서 조개껍질 위에 쓰러져 보였다.

"내가 거기에 그렇게 쓰러져 있었단 말이야?"

그녀가 고개를 끄덕였다.

샨은 의사가 통했음을 웃음으로 표현하더니, 걸치고 있던 옷들을 훌훌 팽개치고 풍덩 물속으로 뛰어들었다. 수영을 하기에는 찬물이었는데 그녀는 머리칼까지 흠씬 적시며 오리 떼 속으로 헤엄치기 시작했다. 그 모습이 한 마리 커다란 물고기처럼 보였다. 미끈한 그녀의 갈색빛 전라(全裸)의 모습이 햇빛 속에 드러났을 때 나는 고개를 돌렸다. 그녀는 내게 전혀 개의치 않는 듯 고개를 들어 머리의 물기를 털어내면서 깔깔거렸다. 맑은 공기와 햇빛 속에 선 그녀의 나상은 이상하게도 그 자연 속에 어색함 없이 동화되어 아름다운 한 그루 나무나 짐승 같은 느낌이었다.

돌아오는 길에서 나는 그녀에게서 풍기는 신선한 사과 냄새의 체취를 맡았다.

"내가 돌아갈 수 있다면 네 얘길 많이 쓸 거다. 하지만 내가 어디에 있는지 알 수가 있어야지. 모르겠어. 내가 죽어 있는 건지, 꿈을 꾸는 건지……."

남자들은 오전에 커다란 노루 한 마리를 잡아가지고 돌아왔다. 그의 아낙과 샨이 손뼉을 치며 뛰어갔기 때문에 나 역시 어정쩡하게 그들을 맞았다.

남자들은 아주 능숙하게 돌칼로 노루 가죽을 벗겨 나무 사이에 펴 말리고, 고기도 상당량을 얇게 썰어 긴 나뭇가지에 꿰어 말리는 거였다. 그들이 노루의 긴 어금니 두 개를 빼어 샨에게 주자, 그녀는 그 중 하나를 내게 주었다.

한순간 내가 이 곳에서 돌아가지 않고 계속 머물러야 할지도 모른다는 생각으로 엄습하던 불안이 노루고기를 모닥불에 구워 먹으면서부터 조금씩 편안해지는 느낌으로 변해왔다. 더구나 언덕 뒤 나무숲에서 야생의 대추나무와 사과나무를 보았을 때는 이 시공 속에 머문다 할지라도 적응할 수 있겠다는 기분이 들기도 했다.

'즐문(櫛文)마을!'

나 혼자 생각해 본 이름이었다. 매끈매끈한 흙바닥 한쪽에 누워 진해지는 어둠과 그 집 식구들의 코고는 소리를 들으며 나는 이 어둠이 물러가고 다시 아침이 될 때면 이 환상을 빠져 나가 현실에 돌아가 있을지 모른다는 기대를 하곤 했다. 동료들은 내가 이런 이야기를 하면 미쳤다고 하겠지. 믿질 않을 거야…….

'자넨 이틀 밤낮을 전혀 의식 없이 지냈어. 다들 얼마나 걱정을 했다고…….'

그러나 너무 확실하게 들려오는 강물 소리, 찢겨져 화끈거리는 발바닥의 고통, 그리고 저 화로의 불빛을 옆으로 받으며 잠들어 있는 소녀의 옆얼굴……. 어둠은 낮보다 더한 정적으로 온 집안을 감싸왔고, 새근거리며 잠든 소녀의 옆얼굴은 과실처럼 신선했다.

'이들은 그렇지. 구조 조정, 증권 파동, 노사 분규 따위에 신경을 쓰지 않지. K박사 말대로 날씨가 나쁜 것. 아마 그럴 거야. 날씨가 나쁜 것 정도……. 이들이 문명인보다 불행하다는 증거는 없어…….'

나는 그런 생각 속에서 천천히 잠이 들곤 했다.

누군가 코를 비틀고 있어서 후닥닥 눈을 떴다. 벌써 오래 전에 날이 샌 것 같았다.

"아, 샨!"

샨이 흰 이를 드러내며 웃었다. 그녀는 일찍 일어나 늦잠을 자고 있는 내 얼굴을 들여다보고 있었던 모양이었다. 발바닥이 몹시 따끔거리는 것뿐, 아침은 맑은 기분이었다. 집안은 그녀와 나뿐이었다. 내가 고개를 갸웃하며 물었다.

"아버지는……?"

그녀가 입구를 가리켰다.

"모두 나간 거야? 일찍 나갔군. 사냥이라도 나간 모양이지?"

그녀는 내 입놀림이 우스운지 까르륵 웃었다. 고개를 숙이고 웃었기 때문에 그녀의 가슴이 가죽옷 안에서 좌우로 흔들렸다.

그날 아침 식사는 삶은 물새알과 생선구이였다. 그녀가 요리를 만드는 동안 나는 지붕 틈 사이로 새어드는 가는 빛줄기와 벽을 빙 둘러놓은 짐승의 털가죽, 작은 돌절구들을 구경했다. 돌절구 속에는 수수알이 반 남아 담겨 있었다.

"이건 어디서 따온 거지?"

그녀가 뭐라고 얘기를 했지만, 알 수가 없었다.

내가 다시 그 수수알을 집어 들자 그녀가 멀리의 숲 쪽을 가리켰다. 나는 물고기 세 마리에 삶은 물새알 세 개를 먹고 물을 마셨다. 커피 생각이 났지만 어쩔 수 없는 일이었다.

식사가 끝났을 때 나는 용변이 마려워 그들이 하는 대로 작은 언덕을 넘어 억새풀밭을 들어갔다. 휴지가 없는 것이 생각났지만 바로 그 억새풀밭 아래로 흐르는 개울물이 있었다. 나는 거기 쭈그리고 앉아 뒤를 씻었다.

"이거야말로 일류 수세식 변소야."

나는 순간 기겁을 하며 일어섰다. 억새풀 저쪽에서 분명히 말소리가, 문명의 말소리가 들려왔기 때문이다.

아랫도리를 추스리며 허리를 펴는 노인. K박사도 나를 보자 말문이 막힌 듯 입만 쩍 벌리고 있었다.

"박사님도 여기 계셨군요."

"난…… 난, 나 혼자인 줄 알았네."

K박사의 눈시울이 금방 붉어졌고, 나도 노박사의 두 손을 쥔 채 나도 모르게 눈물을 흘리고 있었다.

"같이 왔었군. 다행이야……. 정말 다행이야……. 우리가 미친 것도 아니고……."

"교수님과 저, 지금……. 환각이 공유된 걸까요?"

"일종의 공동최면 상태에 빠져 있는 건지……. 글쎄…… 도무지 짐작이 안 가. 그 차를 마시고 나서 정신을 잃었으니까. 아마 시간 여행을 한 것 같아. 한 1만 년 전, 혹은 그보다 훨씬 더 오래 전으로……."

"그게 가능한 얘길까요?"

"설명할 수가 없잖은가? 우리가 살았던 현실 속에서는 나나 자네가 이미 죽은 걸로 처리되었는지도 모르겠고……."

"그러기야 하겠습니까? …… 돌아갈 수는 있겠지요?"

"방법을 모르겠어."

노박사는 잠시 침울한 얼굴이었다.

저쪽에서 의미를 알 수 없는 언어들이, 뭐라고 환성을 지르는 듯싶었다. 우린 긴장하여 그 자리에 쭈그리고 앉았다.

"몇백 리, 몇천 리를 공간적으로 이동해도 우리가 살던 곳으로
는 돌아가지 못해. 그건 확실해……. 뭔가 다른 방법, 1만 년을 달
려가는 방법밖에는……. 여기 친구들이 우릴 해치지는 않을 것
같은 느낌이니까 우선 다행이야. 현재로서는 그저 기다리는 수
밖에……. 기다리면서 생각하세. 우리가 같이 있는 걸 알면 어떨
지 모르니까. 매일 이 시간에 여기서 만나고……. 당분간 우리가
만나도 좋을지 안 되는지 모르잖나?"

"식사는 어떻게……?"

"난 염려 마. 대우가 그만이야. 자넨 부지런히 기사거리를 모으
게나."

"이걸 기사로 썼다가는 당장 정신병원으로 보낼 걸요. …… 우
선은 저도 편해요. 예쁜 딸도 있구요. 하지만……."

"조심하게……. 괜히……."

K박사는 내가 있는 곳과는 반대쪽으로 서둘러 사라졌다. 걸어
가면서도 박사는 몇 번이고 나를 뒤돌아보았다. 나는 그간의 불
안감이 얼만큼은 가신 기분이었다.

'K박사가 있지 않은가!'

도리어 호기심이 온몸을 스물스물 간질여 대기 시작했다.

나뭇잎 냄새로만 채워진 공기. 야생의 과실들…….

아아, 나는 소리라도 크게 지르고 싶은 충동이 일었다.

'그러나 언제 저들이 돌변하여 우리를 해칠지도……. 당분간
기다리는 거다. 포로로, 혹은 친구로 사육당하면서…….'

억새풀 사이로 들꿩들이 기어가고 있었다. 아주 느릿느릿…….

발바닥만 아프지 않다면 뛰어서라도 잡을 듯싶게 그것들은 아주 천천히 움직였다.

 내 용변 시간이 너무 늦어서였는지 억새풀밭 입구에 샨이 걱정스럽게 서 있다가 내가 나타나자 깡충 뛰며 반가워했다.

 겨우 2, 3일을 같이 지냈는데도, 우린 말이 서로 통하지 않았지만 아주 오래도록 같이 지내온 듯한 느낌이었다. 밤늦게까지 그녀의 잠든 얼굴을, 그 야성적인 평화로움을 지켜보아서일까.

 '그래, 네 포로라도 좋다. 당분간은……. 네 소유물이래도…….'

 우린 강가에 나가 몇 번 하던 대로 그녀 아버지와 노인이 건져내는 물고기들을 받아 긴 줄에 꿰었다. 나는 그 팔딱거리는 물고기의 붉은 아가미와 입을 꿰어 매는 작업에 몰두하면서 어느 순간은 나 역시 처음부터 이들 세계에서 살아온 듯한 잠시의 착각이 오기도 했다.

 '이대로 살아도 좋겠다. 다 잊어버리고, 이렇게 자연 속에서…….'

 그날 오후 그녀가 나를 손짓해 불렀으므로 나는 그녀를 따라 같이 숲에 들어갔다.

 나는 발바닥이 아파 빨리 걸을 수가 없었다. 그러나 그녀는 아주 빨리 달려가다가도 한참씩 나를 위해 기다려 주곤 했다. 지난 저녁 그녀는 이상한 듯이 내 발바닥을 만져보았다. 가냘프고 엷은 발바닥 피부가 그녀에게는 이해되지 않는 듯, 내 발바닥을 만지면서 고개를 여러 번 갸웃거렸다. 내가 얼굴을 찡그렸을 때에야 그녀는 좀 동정적인 눈을 하고 고개를 끄덕였다.

갈대밭이 오른쪽으로 길게 뻗어 있었고, 왼쪽은 무성한 잡목림이었다. 거기에 작은 사과를 단 야생 사과나무가 더러 섞여 바람에 흔들렸다.

"샤~안!"

나는 절름거리면서 그녀를 불렀다. 저만큼 갈대를 헤치고 그녀의 얼굴이 드러났다. 이를 내보이고 서 있는 그녀의 어깨 위로 바람이 그녀의 머리칼을 갈대꽃에 뒤섞여 흩날렸다. 발바닥이 몹시 따끔거렸지만 나는 용기를 내어 될 수 있으면 그녀가 서 있는 소나무 밑까지 빨리 뛰어가도록 노력했다. 신발 하나가 없을 때 이렇게도 나약해지는 자신이 참 어처구니없이 부끄러워졌다.

그녀는 커다란 소나무 아래 쭈그리고 앉아 소나무의 밑동 껍질을 돌칼로 벗겨내고 있었다.

"뭘 하는 거지?"

"……."

그녀가 웃었다.

"도대체 뭘 하는 거야?"

잔잔한 눈웃음을 지어보이며, 그녀는 고개만 끄덕였다. 할 수 없이 나도 돌칼을 들어 나무껍질을 벗기는 일을 도왔다. 그녀의 얼굴에 햇빛이 밝게 비쳤다. 그녀가 칼질을 멈추었을 때, 나도 손을 놓았다. 그녀가 까르륵 웃었다. 밝은 햇빛이 그녀의 갈색 피부

위로 부시게 쏟아져 내렸다. 갈색 피부이면서도 전혀 탁한 느낌이 없이 맑고 매끄러워 보이는 어깨와 팔, 그리고 단단해 보이는 다리, 그 위로 소나무의 수향(樹香)을 실은 바람이 스쳐 지나고 있었다.

껍질을 벗겨낸 소나무 밑동에서 송진이 찐득거리며 배나왔다. 송진이 배나오자 그녀는 돌칼로 그것을 긁어모으기 시작했다. 그녀의 이마에 작은 땀방울이 맺혔다.

"뭘 하는 거지?"

그녀의 눈이 내 발을 가리켰다. 발을 내밀었다. 갈라져서 피가 밴 발바닥 위에 그녀는 조심해서 그 송진을 문질러 발랐다. 간지러워서 내가 발을 빼내자 그녀가 또 까르륵거리며 웃었다.

"알았어. 내가 하지."

이번엔 내가 송진을 긁어 내었다.

"너도 바를래?"

그녀의 발을 눈짓했다. 고개를 흔들었다. 그녀의 발바닥은 몹시 두껍고 단단했다. 그녀가 다시 내 발바닥에 송진을 바르기 시작했다. 우린 상당히 오랫동안 거기 쭈그리고 앉아 긁어낸 송진을 내 발바닥에 두 겹, 세 겹, 네 겹, 두껍게 발랐다. 송진 바르기가 끝나자 그녀가 앞서 일어서서 오솔길을 걸어 들어갔다

잔뜩 송진이 발라진 발바닥은 걸으면서 흙과 먼지가 붙어서 두꺼운 껍질을 만드는 듯싶었다. 한결 걷기에 편했다.

숲속을 한참 걸어 들어왔을 때 그녀가 재빨리 작은 언덕을 뛰어 올라갔다.

거기엔 껍질 벗겨진 손목 굵기의 나무들이 허옇게 서 있었다. 그녀가 나를 손짓해 불렀다. 그리고는 능숙한 솜씨로 나무 밑동을 돌칼로 빙 도려내었다. 도려낸 다음 껍질을 위로 벗겨 올라갔는데 그것은 마치 삼(麻) 껍질처럼 위로 죽죽 벗겨져 올랐다.

"이걸로 실을 만드는군. 그물도 만들고……."

나도 다른 나무를 찾아 껍질을 벗겼다. 그녀는 재미있다는 듯 머리를 뒤로 젖히고 깔깔깔 웃었다. 그 얼굴 위로 햇빛이 희게 부딪쳐 부서졌다. 거의 한 아름 가까이 닥나무 껍질을 벗겨가지고 우리는 언덕을 내려왔다. 돌아오는 길에 갈대밭을 다시 지났는데 물오리들이 떼를 지어 갈대밭으로 숨어드는 게 보였다. 그녀의 눈이 반짝하고 빛을 냈다.

"오리를 잡자!"

내가 나무껍질을 가늘게 찢어 올가미를 만들었다. 내가 올가미를 만드는 모습을 그녀가 신기한 듯이 들여다보았다.

"네 아버지나 어머니가 만드는 올가미하고는 다를지도 모르지. 그러나 나도 어렸을 때 시골에서 이런 걸로 오리를 잡은 적이 있어."

그녀는 눈을 빛내며 내 손놀림을 지켜보고 있었다.

"샨! 네가 말이 통할 수 있다면 많은 것을 얘기해 줄 수 있겠는데……. 자동차, 빌딩, 비행기, 기선, 우주선, 컴퓨터, 인터넷……. 만약 너하고 내가 살던 곳에 갈 수 있다면 근사한 레스토랑에 널 한번쯤 데려갈 수도 있고……. 음악회나 연극 구경을 시켜줄 수도 있고……. 아니다……. 모르지, 그런 걸 얘기하다 보

면 핵무기, 전쟁, 정리 해고, 밀수, 인신매매, 사회 부조리…… 우
울한 단어와 풍경까지 전해주어야 할지……. 오리가 잡혔으면
좋겠다.”

언어의 공소성. 혼자 지껄이다가 입을 다물었다. 쓸쓸해 왔다.
그녀를 거기 앉혀 놓고 조심해서 갈대밭 속의 물가로 갔다. 이백
여 평 수초에 덮인 작은 호수 위에서 오리들이 날아오르지 않고
뒤뚱거리며 갈대밭으로 기어들었다. 나는 호수와 갈대밭 사이
에 올가미를 하나하나 늘어놓았다. 그 끝을 드문드문 서 있는 갈
대 밑동에 묶으면서…….

바람이 갈대 끝을 맞부딪쳐 사그락사그락 소리를 내었다. 내가
그녀 곁에 돌아왔을 때 그녀는 내가 하던 걸 흉내내어 여러 개의
올가미를 만들고 있었다.

“그만 둬. 저걸로도 충분해.”

그녀의 손놀림을 중지시키고, 그녀 곁 잔디 위에 길게 누웠다.
돌부리를 밟았는지 발바닥이 또 따끔거린다.

‘가죽 신발을 만들 수 있을 텐데…….’

다시 그녀 발을 보았다.

‘신발을 만들어 신겨주면…….’

그 때 호수 쪽에서 푸드득거리는 소리가 들렸다. 둘은 같이 뛰
어 일어났다.

우리가 숨을 몰아쉬며 다가갔을 때 오리들이 세 마리나 그 자
리에서 푸드득거리고 있었다. 순간, 그녀는 알아들을 수 없는 이
상한 소리를 지르면서 오리 한 마리를 움켜잡았다. 기쁨으로 상

기된 얼굴이 잠깐 의아스러운 듯 내게 향했다. 발바닥도 약한 바보 같은 녀석이 이런 건 어떻게 알았느냐는 놀라움이 그녀의 눈에 서려 있었다. 나머지 두 마리까지 날개를 묶어 건네주자 그녀 입은 귀밑까지 찢어졌다.

"그래, 네가 다 가져. 이런 멍청이 오리라면 하루에 열 마리, 스무 마리라도 잡겠다."

다시 올가미를 손질해 놓고 그녀 어깨에 팔을 돌렸다.

소나무 냄새 같은, 혹은 마른 가을 잔디 냄새 같은 그녀의 체취가 내 콧속으로 퍼져 들었다.

"난 아무도 못해 본 여행을 온 거야. 멋진 취재 여행을 말이야. 알았어?"

그 때 한두 번 얼굴을 마주친 적이 있는 청년 하나가 토끼 한 마리를 잡아들고 오다가 우리 앞에 멈추어 씩 웃어 보였다. 그러자 샨이 두 팔로 내 허리를 안아 보이면서 무슨 말인가를 하며 웃었다. 청년이 히죽 웃어 보이면서 내 어깨를 한 번 쓸더니 바쁘게 숲길을 뛰어 내려가 버렸다.

오리를 내가 잡은 걸 알자 식구들의 나에 대한 태도는 한결 신뢰를 보이는 듯했다. 그들은 내가 오래 전부터 그들과 더불어 한 식구로 살아왔던 것으로 착각하고 있는지도 몰랐다. 전혀 미지의 인물을 데려다 놓고 사실 그들은 처음부터 경계나 적의를 보인 적이 없었다. 다만 K박사가 사라진 쪽, 아마 그쪽에도 몇 집인가 이런 움집이 있을 성싶은데 그쪽으로는 전혀 가지 않는 게 이상했다. 그쪽에 사는 사람들 역시 내가 있는 쪽으로 오는 것을 보지 못했다. 아무래도 서로 뭔가 외면해야 할 깊은 터부가 깔려 있는 건지…….

나는 그 움집에서 그들이 먹는 것을 먹고 같이 자면서 그들에게 천천히 동화되어 가는 듯싶어졌다. 서로가 처음부터 그렇게 어울려 살아온 것 같은 착각이 오곤 했으니까.

K박사도 역시 비슷한 것 같았다. K박사는 애길 하지 않았지만 이 생활 자체를 박사는 느긋하게 즐겨가는 듯한 얼굴이었다. 아침에 만나는 K박사의 표정은 늘 밝고 평화로웠다.

"아마 가을인가 보죠? 지금."

"이 곳에 4계절이 있는지 아직은 알 수가 없잖은가? …… 그러나 문명의 발달이 사람들의 이동으로만 이루어지지 않는다는 사실이야. 비슷한 여건 위에서는 필요에 따라 자연 발생적으로 거의 비슷한 문명이 쌓여가 …… 내 생각이 맞은 거지."

"다시 레비스트로스인가요?"

K박사는 고개만 끄덕끄덕하며 오늘은 질그릇을 빚어야 한다며 바쁘게 사라져 버렸다.

당분간 두 사람이 같은 세계에서 살던 사이라는 걸 감추어 두는 게 좋겠다는 의견에 일치했기 때문에 우리는 아침 시간에만 여전히 조심해서 얼굴을 대했다.

그러던 어느 날이었다.

K박사가 잔뜩 상기한 얼굴로 숨 가쁘게 말했다.

"그 차(茶) 말이야."

"예?"

"우리가 마셨던 차. 그게 이 곳에 있어. 그걸 알아냈어."

"그럼?"

나는 심장이 멎어들 것만 같았다. 귓속으로 바람이 윙윙거리며 달려가고 있었다.

"그걸 끓여 먹으면, 가정이지만 우리가 다시 살던 곳으로 돌아갈 수 있을지도 몰라."

"정말입니까? 박사님."

"그러나 말이야……, 여기 사람들은 그 차를 특수한 때에만 사용하는 것 같아. 그 차에 대해 지독히 터부시하는 느낌이 와."

'돌아간다. 이 멋진 여행의 기억을 안고…….'

내 귀에까지 들리도록 큰소리로 가슴이 쿵쿵 뛰고 있었다.

내가 다시 질문을 던지려 했을 때 K박사는 이미 갈대밭을 빠져나가고 있었다.

그날부터 그 찻잎이 내가 있는 움집 어딘가에도 감추어 있지 않을까 신경을 곤두세웠으나 찾을 수가 없었다.

그러다가 마침 옆집 노인 한 사람이 죽었다.

아침부터 사람들이 수선스러웠다. 오전에 남자들이 노인 한 사람의 시체를 움집에서 떠메고 밖으로 나온 거였다. 그리고 언덕 너머에 살던 사람들까지 그날은 모두 자갈밭 위로 따라나왔다.

　K박사의 모습을 그 곳에서 발견했을 때 나는 특종이라도 만난 듯 숨이 가빠왔다. 공식적으로 여러 사람이 섞인 곳에서 박사와 동행이 된다는 것……. 갑자기 나는 낯모를 지방에 박사를 모시고 취재 여행이라도 나온 듯한 기분이었다. K박사와 나는 사람들 틈 뒤쪽에 서서 그들이 옮겨가는 산으로 향하는 길을 따라 올라갔다. 마치 카메라를 들고, 진기한 풍속을 취재하러 가는 느낌으로…….

　장례식은 단순하고 엄숙했다.
　시체는 미리 파놓은 구덩이 안에 조용히 눕혀지고 남자들이 커다란 지석(支石)을 운반해 왔다. 우리 힘으로는 스무 사람이 들어도 움직이지 않을 것 같은 커다란 돌이 여섯 명 남자들에 의해 시체 가까이까지 옮겨져 왔다.
　가장 나이 들어 뵈는 노인이 안고 있던 토기를 땅 위에 내려놓았고 죽은 사람의 아내로 보이는 노파가 거기에 물을 부었다. 노인은 물 담긴 토기 아래에 불을 피우기 시작했다.
　남자들이 옮겨온 큰 돌이 조금 전 시체를 눕혀둔 땅 위를 덮었다. 그리고 사람들은 물이 끓는 작은 항아리 곁에 단정히 앉아 무슨 소리인가를 웅얼거리기 시작했다. 전혀 슬퍼하거나 눈물을 흘리지는 않았다. 여행을 떠나는 친구에게 하듯 그들은 지석 쪽에 대고 무슨 말인가를 하고 있었다. 노인이 품 속에서 드디어 한 줌 갈색빛 나뭇잎을 꺼내 그릇에 넣었다.
　그리고 얼마쯤 있었을까, 나는 하마터면 커다랗게 소리를 지를 뻔했다. 끓고 있는 토기에서 풍겨나오는 냄새. 잊어버릴 수 없는 K박사의 방에서 맡았던 그 신비한 향기가 공기 속에 엷게 퍼져 나오고 있었다. K박사의 옆얼굴도 창백해지면서 눈가에 가볍게 경련을 일으켰다. 사자(死者)의 영혼을 떠나보내는 냄새, 그렇다면 우린 지금 우리들이 살던 세계에서는 죽은 것으로 처리되어 있는 건 아닐까.

차가 완전히 끓자 노인은 차를 그 지석 위에 조심해서 들이부었다. 아마도 영혼의 먼 곳 여행을 기원하는 의식일까. 그것뿐, 차를 끓였던 그릇을 거두어 사람들은 아무런 변화 없는 얼굴로 다시 마을로 돌아오고 있었다.

"샨, 그게 뭐지? 그 끓인 차 말이야."

다음 날 샨에게 그 차에 대해 손짓으로 물었을 때 그녀는 손가락으로 하늘을 가리켰다. 그 때의 그녀는 웃지 않았다. 그리고 시무룩하게 고개를 저었다.

그 이튿날 K박사를 만나 그 얘기를 꺼내자 K박사 역시 고개를 저었다.

"누군가 살아 있는 자가 그걸 먹었겠지. 그리고 증발해 버렸다, 어느 시간 속으로인지 사라져 버렸다, 그 때부터 그것이 사자의 영혼 위에 사용되는 게 아닐까?"

"박사님, 만약 우리가 그걸 마시면 우리도 이 곳을 떠날 수 있지 않을까요?"

K박사가 고개를 끄덕였다.

"그런데 이 곳 사람들은 그 차에 관심을 보이기만 하면 고개를 젓고 입을 다물고 말아. 적의까지 보여."

"찾아야죠. 어디에 있건……."

나는 단호하게 말했다.

"시간이 지나면 찾을 수 있겠지. 우리가 마셨던 똑같은 차, 똑같은 그릇…… 아마 우린 다시 돌아갈 수 있을 것 같아…… 하지만……."

"왜요? 박사님."

"억지로 찾으려고 해선 안 돼. 그들은 굉장히 꺼리고 있어."

그 장례식으로 우리가 마신 똑같은 차 향기를 다시 맡은 뒤로는 내 머릿속 한편엔 그 찻잎이 똬리를 틀어 자리를 잡아 버렸다.

K박사의 방에서 마셨던 차가 독특한 주술적 힘을 가지고 있다는 거의 확실한 믿음이 생겼을 때부터 나는 초조하게 그 차의 소재를 찾는 데 신경의 대부분을 소모해갔다. 그리고 현재의 생활을 객관적으로 관찰할 수 있는 여유까지 갖게 되었다.

문명세계와 완전히 단절된 것으로 믿었을 때와는 다르게 그 문명세계에 다시 돌아갈지도 모른다는 가능성이 내게 그만큼 정신적 여유를 주는 것 같았다.

샨은 내 표정과 손짓에서 내가 사용하는 언어의 기본개념을 단순한 것은 이해해가는 듯싶었다.

그리고 내가 오리를 다시 여덟 마리나 잡아왔을 때, 그 집 식구들의 나에 대한 호감도 훨씬 깊어진 듯했다. 사실 그들은 처음부터 내게 적의 따위를 가진 것 같지는 않았다. 내게만이 아니라 그들의 생활 모두에서 적의나 증오 같은 것은 발견할 수 없었다. 그들은 닥나무 껍질을 가늘게 꼬아 만든 그물을 강 양쪽에 쳐놓고 거기에 걸려드는 물고기들을 주로 먹었다. 야생의 과실, 호수 가까이에 자생하는 수수와 조와 산길에 파놓은 함정에 빠져드는 노루, 돼지, 그 속에서 그들은 투쟁이라든가 증오의 필요를 느끼지 않는지도 몰랐다.

나는 며칠 후 새로 잡힌 노루가죽을 얻어서 엉성한 신발을 만들어 신을 수 있었다. 짐승 뼈로 깎은 바늘에 닥나무 껍질 실을 꿰어 신발을 만드는 모양을 그들은 재미 있는 듯 들여다보았는데, 내가 종일을 걸려 식구들 모두에게 신발을 하나씩 만들어 주었을 때 그들은 몹시 기뻐하였다.

특히 노인은 듬성듬성 이가 빠진 입을 크게 벌리고 웃었다. 그리고는 화살촉으로 물고기 그림을 그린 주먹크기의 돌멩이 한 개를 주었다. 한가한 시간에 노인은 붉은 빛이나 갈색의 부드러운 석질의 돌멩이에 화살촉 그림을 그리곤 했다. 노인은 그 그림이 그려진 돌들을 움집의 선반에 나란히 올려놓았는데 아마 그렇게 모여진 그림 그려진 돌멩이가 족히 50여 개는 되어 보였다.

내가 신발을 만들어 주었을 때 식구들이 다 즐거워했지만, 정작 그 신발을 신고 다니는 건 샨 혼자였다. 그녀 역시 그것을 신는 것이 편하기보다는 내가 신겨준 것을 벗어 던지기 민망해서 참고 있는 것 같은 느낌이었다. 나는 그들이 물고기를 잡으러 갈 때 갈대 바구니를 들고 따라가기도 했고, 닥나무 껍질을 벗길 때도 도와주었다. 그러나 그들이 한가하게 양지쪽에 앉아 그릇을 빚거나 허벅다리 위에서 가늘게 찢은 닥나무 껍질을 교묘히 비벼서 길고 질긴 실을 만드는 것들은 흉내를 낼 수가 없었다. 내가 서툴게 자기들 일을 흉내내어 거들면, 그들은 커다란 소리로 웃으면서 고개를 흔들었다. 그 웃음소리는 몹시 맑아서 때로 바람 소리 같기도 하고, 찰랑대는 강물 소리 같기도 했다.

그들은 가끔 움집 밖에서 식사를 하기도 했다. 널찍하니 매끄러운 돌을 갖다 놓고 아래쪽에서 불을 지펴 돌 위에 물고기나 고기를 올려놓고 구워먹는 거였다.

그것들은 타지 않고 잘 구워져서 맛이 있었다. 물새나 산새를 축축한 흙을 파고 묻고 그 위에 모닥불을 피운 다음, 꺼내먹기도 했는데 그것 역시 매우 훌륭한 찜이 되어 나는 한꺼번에 물닭 한 마리를 통째 먹은 일도 있었다. 나는 그런 생활 속에서 나태해지고 편안해져서 반쯤 졸고 있는 그런 기분에 빠져들 때도 있었다.

그러나 밤이 되어 노지의 숯불이 타고 있고 진흙으로 다진 맨바닥에 누워 잠이 들 때쯤이면 불현듯 그 주술을 가진 차를 향한 집념이 성욕처럼 못 견디게 나를 괴롭혔다.

그것은 일종의 고통이었다. 문명에 오염된 복잡한 뇌리의 지나친 휴식이 견디지 못해 고개를 들고 포효하는 그런 고독이었다.

그 때쯤 샨은 벌건 숯불 빛을 얼굴 한쪽에 받아 잘 익은 과일같이 피부에 윤기를 내며 연한 갈색의 다리를 길게 내뻗고 자고 있었다. 언뜻 싱싱한 과일 냄새를 맡으며 탐욕스럽게 그녀의 다리를 훔쳐보다가 그녀의 평화로운 숨소리에 소스라치며 나는 돌아 눕는다.

그들은 누우면 늘 곧바로 잠이 들었다. 그들이 잠들어 있으면 바람 소리는 언덕 위 갈대밭을 멀리서부터 어루만지는 듯 스치고 달려갔다. 그 어둠 속에서 흐르듯 들리는 바람 소리는 찻잎을 찾아야 된다는 집념을 때로 꺼져가는 숯불 빛같이 흐트려 사라지게도 했다. 그러나 다음 순간 갑자기 달을 보고 짖는 산짐승처럼 어둠을 향해 포효할 것 같은 충동에 나는 다시 몸을 떨었다.

K박사는 어느 날부터인지 점점 말을 잃어가는 듯 만나도 별 말이 없었다. 언어대신 노박사의 얼굴 위에는 헤픈 미소가 조금씩 늘어나는 것 같았다.

그가 자기 호주머니에 우연히 들어 있었다면서 볼펜 두 자루와 몇 장의 타자지 ― 문명의 유물이라곤 유일한 ― 를 꺼내 내게 주었을 때도 박사는 그냥 담담하게 말했다.

"내겐 필요한 것 같지 않아……."

"박사님, 차는 아직……?"

나는 초조해 있었는데도 박사는 고개를 저으며 산새 울음에 귀를 기울였다.

"우린 그럼 죽을 때까지 여기서 이렇게 사는 겁니까?"

"나도 모르겠어……. 자네 신발을 만들었군."

"박사님 것도 하나 만들어 드릴까요?"

"아니야. 난 싫어……."

황급하게 고개를 젓는 K박사의 발은 긁히고 아물고 하여 이 곳 사람들과 비슷한 상태였다. K박사는 어깨를 으쓱해 보이고 천천히 숲길 속으로 사라져 갔다. 그 순간 K박사의 뒷모습이 언제부터인가 이 숲과 흙과 물소리 속에 동화되어가는 것 같아 내게 이상한 외로움과 불안감으로 다가왔다.

샨은 그 뒤에도 곧잘 발가벗고, 강물에 뛰어들어 목욕을 했다. 그녀는 물속에서 나를 손짓해 부르곤 했지만, 같이 벗고 들어갈 용기가 없어 그 때는 시선을 돌린 채 그녀를 기다렸다.

그러다가도 그 차에 대한 집념이 나를 들쑤셔오면 나는 그녀에게 그것을 손짓으로 물었다. 그럴 때 고개를 저으며 두려워하는 그녀의 얼굴이 나를 우울하게 만들었다.

그날 나는 샨과 소금을 캐러 갔다.

강줄기를 따라 마을에서 거의 2km쯤 남쪽으로 가면 산줄기가 끝나는 언덕이 있었다. 그 곳까지 가는 동안 사람이 살고 있는 곳은 아무 데도 없었고, 물새들만이 어지럽게 날아다녔다.

샨은 기분이 좋아 깡충대며 뛰어가다가 머리칼을 나풀대면서 내가 오기를 기다리기도 했고 돌멩이를 집어 물새들에게 던지기도 했다.

산줄기가 끝나는 곳은 회색빛 바위 벼랑이었는데, 그 회색빛 바위 전체가 암염(巖鹽)이었다. 아마 아주 오랜 옛적 여기까지 바다가 밀려들어 왔다가 그대로 말라서 굳어진 모양이었다.

"마을 사람들이 여기 와서 이걸 캐 가나 보지?"

돌멩이로 소금 덩어리를 찍어 그것을 광주리에 담고, 그러다가 샨이 나를 흔들며 손가락질을 했다. 열댓 마리 산양처럼 생긴, 뿔이 달리고 털이 긴 짐승들이 우리가 앉아 있는 건너편에 와서 소금덩이를 핥고 있었다.

"짜찔."

"짜찔이 아니라…… 산양이야, 저건."

"짜찔."

내가 소금덩이 하나를 그 쪽으로 던졌더니 열심히 소금을 핥던 녀석들이 고개를 들고 나를 갸웃이 쳐다보았다. 샨이 깔깔깔 웃으며 저도 소금덩이를 던졌다. 짐승들은 우르르 언덕을 넘어 뛰어가 버렸다. 샨은 배를 쥐고 마구 웃었다.

갈대 바구니 가득 소금이 찼을 때 우린 오솔길을 되돌아왔다. 돌아오면서 그녀는 소금 바구니를 손으로 붙들지도 않고 머리 위에 이고 걸었는데, 중심이 잘 잡혀 있어서인지 굴러떨어지지가 않았다. 그녀가 잔디밭에 쭈그리고 앉아 바구니 밑바닥에서 구운 노루고기를 꺼냈다.

고기를 먹고 우린 숲으로 들어가 키 작은 야생 사과나무를 찾아 사과를 땄다. 크기는 자두만큼씩밖에 안 되었지만, 사과는 아주 달았다.

사과를 실컷 따 먹고 바구니 한쪽에 사과를 따 담은 다음 우리는 잔디에 나란히 누웠다.

긁힌 내 손등에서 빨갛게 피가 배어 나왔다.

샨이 내 손을 잡더니 상처에 혀를 대었다.

"그만둬. 간지러워."

내가 소리를 쳤지만 그녀는 못 들은 듯 혀로 그 상처를 핥았다. 살랑거리며 불어오는 바람결로 그녀의 머리카락이 내 어깨를 스쳤고, 햇빛들이 그녀 머리카락 위에서 반짝반짝 빛을 내며 오색으로 부서져 왔다.

그녀의 머리칼에서, 목덜미에서, 온몸에서 그 사과 냄새가 신맛을 띤 달콤한 체취로 계속 내 후각 속으로 기어들었다.

키 큰 나무 사이로 비집고 내려온 햇빛이 사과 냄새가 나는 그녀의 온몸을 뱀처럼 휘감기 시작했다. 노지의 숯불 빛을 옆으로 받아 빨갛게 익어가던 그녀의 얼굴이 이제 햇빛에 익어서 농밀한 과육의 향기를 품으며 내게로 달려오고 있었다. 어둠 속에서 들던 갈대 위를 달리던 바람 소리도 다시 귓속으로 달려갔다.

'아아, 안 돼.'

나는 열 번도 더 마음속으로 나를 꾸짖으며 고개를 내저었다. 그녀의 가슴이 내 어깨에 와서 닿았을 때는 울고 싶은 기분이었다. 나를 찢어 내동댕이치고 싶은 이율(二律)적인 욕망에 나는 어금니를 물었다.

그러나 그녀의 혀끝이 내 상처에 닿아 움직이고 있었을 때, 이미 우린 피할 수 없는 함몰을 같이 떨며 기다릴 수밖에 없었는지 모른다.

샨의 피부는 매끄럽고, 매끄럽고, 매끄러웠다.

햇빛이 넓은 나뭇잎과 가지 사이를 뚫고 내려와 우리를 휘감아 버렸고, 이글거리는 제 열기 속에 우리를 집어넣어 태워가기 시작했다. 햇빛이 우리를 감싸서 흔들고 달구다가 끝내 시간과 공간을 하나로 귀일(歸一)시키는 연소 속에 우리를 팽개쳐 버렸다.

햇빛이 다시 흰빛으로 환원되어, 우리에게서 천천히 멀어져 나뭇잎 사이를 헤치고 가는 빛줄기로 변해서 하늘로 돌아가고 있었을 때 나는 그 진한 과육의 향기 속에서 문득 그녀의 길고 매끄러운 다리 안쪽에 남아 있는 태양의 빨간 잔흔을 발견했다.

"같이 살아요. 아무 데도 가지 말고……."

그녀의 맑은 눈 속에도 붉은 태양이 남아 있었다. 잠시 그녀의 손끝이 와 닿았던 내 어깨 위, 그녀의 손톱자국에 몇 방울 배어 나온 빨간 핏자국 속에도 태양의 조각이 남아 있었다.

그녀의 다리 안쪽과 내 어깨 위의 그림자를 남기고 태양은 아주 빠르게 나뭇잎 사이를 빠져 나갔다. 태양은 몇 점 빨간 점을 우리들에게 남기고 다시 흰빛으로 돌아가 빛나고 있었다.

"내가 죽은 뒤 내 시체 위에 지석(支石)이 놓이고, 그 위에 몇 방울 영혼을 위해 한 잔의 끓는 물이 뿌려지는 삶에 나도 영원히 같이 있었으면 좋겠다."

내가 중얼거리고 있는 동안 그녀의 맑은 눈이 내 입술의 움직임을 내려다보고 있었다. 짧은 순간이었지만 처음으로 그녀의 눈 속에 스쳐 지나는 엷은 슬픔을 나는 보았다. 내가 끼어들 수 없는 세계의 질서에 발길을 내딛어 버린 자신에 대한 자학이 천천히 나를 때려왔다. 두 손으로 그녀의 볼을 감싸 쥐고 나 역시 내가 처음 눈을 떴을 때 보았던 그녀의 맑은 눈을 다시 깊이 들여다보았다.

'잘못인지 모르겠어. 그러나 피할 수가 없었어.'

'그래요. 숙명이에요.'

그녀가 고개를 흔들며 다시 조용히 웃었다. 자기 손톱 때문에 상처가 난 내 어깨와 제 다리 사이의 핏자국을 그녀는 번갈아 보고 나서 그녀는 조금 거북살스럽게 강 쪽으로 걸어갔다.

나는 누운 채 다시 나뭇잎 사이를 잽싸게 빠져 나가 버린 태양을 노려보았다.

돌아오는 길에 샨은 오래된 커다란 지석 앞으로 나를 데리고 갔다.

거기 가서 그녀는 오래도록 서 있었다.

"여기서도 차를 끓였겠지? 끓인 차를 돌 위에 붓고, 나도 여기 살다 죽으면 네가 차를 끓여 내 돌 위에 부어 주고……."

그녀는 생각에 잠겨 하늘과 건너편 골짜기와 내 얼굴과 거기 놓인 지석을 번갈아 보다가 무슨 의미인지 천천히 고개를 저었다. 갑자기 이상한 슬픔이 동시에 우리를 덮어왔다.

이튿날 아침 갈대밭에서 K박사를 만났을 때, 나는 결국 샨과의 그 일을 용기를 내어 고백했다.

생각대로 K박사는 몹시 언짢은 표정으로 아무 말도 하지 않다가 헤어질 때 흘러가는 목소리로 말했다.

"나나 자네나, 이 곳의 질서를 파괴할 권리를 갖고 있다고 생각하진 않네."

　　며칠 동안 우리의 일상에는 겉으로는 아무런 변화도 생기지 않았다. 나는 내가 그들 가족을 위해 할 수 있는 오리잡이를 했고, K박사는 더욱 말수가 줄어든 듯했다. 나는 샨과 더불어 닥나무 껍질을 벗기러 가고…….

　　날씨는 계속 맑았으며 모든 것은 언제나 싱싱하고 맑게 빛났다. 다만 밤이 되어 흙바닥에 누워 잠이 들 때면, 거기 바쁘게 잠이 드는 식구들 틈에서 내 쪽을 향해 아직 잠들지 않고 돌아누워 맑고 깊은 눈길을 보내는 샨의 시선이 있었다. 그녀에게서는 여전히 싱싱한 과실 냄새가 났고 숯불 빛을 받아 그녀의 볼은 사과가 되어 익어 있었다.

　　그 때쯤이면 억새풀밭과 갈대밭 위를 달려가는 바람 소리와 물결 소리가 은은히 깔려들고 우리는 잠꼬대처럼 팔을 뻗쳐 서로의 손을 찾아 잡고, 우리의 은밀한 공모를 잠깐씩 조심스럽게 반추했다. 손을 마주 잡을 때 꺼져가는 숯불 빛에서 우리의 팔목들이 만드는 일직선의 교차는 가슴 속 표현할 길 없는 슬픔으로 번지곤 했다. 그 때 잠시 스쳤던 샨의 맑은 눈망울 속에서 발견했던 그림자는 이제 내 심장 속에서 엎디어 있다가 고개를 들어 우울하게 서로를 덮어드는 듯싶었다.

　　아무도 눈치채지 않는 우리의 악수는 우리가 닥나무 껍질을 벗기면서, 올가미에 걸린 오리를 풀어내면서, 소금을 빻으면서, 우리 가슴 속에 같은 정도의 연민으로 흘러갔다.

　　"나는 그 나뭇잎이 필요해. 떠난다는 건 아니야. 그러나 갖고 싶어."

그녀는 내 얘기를 오래 전부터 이해하고 있었다. 그러나 그녀는 오래오래 고개를 저었었다. 그러나 결국 그녀는 고개를 끄덕였고, 그 때 그녀의 얼굴은 창백해져 있었다.

사자의 망령에게 뿌려주는 그 죽음의 나뭇잎을 요구하는 사내에게 그녀가 고개를 끄덕인 건 여러 날 후였지만 소금을 캐고 돌아오던 길, 오래된 지석 앞에서 어렴풋하게 이미 그녀는 마을의 질서를 거역해야 하는 스스로의 입장을 눈치챘는지도 모른다.

"가겠다는 게 아니야. 또 갈 수 있다고 생각지도 않아. 그러나 내가 살아온 저 다른 세계의 내 생활관습을 이해해 주어야 해."

나는 진심으로 그녀에게 말하고 있었다. 또한 사실 내가 다시 문명세계로 갈 수 있는지 알 수도 없었다. 그러나 그걸 찾아야 한다는 집념을 버릴 순 없었다.

그날 아침, 언덕 아래 파놓은 함정에 새끼 산돼지가 빠져들어 식구들이 굉장히 즐겁게 밖에서 식사를 했다. 야생 좁쌀로 끓인 죽, 메기구이, 삶은 오리알, 사과, 새끼돼지구이.

노인은 그날따라 몹시 기분이 좋아서 내 어깨를 여러 번 두드려 주었다. 샨의 아버지도 큰 고깃점을 내게 집어주었고 아낙도 킬킬거리며 열심히 고기를 씹었다.

어쩌면 그네들 가족은 나와 샨의 관계를 알고 있는지도 몰랐다. 아니 처음부터 내가 이 세계의 강가에 엉덩방아를 찧으면서 쓰러져 있었을 때부터 사윗감으로 나를 이 움집에 끌어들였는지도 모를 일이었다.

오전에는 갈대 잎을 베어다가 지붕을 다시 덮었는데, 닥나무의 굵은 줄로 날개처럼 엮은 갈대 줄기를 빙 둘러 지붕을 다시 덮고 안으로는 벽을 둘러가면서 짐승 가죽들을 다시 점검했다. 쌓아 두었던 짐승 가죽을 석 장씩 바닥에 깔았는데 아마 겨울이 오기 전 바닥을 가죽으로 깔 계획인 듯했다.

노인과 아들이 하는 말 속에 그런 뜻이 들어 있는 듯했고, 그들은 그 새 계획 속에서 행복한 포만감으로 점심을 먹고 나자 낮잠을 즐기기 시작했다.

샨과 나는 광주리를 들고 밖으로 나왔다. 호숫가에 가면 야생의 수수와 조가 있었다. 그것들을 꺾어오면 아낙이 돌절구에 찧어서 죽을 끓인다.

우린 늘 걷던 길을 따라 걸었다.

샨은 내가 만들어 준 신발을 요사이에는 자주 신고 다녔다. 내 발바닥에 처음 송진을 발라주던 지점까지 와서 내가 그 곳을 가리키자 그녀는 흐뭇한 듯 조용히 웃음지어 보였다. 그러나 샨은 전처럼 오래 웃지 않았다. 그리고 한참 망설이다가 계곡 건너의 높은 바위 벼랑을 가리켰다. 아직 안 가본 벼랑길은 풀과 칡넝쿨로 엉켜 걸음을 옮기기가 무척 불편했다.

나는 걸으면서 풀꽃을 한 움큼 꺾어 그녀의 머리에 찔러주었다. 처음 걷는 길. 그녀의 깊은 눈이 자꾸만 슬픈 빛으로 내게 와서 머물곤 했다.

가파른 벼랑을 간신히 기어올라 바위 위에 올라섰을 때 소금을 캐러 가서 보았던 산양 같은 한 떼의 짐승들이 바위 벼랑을 타고 느릿느릿 움직이는 것을 보았다.

내가 돌을 던졌다.

샨은 내가 하는 양을 물끄러미 지켜볼 뿐 웃지 않았다. 다시 그녀의 맑은 눈에 언젠가 보았던 그림자가 설핏 기어들었다.

"샨, 왜 그래? 오늘은 이상하군."

내가 그녀의 볼을 두 손으로 감싸쥐고 이마를 마주 대자 그녀는 오래 내 눈을 들여다보았다. 맑은 눈에 처음 보는 습기가 말갛게 고이기 시작했다. 어둠 속에서 손을 마주 쥘 때 느꼈던 깊숙한 슬픔이 다시 내 전신을 흔들어 왔다.

그녀를 가슴에 안았다.

오늘은 햇빛이 그냥 하얗고 창백하게 우리에게 쏟아져 내려왔다. 그 하얀 햇빛이 그녀의 눈물을 여러 개의 진주알로 변화시켜 영롱하게 익혀서 내 가슴에 한 알, 한 알 심어갔다.

그녀는 가만히 내 가슴을 빠져 나가더니 조심스럽게 계곡을 향해 바위를 안고 내려가기 시작했다.

"같이 가."

내가 뒤따라 내려가자 그녀가 두 손을 저었다.

그리고 자기 가슴을 가리켰다. 나는 고개를 끄덕였다.

"문명 속에 살아왔던 습관이야. 그 찻잎을 먹고 다시 내가 살던 세계로 꼭 갈 수 있다고 믿고 있지도 않아."

창백해진 샨의 얼굴이 바위를 안고 돌면서 내게서 천천히 멀어져 갔다. 반대편 절벽 끝에 산양 같은 짐승들이 다시 고개를 내밀고 나를 쳐다보았다.

나는 눈을 감았다.

다시 코끝을 맴도는 이상한 차 향기, 그 향기 속에 풋풋한 사과 냄새가 섞이고 이제 그 새로운 냄새는 슬픔으로 나를 적시기 시작했다.

'떠나지 않겠어. 정말이야. 떠나지 않는 거야.'

"오."

샨의 목소리가 아래쪽 바위 끝에서 떨려서 들렸다.

내가 일어섰을 때 저만큼 바위 끝에서 손을 치켜든 그녀 손에 처음 보는 나뭇잎이 한 움큼 꺾여 있었다.

"샤~안!"

나는 그러나 다음 순간 비명을 질렀다

내가 마주 손을 드는 순간 그녀의 발밑 돌부리가 빠져 나가며 그녀가 바위 벼랑에서 돌멩이처럼 튕겨 떨어지고 있었다.

"샤~안!"

나는 머리칼을 두 손으로 움켜쥐고 나서 미친 듯이 계곡을 향해 구르듯 내려가기 시작했다.

3
.....

편집국장님께.

지금 제가 쓰고 있는 글이 국장님 손에까지 들어갈 수 있을지

혹은 영원한 시간의 미궁(迷宮) 속을 떠돌아다닐지는 알 수가 없습니다.

나와 이 글이 내가 살던 세계로 함께 되돌아갈지 혹은 나 혼자만 돌아갈지, 이 글만 국장님께 들어가고 난 전혀 상상할 수 없는 또 다른 세계로 옮겨져서 사라질지 현재 나 자신도 알 수가 없습니다.

우연히 이 글만이라도 국장님께 돌아갈지 모른다는 희망 속에 나는 이 글을 틈틈이 써왔고, 이것이 마지막 부분이 되겠습니다.

K박사의 주머니에서 몇 장의 타자지와 볼펜 두 개가 발견되었을 때는 반갑기도 했지만, 한편으로는 묵은 사진첩 속에서 만난 사자(死者)의 얼굴처럼 당혹감도 있었습니다. 벌써 이 세계 속에 그만큼 동화되어 버린 탓이었겠지요.

"자넨 기자였으니 자네에게나 필요한 거지……. 나, 그래, 지금이 아주 편해."

나는 천성적인 호기심과 볼펜을 내갈기던 직업적 습관이 다시 살아났다 할까요? 결국 그동안의 경위와 지금의 심정을 K박사에게서 받은 종이에 기록하게 된 것입니다.

샨의 죽음까지는 말씀드렸습니다.

샨이 절벽에서 떨어진 순간, 그 세계는 내게 암흑으로 변해 버렸습니다.

이상한 향기의 차가 만들어 낸 동화의 세계가 순간 부서지고 나는 K박사의 서재에 돌아가 있는 것이 아닌가 생각했습니다.

그러나 그녀는 한 움큼 찻잎을 손에 쥐고 그 현실 속에서 머리에 피를 흘리며 숨이 끊어져 있었습니다. 내게는 아무런 변화도 오지 않았구요.

샨을 안았습니다. 전에도 주검을 보았지만 샨에게서는 차가운 섬뜩함이 없었어요. 깨뜨려진 그녀의 이마에서 쏟아져 내린 핏물이 시든 풀밭을 적셔서 그것들은 갑자기 꽃이 되어 눈부시게 피어나는 듯했고, 그녀의 흩날려 있는 머리칼은 시든 갈대꽃처럼 그녀가 굴러떨어진 그 골짜기 속에서 한 점 이질감 없이 고요히 섞여 있었어요. 다만 그녀의 손에 쥐어진 한 움큼의 차 이파리가 색다르게 어울리지 않았습니다. 나는 그 찻잎을 샨의 손에서 빼내어 내동댕이쳤습니다.

온몸을 싸고도는 오열, 마구 악을 쓰며 울듯 싶었는데 웬일일까요? 굴러떨어져 숨져 있는 그녀의 모습은 그 자연 속에 처음부터 그렇게 있었던 듯 어느 사이엔가 평화롭게 조화되어 있어서 나는 울 수조차 없었습니다. 그녀 곁에 나도 누워 있어야 할 것 같았습니다. 갑자기 산새들이 요란히 우짖으며 바람 소리가 윙윙윙, 그렇게 나무 끝을 흔들어 왔습니다.

나는 그녀의 시체를 내려놓고 허깨비처럼 비틀거리며 산을 내려왔습니다. K박사님을 만났습니다. 내 애길 듣고 난 박사는 우울하게 고개를 끄덕였습니다. 그리고 내 눈을 똑바로 깊숙이 바라보면서, 한마디 했습니다.

"자네, 떠나야겠네, 여길. 빨리……."

"시간이 없어……. 이 세계에 동화할 자신도 없이 자네가 그 아이와 너무 가까워진 걸 알고, 사실 불안했었네. 얼마간 화도 났고……. 우리에게 이 곳의 질서에 동참할 권리가 있는 것인지 또 파괴할 권리가 있는 것인지 알 수 없는 시점에서 경솔해 보인 거야. 그렇게 생각하지 않나? 여기에서의 삶과 죽음……, 이 곳에서의 죽음은 자네도 보았지? 소멸이 아니라 다른 세계로의 여행이야. 결국 자네는 이 곳의 질서를 파괴했어……. 어떤 일로도 보상할 수 없는 범죄를 저지른 거야."

아아, 나는 K박사의 얼굴을 똑바로 볼 수가 없었습니다. 강물 소리와 바람 소리, 새 소리, 햇빛까지 모두 나를 향해 질책하고 화를 내는 듯했습니다.

K박사는 수풀 속에 감추어 두었던 즐문토기 한 점을 찾아내더니 그녀가 누워 있는 골짜기를 향해 앞서 걸었습니다.

"그게 자네의 한계였어. 사건 현장을 쫓아가 기사를 쓰고, 나름대로 얄팍한 기준으로 선악을 평가하고, 흥분하고……. 피곤해지면 술을 마시고……. 그렇게 살아가야 될 사람이었는지 모르지. 자네의 그 젊음이, 거기다 설익은 호기심이 한 평화로운 세계에 돌을 던진 거야. 과학이나 문명, 머리 좋은 인간들이 밝혀내는 자연의 신비가 결코 인간을 행복하게 해주는 것이 아니라는 것 정도는 알았을 텐데도 말이야."

샨의 시체 곁에서 K박사는 그 즐문토기에 물을 붓고, 품속에서 한 줌의 찻잎을 꺼내 그 속에 넣고 있었습니다.

나는 숨이 막혔습니다.

"박사님은 이미…… 그걸?"

"자네가 찻잎을 찾겠다고 헤매기 전에 필요할 때 전해주려고 구해 두었어. 자넨 결국 그걸 기다리지 못하고……."

"그런 것을……."

부끄러움과 후회로 가슴이 터져 버릴 것 같았습니다. 샨의 시체는 잔디 위에 여전히 조용하고 곱게 누워 있었습니다.

오후의 햇살은 나뭇잎 사이를 뚫고 가늘게 빛줄기를 만들어 그녀 위에 쏟아져 내려왔고, 오색의 영롱한 가는 무지개들이 수를 셀 수도 없이 그녀와 하늘의 태양 사이를 노래하며 왕래하고 있는 느낌이었습니다.

"쓰던 것을 마저 쓰게."

K박사는 명령하듯 말했습니다.

"출발했던 지점으로 되돌아갈지, 혹은 엉뚱한 다른 시간으로 표류해 떠내려갈지 모르겠지만…… 차를 마시면서 자네가 쓴 글 위에도 똑같이 차를 뿌리도록……. 어느 것 하나는 돌아가겠지."

K박사의 서재에서 맡았던 그 신비로운 냄새가 번지기 시작했습니다. 나는 비참한 기분으로 품속에서 타이프 용지를 꺼내 뒷부분을 써나갔습니다.

'쓰던 것을 마저 쓰게.'

K박사의 그 음성이 어쩌면 그렇게 차갑고 냉담했을까요?

"박사님은 그럼……?"

"나는 이 세계를 사랑하고 있어."

"샨에게도 이 차를 뿌리면 같이 문명세계로 갈 수 있지 않을까요? 현대 의학은 저 정도 상처에서 목숨을 빼앗지 않을 수 있을 텐데요."

나는 처참한 기분으로 힘없이 말했습니다.

하늘 빛깔이 서서히 보랏빛으로 변해가고 있었습니다.

"그래서 살아나면……?"

"사랑하면서 살지요. 문명 속에서, 같이요."

"동물원 구경감이 되겠지……. 자넨 신문에 엄청난 체험기를 쓰고 말이야, 하지만 샨은 죽었어. 생명이 남았다 해도 그 문명 속에 들어갔다가는 샨은 한순간도 견디지 못해. 공기 오염부터 면역이 안 되어 있어."

"박사님……."

눈물이 볼을 타고 끝없이 흘러내렸습니다.

"차가 다 끓었군."

K박사는 이곳 주민들 같은 무표정한 얼굴로 말했습니다.

"이제 내겐 언어도 소용이 없게 되겠군. 잊어갈 거야. 천천히……."

그 미묘한 향기, 사람을 한없이 빨아들이는 매혹의 냄새 속에서 나는 천천히 주위를 둘러보았습니다.

정적과 평화, 거기 누워 있는 샨의 시체까지 그 평화로운 질서 속에 아름답게 조화되어 있었습니다.

"사람들 눈에 띄기 전에 어서 떠나게."

"……."

"그러나 기억하게. 자넨 추방되고 있다는 것을……."

눈물이 마구 쏟아졌습니다.

샨의 시신에 다가가 그 갈색 빛 매끄러운 이마 위에 마지막 입을 맞췄습니다. 내 물방울들이 그녀의 머리칼과 이마 위에 떨어졌습니다.

"박사님, 그럼……."

나는 사약을 마시듯 천천히 찻잔을 입술로 가져갔습니다.

떠나는 것이 아니라 나는 추방되고 있었습니다. 정확한 시간 속에 되돌아가지 못하고 엉뚱한 시간의 미로 위에 버려진다 해도 나로서는 어찌할 수 없는 일입니다. 그리고 이 글 역시 전혀 다른 시간 속을 떠다닐지 모릅니다.

나는 지금 즐문토기를 빚는 이 마을에서 영원히 추방된다는 사실만을 확실히 알 뿐입니다. ◖

뉴기니에서 온 편지

파푸아뉴기니(Papua new guinea)에서 이틀 전에야 귀국했습니다. 아드님의 결혼식에 달려가야 할 그 시간, 나는 그 곳 원주민들과 정글 칼로 열대수림에 길을 내며 일행 중의 한 명을 찾아다녔습니다.

P회장이 출국을 하루 앞둔 아침, 숙소에서 안개처럼 증발해 버렸기 때문입니다.

식당 중앙의 노지(爐址)에 아침이면 곧잘 앞서 장작불을 피우던 P회장이 보이지 않았지만 산책중인가 싶어 우리는 식사부터 했습니다. 그런데 떠날 시간이 되었는데도 P회장의 모습이 보이지 않았습니다.

오두막에 다녀온 원주민 종업원 마리엔느가 고개를 가로로 젓는 걸 보고야 우리는 P회장의 숙소로 달려갔습니다. 정돈된 방 안에는 소지품이 들었던 가방 역시 보이지 않았습니다.

동행했던 일행 10명 중 나이 든 부부가 세 쌍이어서, 남자 4명 중에 P회장이 끼어 있었습니다. 노부부들은 아프리카, 남미, 남극, 북극까지 다녀온 여행 마니아들이었고, 아마추어 사진작가라던 두 남자는 친구 사이로 늘 함께여서 P회장과 나만 외톨이 여행객이었던 셈입니다.

P회장은 형님과 동년배로 보였습니다.

여행사 사장 이야기로는 P회장이 지난 해 과로로 쓰러진 뒤, 청력에 이상이 생겨 작은 소리를 잘 듣지 못해 사람들과 잘 어울리지 못한다고 했습니다.

P회장이 청록색 물감을 이겨놓은 듯한 그 열대 밀림 속으로 종적을 감춘 후, 엉뚱하게도 나는 형님 생각을 했습니다.

외모도, 성격도 전혀 다른데 이상하지요. 정글도[刀]로 풀과 나뭇가지를 쳐내야 전진이 가능한 그 젖은 초록색 속으로 사라져 버린 P회장에게서 갑자기 형님을 떠올리다니요.

수십 미터로 자란 야생 바나나 나무, 소시지 나무, 내 키보다 훨씬 큰 고사리과 식물들로 뒤덮인 그 축축한 공간 어디로 그 P회장은 스며들듯 그렇게 사라졌을까요? 우리를 안내해 준 앤드류(Andrew)나 그 곳 원주민들이 우리에게 그 곳에 머물러 살라고 한 것을 진심으로 받아들인 것은 아니었을 텐데요.

노부부들은 저녁 식사만 끝나면 숙소로 들어가 버리고, 두 친

구는 디지털 카메라 사진을 노트북에 정리하느라 바쁜 모양이어
서 오두막 모닥불 앞에는 P회장과 나만 남는 일이 많았습니다.

　전날 밤에는 내가 커피 한 잔을 다 마시기도 전에, 머리칼이 젖
은 P회장이 홀 안으로 들어왔습니다.

　"매일 밤, 비가 오고, 빗소리에 섞여서 새들이 우는데요."

　마리엔느가 P회장에게도 커피를 따라 주었습니다.

　"밤새 저렇게 새 울음소리가 들려요. 무슨 새인지……."

　귀가 잘 안 들린다던 P회장은 빗속에서 밤에 우는 새 소리는 잘
들리는 모양이었습니다.

　"아프리카 마사이 마라에서 밤에 울부짖는 사자 소리를 들었
는데……. 밤에 소리를 내는 게 한국에서는 소쩍새인가요? 봄 철
늦은 밤, 소쩍, 소오쩍…… 우는 새."

　마리엔느에게 저 새가 무슨 새냐고 물었지만 웃기만 했습니다.
혹시 당신 나라 국조인 극락조(Paradise bird)인가 물었지만 극
락조는 깊은 정글에나 들어가야 만날 수 있고 밤에는 울지 않을
거라고 했습니다.

　우리는 맥주를 시켜 주방에 있던 베티까지 불러내어 같이 마셨
습니다. 너무 고요해서인지, 귀가 나았는지 새 소리나 물 소리,
벌레 소리도 들린다고 P회장은 농담도 하고 했습니다.

　P회장이 우리 두 남자가 뉴기니에 남아서 살 생각이라고 하자,
여자들은 환영이라며 깔깔거리고 손뼉을 쳤습니다.

　"그러다 우리 살찌워서 잡아먹으려고?"

　두 여자는 '노우', '노우'를 연발, 사람고기를 먹는 것은 자기

네들 먼먼 할아버지 때 이야기이고, 특히 '쿠카쿠카족' 사람들이 그렇다고 손사래를 쳤습니다.

몇 곳 마을 오두막 입구에서 둥그런 아치를 세워 잡아먹은 짐승 머리뼈와 사람 두개골들을 자랑스럽게 매달아 놓은 것을 여러 번 보았거든요.

인육을 먹는 종족과 먹지 않는 종족이 우리에게는 구별되지 않았지만 그네들은 많이 억울하다고 고개를 저어대었습니다.

열대의 정글, 밤새워 내리는 빗소리, 마른 장작이 타면서 내는 냄새 속에 우리는 서로 교감되지도 않는 이야기들을 떠들어댄 것 같아요. 어울리지도 않게 나는 영화판 욕을 했고, P회장은 다른 여행지 이야기를 한 것 같습니다. 두 여자도 자기네 언어로 많이 주절대었고요. P회장의 한마디는 기억이 됩니다.

'덤으로 받은 인생, 전혀 다르게 살고 싶다.'

우리는 자정이 되어서야 헤어졌습니다.

비가 계속되고 우리가 꽤 취해 있어서 베티는 P회장을, 마리엔느는 내게 우산을 씌워 숙소에 바래다 주었습니다.

파푸아뉴기니에서도 우리가 머문 중부 고원지대의 마운트 하겐(MT. Hagen)은 길조차 제대로 없는 밀림입니다. 저녁에 내린 스콜로 숲의 공기는 낮에도 축축하게 젖어 있고, 하늘을 가린 넓은 잎에 맺혔던 물방울이 계속 떨어져 내렸습니다.

'회사에서 쓰러진 것으로 자기 인생은 끝이 난 거다, 하루 24시

간도 부족하던 세월들이 아득하게 느껴지더라.’ 는 이야기를 P
회장은 며칠 전에도 한 적이 있었습니다. 퇴원하면서 자동차로
공장을 한 바퀴 돌아본 뒤 아들에게 서류뭉치를 밀어주고는 그
후 사무실에 한번도 안 나갔다는 말도 했습니다.

　원주민들은 신발도 옷도 없지만 이 사람들이 정말 부자라는 이
야기도 했습니다. 사실 그 곳 원주민들은 지니고 있는 것이 전혀
없었습니다. 아이나 어른이나 한결같이 ‘부아이’ 라는 도토리를
닮은 나무열매를 습관처럼 씹어대어 피같이 벌건 침을 뱉어 내
어 불결해 보였지만 그들은 늘 웃는 얼굴이었습니다.

　몇 곳 마을에 가서는 그 곳 아이들이 하듯 사탕수수 껍질을 이
빨로 벗겨내면서 P회장은 어린애같이 즐거운 표정이었습니다.
그리고 내게 글 쓰는 사람은 인생을 간접적이나마 여러 번 살 수
있겠다고 했지만, 나는 아무 말도 안 했습니다.

　땅에 구덩이를 파고 바나나 잎으로 싼 돼지고기와 고구마, 옥
수수, 바나나, 닭고기들을 불에 달구어 둔 돌멩이들과 섞어 흙을
덮어 익히는 ‘무무’ 를 먹으면서 형님네 결혼식 잔치를 잠깐 상상
하기도 했습니다.

　흙 속에서 꺼낸 기름기 빠진 고기를 원주민들과 둘러앉아 손으
로 뜯으면서 형님댁 우아한 은제 포크와 나이프, 붉은 포도주와
고급 위스키 생각도 했구요. 하지만 흙에 묻어 익힌 요리에 포크
나 젓가락이 어울리겠어요?

　가슴을 다 드러낸 채 풀로 만든 치마만 두른 아낙네들과 ‘코데

카' 라고 부르는 긴 표주박으로 만든 성기가리개만 허리에 묶은 맨발의 그 곳 남자들 사이에 끼어 앉아 울창하게 뻗어 올라간 야생 바나나나무 사이로 비쳐드는 햇빛과 높은 새 소리를 들으면서 나도 그 곳에 머무는 동안은 일상을 잠시 다 잊고 있었습니다.

형님.
늦었지만 며느님 보신 것을 축하드립니다.
한번도 낭비라는 것을 해보지 않으신 형님이시니까, 사돈댁 역시 형님네와 걸맞는 집안일 것이라는 짐작을 합니다.
형님 연세로 며느님을 보신 것만도 대단한 일이지요. 50을 이제 넘기셨는데, 주변 친구들은 기껏 중고등학생 자녀들일 테니 말입니다. 자식 키울 계획을 20대에 하신 형님이니까 계산이 잘 맞은 셈이지요.
언젠가 그런 말씀을 하셨지요.
"살면서 계산 없이 해본 일은 없다. 누구와 차 한 잔도 뜻없이 마신 일이 없다."
형님 기억력만 해도 놀란 적이 한두 번 아닙니다. 소주집에서 잠깐 본 내 친구들의 소상한 신상까지 기억하고 계셨으니까요. 영화로 찍지도 못한 친구의 시나리오 내용에, 그 아버지의 병력까지 잊지 않고 계시는 걸 보고 형님의 사회적, 경제적 성공의 원인들을 짐작하기도 했으니까요.
그래서 형수님을 20대 나이에 맞게 했겠지요. 그것도 세 살 연상의 준 재벌급 외동따님을 …… 치밀한 기획과 작전, 단 1초의 시간도 낭비하지 않은 근면성과 지구력 덕분이었을 것입니다. 맞지요? 그 말씀도 기억이 나네요. 신문에서 고위공직자 골프 이야기가 시끄러웠을 때, 기사 문맥 이니셜에서 형님을 연상하게 된 일이 있어 내가 물었지요?

"사업하는 친구들과 골프하시면 편하실 텐데요?"

그 때 그러셨습니다.

"누구는 시간 버리고, 돈 버리는 일 좋아서 하는 줄 아나?"

그날 그 말씀을 덧붙이셨어요.

"계획은 치밀하고 꼼꼼하게, 작성한 설계도는 하늘 무너지는 일 없이는 변경하면 안 되고……."

형님 인생에서 단 하나 예외가 나와의 관계라는 생각을 가끔 합니다. 가정도 꾸리지 못한 3류 시나리오 작가와의 교유가 형님의 사회적, 경제적 위치에서 어떤 의미가 있을까 하구요.

그것은 내 경우에도 그렇습니다. 학교 때나, 충무로 영화판에서도 누구에게 형님이라는 호칭을 써보지 않았거든요. 아무 영향도 서로 끼치지 않는 사이, 그런 이해 관계가 맞았을까요?

파푸아뉴기니는 여러 해 전부터 가보려고 했습니다. 그런데 교통편 자체부터가 막막했습니다. 그런데 이번에 나는 어디로든 떠나야만 할 긴박한 심리 상태였습니다. 진행되던 시나리오가 또 제동이 걸리는 순간, 모든 것이 싫어지고 자살까지 생각했으니까요.

반쯤 동거하던 여자 역시 사라져서 황막해진 정신 상태였구요.

'반쯤 동거' 라는 말이 형님에게는 이상하게 들리실지 모르겠습니다. 그 여자가 '젖는다' 라는 희한한 단어를 자주 입에 올린다고 술자리에서 한번 말씀 드렸지요.

남녀 관계도 서로 너무 '젖어 버리면 안 된다' 는 것이었지요. 상대를 배려하는 마음이 싹트면 더 이상 젖어들기 전에 헤어져야 한다구요. 거기에 대해서는 나도 동의를 했습니다. 내가 차분한 가정 생활을 꾸릴 수 없는 놈이라는 것은 형님도 잘 알고 계시니까요.

그러나 내가 잠들어 있는 시간에 여자가 막상 새벽안개처럼 빠져나가 버리자 그동안 내가 그 여자에게 의존하고 있었다는 생각이 들었습니다. 그 여자 표현대로라면 내가 젖어 있었던 모양입니다.

그 여자, 대리운전 기사였습니다. 반쯤의 동거, 글쎄요. 그런 말이 가능할지는 나도 모르겠습니다.

영화사 직원들과 술이 떡이 되게 마신 일이 있었습니다. 애를 많이 먹인 시나리오 한 편이 오랜만에 제작자 눈에 들었다는 신호가 와서 감정이 오버했습니다.

늦은 밤 대리운전을 불렀어요. 내 오피스텔에 도착해서야 내 차를 운전한 기사가 여자인 것을 알았습니다. 몸을 가누지 못하고 비틀거리자 여자는 투덜거리며 나를 엘리베이터 앞까지 부축했고, 결국 내 방까지 따라와 구두도 못 벗고 침대에 엎어지는 나를 내려다보았나 봅니다.

혼자 사는 남자의 방 꼬락서니라는 것이 뻔하지 않았겠어요?

연민, 동정심, 호기심, 그런 것들이 뒤섞였겠지요.

그날 밤, 그 여자는 자기 집에 돌아가지 않았습니다.

아침에 간신히 눈을 뜬 뒤에야 입은 채 쓰러졌던 내 양복이 옷걸이에 걸려 있고, 베란다 빨랫줄에 신었던 양말이 만국기처럼 나부끼고 있는 것을 보았습니다.

주방 가스레인지 위에 황태를 잘게 찢어 넣은 콩나물국이 있었고, 전기밥솥에 완두콩을 넣은 밥이 지어져 있었습니다.

이틀 후 그 여자는 찬거리를 사다가 저녁상을 풍성하게 차렸고 내 침대에서 잤습니다.

"젖었어, 창피하게 속옷이……."

여자가 목을 움츠리며 내게 그 때 그렇게 말했습니다.

그렇게 '우렁각시' 와 반쯤의 동거가 유난히 추웠던 금년 겨울을 그런 대로 나게 해준 셈이었습니다. 추위가 물러갈 무렵, 여자가 내 품 속에서 새벽녘 고개를 저으면서 이야기했습니다.

몸이 젖을 수는 있지만 가슴까지 젖는 일은 겁나는 일이라고. 그 이야기를 하는 동안 그녀 눈물이 내 가슴 위로 두어 방울 떨어져 내렸습니다.

내가 눈을 떴을 때, 아침 햇빛이 들어온 탁자 위에 여분의 방 열쇠와 내가 사준 스웨터, 가끔 입었던 딸기 수놓인 앞치마가 놓여 있었습니다.

시나리오 때문에 영화사에서 한 판 벌리고 말았습니다. 더러워서 그만두겠다고. 어디로 이민이라도 가 버리겠다고.

요사이 영화나 드라마는 일본을 겨냥해서 그들이 선호하는 여배우를 캐스팅하고 그 여배우에게 초점을 맞추어 각본을 개작해야 한다고 하기에 책상을 엎어 버리고 거리로 나왔습니다.

그 무렵 여행사 사장의 전화가 있었습니다. 호주의 한 여행사와 연결되어 파푸아뉴기니 여행 일정이 결정되었다고요. P회장의 실종 이야기를 드린다는 것이 엉뚱하게 말이 길어졌습니다.

이 나라 관문인 '포트 모르스비'(Port moresby)는 적도 우림 지역답게 몹시 더웠습니다. 섬의 반대쪽 해안에 있는 마당(Madang)쪽 기온도 만만치 않아 건물 밖으로는 후텁지근한 열기가 스콜을 기다리게 했습니다.

그러나 3천 미터 고지인 중부 마운트 하겐(MT. Hagen)까지 12인승 경비행기로 옮겨온 후로는 25도에서 27, 8도, 공기는 청량하고 햇빛은 맑게 비쳐 내렸습니다.

묵고 있던 숙소 이야기를 안 드렸군요.

경비행기로 옮겨온 다운타운에서 유리창이 다 깨진 낡은 지프차로 한 시간, 비포장길을 덜컹대며 밀림으로 들어와 마을 오두막집에서 묵었습니다.

코코넛 잎 지붕에 대나무를 쪼개 만든 거친 삿자리로 벽과 바닥을 간 원주민 집과 비슷한 오두막집이 숲속에 10채가 엎디어 있습니다.

30년 전, 영국 남자 하나가 들어왔다가 눌러앉아 원주민 여자에게서 딸 둘을 낳았고, 그 큰 딸이 그 로우지의 주인이었습니다.

오두막집들 중간에 공동으로 식사를 해결할 수 있는 조금 큰 집이 작은 냇물을 곁에 두고 있습니다.

맨발에 벌거벗은 마을 남자들 몇이 바깥일을 거들고, 여인네 셋은 주인 여자와 음식을 만들고 세탁도 해주었습니다. 홀 한쪽이 주방, 입구 쪽에 식탁을 놓고 홀 가운데는 아침부터 장작불을 피울 수 있는 노지(爐址)를 만들어 불을 가운데 두고 빗소리를 들으면서 나는 P회장과 한국에서 가져간 소주를 홀짝였습니다.

한국 최고의 술이라는 자랑에 흰 피부를 가진 주인 여자와 여자 종업원들도 한 잔씩을 얻어 마시고 낄낄거렸습니다.

그들은 조상들이 옛날 아프리카의 '기니'에서 건너왔다고 믿고 있습니다. 외모에 조금씩 차이가 있지만 원주민들은 다 작은 키의 흑인입니다.

키가 작고 곱슬머리가 머리 피부에 달라붙어 큰 체구의 갈색 피부인 사모아나 피지, 혹은 마오리족들과는 전혀 닮지 않은 걸 보면 아프리카에서 건너간 종족의 후손들인지도 모르겠습니다. 북쪽으로 연결된 인도네시아나 필리핀 쪽 작은 체구의 갈색 인종과도 전혀 다르고요.

하기야 그들이 쓰는 언어가 800개라면 더 말할 나위가 없지요. 언어학적 지식이 없는 나로서는 설명하기 어렵지만 울창한 정글과 계곡이 마을 사이를 오랜 세월 갈라놓아 마을마다 언어를 달라지게 했을지도 모릅니다.

언어소통이 안 되니까 정글 속에서 서로 부딪치면 적대감으로 적을 죽여 식용으로 삼았던 것이 아닐까 싶습니다. 지금은 19개의 종족 대표가 근대적 국가를 만들었지만 관습은 마을별로, 종족별로 유지되고 있는 것 같았습니다.

숙소의 방문 자물통 키(key)는 손전등에 매달려 있습니다.

자가 발전의 전기가 겨우 오두막집들 실내를 밝히는 데 쓰여 밤이면 오두막 주변과 밀림은 그대로 완전한 어둠이었습니다.

그날 저녁도 잠이 오지 않아 비가 흩뿌리는 오솔길 발밑을 살피면서 식당이 있는 오두막집으로 내려갔습니다.

홀 가운데 노지(爐址)에 장작불이 잘 타고 있었습니다.

마른나무 조각을 불 위에 던지고 있던 마리엔느가 화들짝 일어나 불 가까운 자리를 비켜주었습니다.

마리엔느가 들고 있던 수건으로 내 젖은 머리를 몇 번 털어주더니 커피포트에서 커피를 따라 왔습니다.

"고마워."

며칠간 식사 시중이며 방 청소를 해주다 보니 꽤 친해진 셈이었지요.

아, 형님에게 언어소통 이야기를 빼놓았군요. 정부 확인으로도 언어가 800개나 되어 국가에서 '피진어'라는 공용어로 만들었지만 악센트 강한 영국식 영어가 더 많이 쓰이는 것은 다행이었습니다. 생활이 단순하니까 사용되는 단어가 적고, 나처럼 토막 영어, 단어 몇 개가 재산인 사람에게는 의사소통이 차라리 편한 곳이었습니다.

아, 마리엔느 이야기를 더 해야겠습니다.

숙소에는 여주인 말고 여자가 셋 더 있었습니다. 그 중 나이가 많아 보이는 한 여자는 주방의 요리 담당인 셈이었고, 마리엔느와 베티라는 여자가 웨이트리스 겸 청소 담당이었습니다.

검정 스커트와 흰 블라우스가 유니폼이었나 봅니다. 줄곧 같은 옷을 입고 있었으니까요. 마을에 돌아가서는 보통여자들처럼 풀로 만든 치마로 갈아입는지는 알 수 없습니다.

그 전날 아침 마리엔느가 청소하러 왔다가 내가 있는 것을 알고 나가려는 것을 내가 괜찮다고 하자 그대로 청소를 했습니다.

숲길에서 미끄러져 흙투성이가 된 내 바지를 집어들더니 세탁비 요금이 2기니라고 했습니다. 1달러 못되는 액수였습니다. 그런데 나간 뒤에 보니까 한쪽에 밀어둔 속옷들도 몽땅 들고 나갔어요. 낡았다 싶은 속옷들을 하루씩 입고 버리는 게 오래된 내 여행 습관이거든요. 땀이 밴 속옷들은 버리라고 알려주려 했지만 밖에 나왔을 때는 마리엔느가 어디로 갔는지 볼 수 없었습니다.

그날 밤 꽤 늦은 시간, 마리엔느가 깨끗이 손질한 바지와 속옷들을 가지고 내 숙소에 왔습니다. 버리려던 속옷이었다고 했더니 계곡물에서 비누로 빨아 집에 가져가서 다려왔다고 고개를 돌리며 웃어요. 손에 5기니를 주었더니 '땡큐'를 연발하면서 귓불을 붉혔습니다. 속옷빨래 때문에 대리기사였던 여자를 잠시 떠올렸습니다. 로우지의 주인 아버지도 옛날 자기 속옷을 냇물에 가져가 세탁해 준 이 곳 원주민 여자와 인연이 되었을까, 엉뚱한 상상을 했습니다.

P회장과 그날 밤 헤어져서 숙소로 돌아가던 좁은 오솔길은 미끄러웠고 길 양쪽, 잎이 큰 열대식물들은 잔뜩 젖어 있다가 팔이며 다리를 적셨습니다.

마리엔느에게서 독특한 체취가 풍겼습니다. 들짐승 냄새와 닮은 그녀의 체취가 서늘한 빗속에서 후각을 자극해 왔습니다.

"이틀 뒤에는 당신 나라로 돌아가나요? …… 당신 부인은 몇인가요? 부인들이 다 젊고 예뻐요? …… P회장은 베티를 아주 예뻐하는데요."

숙소 자물쇠에 키를 꽂으며 마리엔느가 빠르게 여러 가지 말을 했습니다.

"베티는 P회장이 이 곳에서 살았으면 좋겠다고 했어요……."

출입구가 열리며 방안의 불빛이 그녀의 곱슬곱슬한 앞머리칼을 적신 물방울들을 거미줄에 걸린 아침 이슬방울들처럼 반짝이게 했습니다. 맥주 탓이었는지 그 때 흰자위 많은 검은 눈이 일렁거려 보였습니다.

"와이프가 몇이냐고? 하, 그래, 몇일까……? 셋, 넷, 열……. 그래, …… 속옷도 빨아주고, 우산도 씌워주었는데……. 나도 마리엔느 곁에 남아서 이 곳에서 살까?"

"저 울음소리…… 극락조가 맞아요."

상당히 가까운 곳에서 새 울음소리가 들려왔습니다.

"나그네는 극락조 소리를 못 들어요."

꾀꼬리나 밀화부리가 내는 소리 중 고음으로 내는 그런 새 울음소리가 그 열대 정글의 한밤중 빗소리 속에 들려오고 있었습니다.

　형님.

　그리고 이튿날 아침 P회장의 실종 때문에 일행은 출국을 늦출 수밖에 없었습니다. 숲속에서 길을 잃었을지도 몰라 원주민들과 우리는 이틀 동안 주변 숲을 여러 곳 찾아헤매었습니다. 그러나 아무런 흔적도 찾을 수가 없었습니다. 사실 숲에 들어가면 몇 미터 앞도 보이지가 않습니다.

　그런데 이상하지요. 왜 전혀 닮지 않은 P회장의 모습에 형님 얼굴이 얼마 동안 겹쳐 떠올라 왔을까요?

　더 이상한 것은 경찰에 실종신고를 하고 필리핀을 거쳐 귀국하는 비행기에 오르고부터입니다. 밀림에 남은 사람이 P회장이 아니고 나라는 엉뚱한 생각이 드는 것입니다. 서로 겉모습이 바뀌어 귀국하는 비행기에 P회장이 앉아 있고, 숲속으로 빨려들어간 것이 나라는 생각이 자꾸 드는 것입니다.

　혼사 축하를 드릴 겸 형님께 들러야겠다고 생각해 놓고 어수선한 편지를 드리는 것도 그 때문입니다.

　귀국한 것은 겉만 내 모습일 뿐, 진짜의 나는 '부아이'를 씹는 원주민들 사이를 극락조 소리를 쫓아 마리엔느와 숲속으로 계속 움직여가고 있는 것 같은 이상한 기분 때문입니다. ♠

OUT OF AFRICA

“작은쥐여우원숭이에 대해 들어본 적이 있어요?”

K가 정식으로 내게 관심을 보이며 맨 처음 던져온 말이었을 것이다.

요하네스버그(Johanesberg) 면세구역에 있는 〈OUT OF AFRICA〉라고 간판이 붙은 가게 앞에서였다.

“작은 뭐라고요?”

“손가락만한 작은 원숭이, 핑거몽키라고도 한다는…….”

사흘을 룸메이트로 지내면서도 그 때까지 같은 화제로 말을 나눈 적이 없던 K의 갑작스러운 질문에 나는 잠시 당혹스러웠다.

아주 작아요. 엄지손가락만한……, 아마존 정글에서 서식하는 작은 원숭이인데……. 그는 혼자 중얼거리면서 가게 쪽으로 걸어가 버렸다.

그 곳 국제공항 면세구역에 들어서면 대부분 승객들은 〈OUT OF AFRICA〉라는 가게 앞에 잠시 걸음을 멈추게 마련이었다. 출국장을 빠져 나오면서 맨 먼저 눈에 들어오는 위치에 가게가 있기 때문이다.

거대한 등신대 목각들과 정교한 짐승 조각들, 전통 악기들이 유리창 밖까지 늘어 놓여 있는 데다 여종업원들 복장의 원색 배합이 강렬하게 시선을 붙잡는 그 가게 안으로 K는 한순간 빨려 들어가 버렸다.

아프리카를 떠나는 승객이나, 이 도시에 처음 기착해서 다른 도시로 옮겨가는 사람들에게 같은 제목의 영화화면 속 '메릴 스트립'과 '로버트 레드포드'가 떠올라 올 것이라는 생각을 하고 있던 참이었다.

작은쥐여우원숭이……. 나는 입 속으로 K의 말을 되씹으며 가게 간판과 각종 목각들 사이를 움직이는 여자 종업원들의 복장을 번갈아 바라보았다.

저건 코사(Xhosa)족 복장인 것 같은데……."

그 때 코가 긴 일행 중의 남자가 중얼거렸다.

세 사람 여종업원의 원색 무늬 수놓인 검은 망토와 넓고 둥근 모자 때문이었을 것이다. 그러나 별로 자신이 있는 목소리는 아니었다. 줄루(Zulu)족이나, 벤다(Venda), 느데베레(Ndebele) 여자들이 머리 장식을 요란하게 하고 가슴을 내놓고 춤추는 것을 이틀 전 요하네스버그 민속촌에서 구경한 적이 있어 그렇게 추측한 모양이었다. 아프리카에 살고 있는 종족을 며칠간의 여행 중에 구별해 낸다는 것은 불가능한 일이었다. 줄루족이나 벤다 족 복장이 더 좋을 건데?…… 그가 우물거렸지만 거리에서 여자 들이 가슴을 내놓은 전통 복장을 한 모습들을 본 것도 아니었다. 나라 이름만도 남아프리카공화국, 스와질랜드, 보츠나와, 나미 비아, 짐바브웨, 잠비아, 모잠비크, 말라위, 탄자니아, 앙골라, 케냐…… 생소하기만 한 데다가 그 수많은 크고 작은 부족 이름 이라니……. 줄루, 코사, 스와지, 딩카, 바소토, 키쿠유, 카렌, 루 오, 마사이, 투루카나, 삼불, 소말리, 스와힐리, 캄바, 니투와나, 페디, 통가, 벤다, 산 족들……. 며칠 사이 사진첩 두어 권에 실린 사진으로 그들 인종적 특성이나 복장, 관습을 구별해 낸다는 것 은 힘든 일이었다. 세계적으로 알려진 넬슨 만델라가 줄루족 출 신이라는 것, 그녀들 전통적 복장에 여자들이 가슴을 내놓는다 는 것 정도가 며칠 사이 남아공에서 터득한 인종에 대한 우리들 상식의 한계였다.

막연하게 끝없는 초원이나, 황량한 죽음의 사막, 혹은 악어와 하마가 우글거리는 늪지, 내전, 에이즈……, 그 어느 하나도 요 하네스버그와 케이프타운을 오가는 나흘간 여정에서는 확인해 볼 수도 없었으니까.

나는 그 때 케냐의 암보셀리와 마사이 마라가 목적지였다.

우연히 집어든 그 잡지에서 낳은 지 얼마 안 되어 보이는 어린 새끼사자를 우람한 수컷 사자가 몸통의 반쯤을 먹어치우고 머리 통을 던지는 충격적인 사진이 실려 있었다. 저만치 우산아카시아나무 아래 암컷 두 마리가 걱정스럽게 지켜보고 있는 모습을 배경으로 입 언저리가 피투성이가 된 수컷 사자의 발 밑에 이미 물어 죽인 피투성이 다른 두 마리 새끼사자가 나뒹굴고 있었다.

　초원에서 무리를 이룬 사자들 틈에서 재롱을 부리고 있는 새끼 사자들의 천진한 모습이나, 암컷들 사냥에 무관심하게 하품을 하고 있다가 포획물이 쓰러진 뒤에야 먹이에 다가가 내장부터 먹는 수컷 사자들의 습성을 TV 화면에서 자주 보아서 그런 풍경들을 내가 실제 여러 번 본 것 같은 그런 착각이 머릿속에 저장되어 있었던 때였다.
　나는 수사자가 암사자와 교미를 하기 위해서 암컷 무리를 습격, 그 새끼들을 물어 죽인다는 기사를 읽으며 상당히 충격을 받았었다.

　실제 그 짐승들의 포효를 직접 한번 듣고 싶다는 충동은 그 사진을 보고 나서 시작된 게 확실했다.
　아프리카 여행에서 방을 함께 쓰게 된 K에 대해서는 아는 것이 없었다.
　열두 명 일행 중, 골프 이야기만 화제에 올리고 있는 네 쌍 부부는 전부터 친한 사이였고, 코가 유난히 긴 남자는 이집트에 가는 길에 잠깐의 동행이었다. 여행사 사장, 나와 K, 세 사람만이 일행 중의 초면이었다.
　K의 짐꾸러미에 전문가가 사용할 법한 사진기가 있는 것으로

보아 사진에 취미가 있는가 보다 했을 뿐이었다.

그러나 처음 그 〈OUT OF AFRICA〉 가게 앞 빈 의자에 나란히 앉아 있을 때까지, 나흘을 동행하면서 그가 카메라의 앵글을 들이대는 것을 나는 별로 보지 못했다.

1,067m의 케이프타운의 테이블 마운틴(Table MT) 정상에 올라갔을 때, 화산암을 연상시키는 바위들의 움푹 파인 구멍들에 차 있던 물과 사람을 졸졸 따라다니는 케이프망구스에 잠시 관심을 보였다고 할까.

해변의 젖은 바위 빈틈에 남아 있는 물같이 바위 구멍들에 물이 들어 있었다. 비가 온 것 같지 않은데…… 하늘은 청명하게 맑아서 고산의 누운 향나무 사이로 돌아다니는 케이프망구스의 가는 털들이 햇빛을 반사했고, 내려다보이는 시가지 풍경도 실제보다 더 가깝게 보였다. 그는 망구스가 바위 위로 올라가 우리를 빤히 쳐다보는 모습을 처음으로 몇 컷 찍었다. 그러면서도 그의 표정은 지루하고 무료해 보였다.

"암보셀리 쪽에 가면 사자들을 보겠지요. 코뿔소, 비비원숭이, 얼룩말, 버팔로 들에다 우산아카시아나무도……."

"우산아카시아나무?"

그가 잠시 관심을 보였다.

"우산같이 생긴…… 그 나무 아래에 암사자와 교미하기 위해서, 수컷들이 새끼들부터 물어 죽이는 그런 광경이 있을지도 모르겠구요"

그가 고개를 끄덕였다. 곧잘 사자들이 그 그늘에서 낮잠에 빠지거나, 표범들이 가젤이나, 임팔라를 끌고 올라가 가지 사이에 끼워 놓곤 하는 위쪽이 평평한 그 나무들이 남아공을 떠날 때까지는 눈에 띄지 않았다.

　새끼들을 물어 죽인 수컷 사자가 피 묻은 주둥이로 낮게 울부짖는 풍경과 함께 그 나무들의 모습은 내게 상당히 깊이 각인되어 있었다.
　그 사진을 본 무렵, 동거하던 여자가 나를 떠났었다.
　그러나 그녀, 윤지의 결별 선언이 그 사진과 관계 있는지는 확실하지 않다.
　우리의 반 년간 동거는 그 때 긴장감을 잃고, 얼마간 부담스러워지고 있던 때였다. 네 살 짜리 그녀의 딸, 운아의 나를 쳐다보던 까만 눈이 잠시 흔들거렸지만 그것 역시 내 기분이었을지 모른다. 그 사진을 들여다보던 윤지, 그녀 눈이 갑자기 커지면서 의혹과 적의로 이글대는 듯싶더니 운아를 감싸안으며 뒷걸음질을 했다.
　내가 마치 새끼사자를 한 입 뜯어 삼키고, 남은 고기를 내동이치며 피묻은 주둥이를 치켜들고 우우우웅…… 그렇게 울부짖는 수사자라도 되는 듯이…….

　두 번째 그 가게 앞에 앉은 것은 짐바브웨에 있는 빅토리아 폭포를 구경하고, 폭포 가까이 있던 1500년이 넘었다는 바오밥나무 앞에서 기념 사진을 찍은 뒤 케냐의 나이로비행 비행기를 타기 위해서였다.

여인들 복장이 바뀌어 있었다. 머리에 장식을 한 털실 모자와 허리와 팔에 네 겹의 색색으로 된 띠를 두르고 여러 겹 긴 구슬 목걸이를 하고 있었다. 페디(Pedi)족 복장 같지요? 코가 긴 일행이 중얼거렸다. 그러나 종업원들은 여전히 가슴은 가리고 있었다. 사진첩의 전통 복장이라면 가슴을 내놓고 아래쪽도 구슬을 꿰어 늘어뜨린 가리개를 해야 했다.

그날 내가 내쇼날 지오그라피에서 읽었던 사자 새끼 죽이기 이야기를 K에게 꺼냈다.

나는 그에게 〈Into Africa〉라는 책을 혹시 본 적이 있느냐고 물어보았다.

그는 고개를 흔들고 〈Out of Africa〉라는 영화를 보았다고 말하면서 그 가게 간판을 침울하게 올려보았다.

나는 1994년에 시카고대학 출판부에서 출간된 크레이그 패커(Craig Packer)의 〈Into Africa〉라는 책에 대해 설명했다.

사자들과 침팬지, 개코원숭이의 행동 양식에 대한 저자의 20여 년에 걸친 집요한 연구와 이를 분석한 탁월한 저서라고. 침팬지 연구에 전 생애를 걸었던 전설적인 여성 동물학자 제인 구달의 조수로 출발, 그녀와 공동으로 영장류 연구를 시작한 그는 그의 아내이자, 동료인 앤 퓨지와 함께 탄자니아 세렝게티와 응고롱고로 크레이터에 서식하는 사자 연구를 1972년에 시작하여 6년 전인 1994년까지 시간의 대부분을 아프리카에서 보냈다는 이야기를 했다.

그는 제인 구달의 이야기를 영화로 만든 것은 본 적이 있다고 했다.

크레이그 패커는 아프리카의 정치적 변화의 와중에서 생명의 위협까지를 수없이 넘기며 사자에 대한 그의 집요한 관심과 연구 결과를 이 한 권의 책에 집대성하고 있다는 점까지 이야기했지만 그는 역시 별로 흥미를 느끼지 않는 것 같았다.

물론 그 책이 나오기 전에도 그는 〈내추럴 히스토리〉와 〈내셔널 지오그라피〉지에 동물행동학에 관한 글들을 기고해 와서 이 방면에 관심이 있는 사람들은 그의 글들은 대중적으로 읽혀 왔을 것이다.

몇 마리의 암컷과 그 새끼들, 그들을 보호하는 수사자 두세 마리- 그렇게 무리를 지어 사는 것이 사자들의 일반적인 습성이다. 그러다 어느 날 다른 무리에서 수컷 두세 마리가 침입을 해서 원래 무리의 수컷들과 싸움을 하게 되고, 침입자가 싸움에 이기면, 암놈들은 제 새끼를 숨기고 침입자에게 대항을 해보지만 결국 몸집이 두 배나 큰 수컷들은 무리 속에 있었던 모든 새끼들을 남김없이 죽여 버린다는 것이었다. 새끼를 잃은 암컷들은 얼마 지나지 않아 새로운 침입자들의 새끼를 갖게 되고……. 새끼를 기르는 2년 동안 암컷들은 발정을 않고, 새끼를 잃지 않으려고 무리지어 생활하지만, 아비사자가 무리를 지키지 못하면 새끼도 살아갈 수가 없는 셈이다. 초원에서는 보다 강자만이 제 유전자를 전할 수 있는 이러한 자연의 질서는 영장류라는 침팬지의 세계에서도 똑같이 일어난다는 내용이었다.

　그리고 우리는 나이로비행 비행기에 나란히 앉았다.
　"Y형, 그래, 크레이그 패커, 그 사람 사자 연구에 뒤늦게 조수로 동참이라도 할 참이오?"
　"동거하던 여자가 갑자기 왜 떠났는지 그걸 알고 싶었다고 하면 이상한가요?"
　"나는 수도 없이 내가 떠날 궁리를 하는 쪽인데……."
　그가 낄낄대면서 내 어깨를 두드렸다.
　비행기에서 주는 와인 두 잔씩에 얼만큼 주기가 돌자 별로 입을 벌릴 것 같지 않던 K가 말이 많아졌다.
　그러면서 자기는 이번 아프리카 여행이 두 번째라고 처음으로 이야기했다.
　"5년 전 처음 와서는, 그 때 이집트로 해서, 수단에 들렀는데, 딩카족이라고 소만 키우는 꺽다리들이 있어요. 소똥을 얼굴에 바르고, 소 오줌 세수를 하는 친구들인데……. 진짜 웃기는 건 비가 자주 내리는 우기 때, 4개월간을 젊은 남자들이 살찌우기 시합 준비를 하는 거요. 날마다 우유를 한 통씩 마시면서, 살이 빠질까 봐 움직이지도 않고……. 최고로 살이 많이 찐 놈이 영웅이 되는데, 심사 때 동네 남녀노소가 다 모인 광장으로 이 살찐 돼지들이 실오라기 하나 안 걸치고 나와요. 젊은 여자들 눈이 번쩍뻔쩍 허지……. 그러다 너무 갑자기 살을 찌우다가 그 시합날 심장병으로 죽는 놈들도 있으니까……. 참 세상은 요지경 아니오? 그

래서 나도 거기 끼어서 살이나 찌우고 살까 했는데, …… 케냐 쪽
마사이들을 만나고 보니 이쪽이 더 매력이 있어요. 소똥으로 지
은 움막에서, 살아 있는 소피만 마시고, …… 긴 막대기 하
나……. 세상 모든 가축이 처음부터 저희들 것이라고 믿으니 얼
마나 부자들이오? 이 친구들에게 서구식 문명, 국가, 그런 건 웃
기는 것이라고요……. 하기야 아프리카인들에게는 원래가 국가
개념이 없어요. 종족 개념이지……. 유럽 친구들이 땅따먹기 하
느라고 갈라놓은 국경 같은 거, 이네들에게는 지금도……."
　전혀 다른 사람처럼 말이 많아진 그의 진면목이 드러난 것은
사바나를 달리면서부터였다.

　암보셀리(Ambosely) 국립공원으로 향하는 먼지 이는 메마른
사바나를 지날 때부터 소나기가 지나간 초원같이 그의 표정이
몰라보게 밝아지기 시작했다.
　나는 그동안 차창 밖으로 계속되는 초원 위에 지난 번 가뭄으
로 죽었다는 짐승들의 메말라 푸석거리는 시체들과 긴 지팡이를
들고 서 있는 마사이 목동들의 빨간 원색 망토들 뒤로 윗가지들
을 옆으로 펼친 나무들의 행렬에 시선을 빼앗기고 있었다.
　처음 몇 그루씩 보이기 시작하더니 점점 나무란 나무 모두가
우산아카시아뿐이라는 것을 발견하면서 나는 그 나무 이름이 그
곳 말로 '로꼬니(Lokonyi)'라고 한다는 것을 아캄보 출신 기사
에게서 들었다.
　나이로비를 출발해서 세 시간쯤 달리다가 우리는 작은 마을에

서 잠시 차를 멈추었다.

네 쌍의 부부가 랜드로바 한 대에, 여행사 사장과 코가 긴 사업가와 나와 K가 한 차였는데, 몇 사람이 화장실에 다녀 나오면서, 짧은 영어로 가게 안 기념품들을 놓고 종업원들과 흥정을 하고 있는 사이, K는 가게 밖에서 그 곳 원주민 남자와 놀랍도록 큰 소리로 웃으며 떠들고 있었다.

K가 늙은 원주민 한 사람과 어깨를 끌어안고 있었다.

"잠보……, 사나……?(안녕하세요?)"

"잠보, 하바리 치 시구 니잉기?(그동안 어떻게 지냈어요?)"

"응추리 사나. 아흐산데…….(잘 지내고 있습니다.)"

"하바리 차마마…… 나 와토토……?(가족들은 어떠세요?)"

K는 차에 오른 뒤에도 창문을 내리고 방금 포옹을 한 노인에게 오래도록 손을 흔들었다.

"아흐산데 음제!"

"……."

"저 노인 아들이 수면병으로 죽었대요. 트리파노소마증이라고……. 계속 잠자는 병으로…… 계속 잠만 자니까…… 죽을 때까지 잠만 자니까……. 체체파리한테 물린 모양이라는데……."

"파리에 물려서?"

"체체파리……. 그 체체파리한테 잘못 물리면 잠만 자요. 계속 자다가 죽어요."

암보셀리 국립공원 안에 있는 철조망으로 둘러친 잘 꾸며진 로지(lodge)에서 우리 일행은 하루를 묵었다.

로지 철조망 밖 초원 위로 수십 마리 코끼리 떼들이 어슬렁거렸고, 우리가 사파리에서 돌아온 해질녘에는 사바나원숭이들 십여 마리가 철조망 사이로 기어들어와 우리가 묵고 있는 로지 현관 가까이 와서 손을 내밀었다. 다른 일행들은 오후 늦게 잠시 뿌렸던 빗방울과 함께 모습을 감춘 킬리만자로산 꼭대기가 고개를 내밀었다며, 환호성을 질러댔지만 K는 다시 원래의 침울한 표정으로 돌아가 있었다.

우리는 로지 앞에 놓인 등나무 의자에 밤늦게까지 나란히 앉아 한국에서 가져간 소주를 마셨다.

암컷으로 보이는 사바나원숭이 한 마리가 서너 발자국 앞에서 물끄러미 우리가 술을 마시는 모양을 올려다보고 있었다.

"원숭이 팔에 안고 있는 거 보여요?"

그가 소주잔을 비우며 물었다.

"죽은 새끼 같은 데……."

"죽음이 쟤들에게 이해가 안 되는 것인지, 받아들일 수 없는 건지……. Y형은 어때요? 죽음이란 거……."

"끝이죠. 그래, 끝이에요. 그건……."

윤지 딸이었던 운아가 유치원 소풍에서 사고로 숨졌다는 이야기를 들은 것이 우리가 결별하고 나서 두 달 뒤의 일이었을까.

뱃속에 딸아이를 남겨놓고 미국으로 간 그녀 첫남자는 그 곳에서 교포 여자와 곧바로 결혼했다고 했다. 여자는 그 남자를 미워할 이유가 없다고 했다. 그 남자와 사랑이 식어가고 있을 때 남자가 떠났고, 아기야 제 자식으로 기르면 된다고 했다. 그녀의 그 당당함 때문에 그녀에게 끌렸을 것이다. 그러나 동거를 제안해 온 것도 그 쪽이었고, 결별을 선언한 것도 그 쪽이었다. 그러나 아이가 죽었다는 소식을 들었을 때 나는 혼자 오래도록 술을 마 셨다. 헤어질 때 나를 쳐다보며 잠시 흔들리던 그 아이의 까만 눈 이 기억의 바닥에서 살아났기 때문이었을 것이다.

새끼사자를 물어 죽인 건 새끼 딸린 어미사자와 교미하기 위해 서 습격해 온 수컷이 아니었다.

그런데도 그 소식을 들은 날, 나는 지오그라피의 그 충격적인 사진을 다시 꺼내 보았었다.

"내가 손가락만한 작은 원숭이 이야기했던가요?"

"여우원숭이라 그랬던가요?"

"일반적으로 작다고 알려진 피그미마모셋 원숭이보다 비교도 안 되게 더 작은 몸집을 한 작은쥐여우원숭이란 놈이 아마존 정 글에 실제 있거든요. 저 앞에 있는 사바나원숭이가 손가락만하 다, 상상을 해봐요. 그런데 그건 실제니까 별 문제지만…… 코끼 리란 놈이 만약 이 주먹만한 게 있다 그러면……?"

어느새 새끼 시체를 안은 사바나원숭이는 우리 앞을 떠나고 없 었다.

"그건 코끼리라 할 수 없겠지요."

"고정관념만으로는 실체가 파악 안 될 때가 있지요. 가령 사람 이 손가락 크기로 줄어들었다, 그럼 그건 어떻게 되겠어요? …… 살아 있는 것과 죽은 거 정도의 차이가 되어 버리는 건가?"

한참 침묵 속에 잔을 비우다가, 그가 갑자기 정색을 하더니 내일 마사이 마라에서는 로지에서 자지 말고 하루쯤 야영을 하는 게 어떻겠느냐고 물었다. 나는 고개를 끄덕였다.

마사이 마라(Masai mara)로 이동한 다음 그의 의견대로 우리는 두 사람만 로지 가까운 초원에서 하루 야영을 하기로 했다.

그날 오전 우리는 마사이족 마을에 들러 소똥 냄새를 실컷 마신 다음 그 마을이 건너다 보이는 로지 가까운 야영장에 텐트를 쳤다.

난색을 표하던 여행사 사장은 K가 마사이족 마을에서 붉은 원색 망토의 그 곳 남자들과 어울려 높이뛰기를 하며 금방 어울리는 것을 보고 나서는 우리 차를 운전하던 아캄보족 친구와 요리를 할 수 있는 에파타라는 이름의 노인 하나를 묶어 주었다.

탄자니아와 케냐 국경지대의 큰 마을 나록(Narok) 출신이라는 노인은 앞니가 하나도 없이 다 빠졌지만 늘 입을 벌리고 웃는 얼굴을 하고 있어 인상이 좋았다. 대부분 마사이족들이 날씬하게 깡마른데 비해 에파타 노인은 몸에 살집이 꽤 붙어 있었다. 관광객들이 먹는 음식을 얻어먹어 이도 빠지고 살이 쪘다고 운전사가 놀려대었다.

사파리에서 돌아왔을 때 에파타 노인은 미리 두 개의 천막과 저녁을 먹을 수 있게 식탁까지 준비해 놓고 있었다.

"소똥으로 지은 집은 벌레도 안 꼬이고, 시원하다는 거요. 그렇게 살던 사람들이 사탕을 먹으면 이가 썩고, 어린애들은 당뇨병이 오거든……."

K는 오늘 밤 악어고기를 먹을 수 있을 것이라고 어깨를 으쓱해 보였다. 얼룩말과 코끼리, 기린, 악어 고기를 나이로비의 유명한 고기집에서 케냐 도착 첫날 먹은 적이 있었지만 초원 위에서 밤 늦게 모닥불에 악어고기를 구워 먹을 수 있다는 말은 몹시 기대되었다.

나는 그날 밤 그 초원의 모닥불 앞에서 그토록 듣고 싶었던 사자의 울음소리를 들었다.

에파타 노인이 지금 살고 있는 마을에서 마사이 청년 두 사람과 젊은 여자 한 사람이 악어고기와 그네들 토속주를 구해 가지고 어두워질 무렵 우리에게 왔다.

여자 이름은 에트하라고 했다.

청년들 이름은 바르나바스와 시아프. 그런데 시아프라는 이름이 사파리 개미를 뜻한다고 해서 우리는 웃음을 터뜨렸지만 본인은 우리가 왜 웃는지 이해가 안 되는 모양이었다.

모닥불 위에 악어고기가 쇠꼬챙이에 꿰어져 익어가고 있었고, 사바나원숭이 몇 마리가 계속 우리 곁을 서성거렸다.

우리는 모닥불을 가운데 두고 한국에서 가져간 소주와 그네들이 가져온 막걸리 비슷한 토속주를 나누어 마셨다. 옥수수와 카사바를 섞어 발효시켰다는 그 곳 토속주는 막걸리 맛과 비슷하면서도 도수가 높아 금방 취기가 돌아 버렸다.

…… 이 세상을 처음 만든 렝가이 신은 모든 가축을 마사이족에게 주었다. 다른 부족들이 가축을 가지고 있는 것은 그들이 마

사이족 재산을 일시 보호하고 있는 것에 불과하다. 그래서 언제든 필요할 때면 다른 종족이 가지고 있는 가축들을 마사이들이 도로 가져올 수 있는 것이다……. 마사이 청년들은 그래서 때로 다른 부족의 가축들을 끌어오고, 그 보복으로 와이코마, 와쿠리아, 수쿠마 족 같은 유목생활을 하는 다른 종족들이 다시 마사이족 마을을 기습해서 저희들 잃어버린 것보다 더 많은 가축을 가져가기도 한다……. 그래서 마사이족은 모두가 전사인 것이다……. 트리파노소마증이라고 불리는 수면병을 퍼뜨리는 체체파리는 무덥고 습기 찬 삼림지대에서 번성하는데 야생 동물에게는 전혀 피해를 안 준다……. 마사이 목동들은 그래서 야생동물들이 사는 삼림지대에서 살지를 못한다……. 청년들 둘이 토막진 영어로 하는 이야기들을 듣는 동안 주위는 점점 음험한 공모 속에 깊고 검은밤 그림자에 잠겨가기 시작했다.

그네들이 로꼬니라고 부른다는 우산아카시아나무들이 마치 불타 버린 빈 터에 남은 타다만 나무 밑동같이 검은 색으로 형체만 드러내고 있을 때쯤 그 검은 윤곽들 사이로 붉은여우와 하이에나의 푸른 빛 품은 눈들이 나타났다가 사라지곤 했다.

얼만큼 술이 돌았을 때 노인과 청년 둘이 낮에 마을에서 보았던 그 높이뛰기춤을 추기 시작했다.

어깨를 나란히 해서 단조롭게 좌우로 움직이다가 한 사람씩 차례로 껑충거리며 높이뛰기를 하는 마사이 전사의 춤은 내가 보기에 아프리카 춤 가운데서 가장 단조롭게 보였다.

그러나 그 단조로움이 며칠간 자주 보아왔던 톰슨가젤이나 임팔라의 경쾌한 몸 움직임과 닮았다는 생각이 들었다. 그들의 장작개비처럼 날씬한 몸매 때문일지도 몰랐다.

K가 그들 춤판으로 끼어 들자 모닥불을 가운데에 두고 나는 에트하라는 여자와 서로 마주 바라보는 자세가 되었다.

불빛의 열기로 짧게 밀어 버린 머리와 검은 얼굴이 윤기를 내고 있었다.

한순간 그녀 뒤의 검은 공간을 배경으로 그녀 눈 흰자위와 반쯤 벌린 입술 사이로 드러난 이빨만이 허공 중에 떠있는 느낌이 왔다.

K가 억지로 나를 그들 춤판으로 끌어내자 그녀의 흰 눈자위와 이빨이 더욱 커다랗게 확대되었다.

"거짓말 같겠지만 동남아 밀림 속에 바로 이 미니 코끼리가 살고 있어요."

K도 꽤 취해서 비틀대며 텐트로 돌아가더니 손바닥 위에 큰 쥐 크기의 바짝 마른 동물 표본 하나를 들고 나와 손바닥 위에 얹어 보였다. 하기야 나도 반신반의니까……. 그는 소주를 연이어 비우고 나서 그 표본을 내 눈앞에 들어올렸다……. 과학자들이 X-ray 투시기로 분석을 했는데…… 결론은 완전히 코끼리가 갖추어야 할 모든 조건을 갖추고 있다는 사실이 밝혀졌거든……. 미라가 있다면 살아 있는 미니 코끼리도 어딘가 있다는 이야기이고 나는 그걸 찾아보아야 할 사명이 있다는 말씀이야……. 한국에도 몇 사람 호사가들이 이거하고 같은 미니 코끼리 미라를 가

지고 있으니까……. 걸리버 여행기가 거짓말이 아닐 수 있다, 어때요? Y형?…….

모닥불 빛과 가스등의 조명 속에서 취한 눈으로 확실하지 않았지만 나로서는 짓궂은 사람들이 만들어 낸 가짜 표본이겠거니 그렇게만 느껴졌다.

"호디?(들어가도 됩니까?)"

에파타 노인이 다시 잘 익은 악어고기를 알미늄 쟁반에 담아서 우리 곁으로 다가왔다.

"카리부 음제.(어서 와요. 노인장.)"

"하바리 야코?(기분은 어떠세요?)"

K는 노인에게도 소주를 종이컵에 따라 자꾸 권했다.

"시카모(존경의 뜻)……. 마라하바.(대단히 기쁩니다.)"

"사피, 하바라 차하파. 하바리 차 아피아?(괜찮습니다. 여긴 어떠세요? 건강은 괜찮아요?)"

"아흐산데 음제.(좋습니다.)"

알코올 기운도 있었지만 아프리카 사바나에서 밤을 맞고 있다는 사실에 나는 깜박깜박 간헐적으로 까마득한 비현실의 공간으로 흘러가고 있는 느낌이었다.

에파타 노인과 바르나바스, 시아프와 K의 토착어와 영어들이 뒤섞인 대화를 들으면서 투시경으로 밤의 초원에 눈을 주고 있는 내가 꿈을 꾸고 있는 것인가 하는 생각이 들기도 했다.

밤이 깊어졌을 때 차분히 가라앉은 저녁 공기 속으로 길고 긴

장된 수사자의 신음소리가 울려 퍼지기 시작했다. 낮처럼 환하면서도 차갑고, 불분명한 녹색의 대지위로 그 때 사자의 울음이 들려왔다.

"우우우웅, 우우우웅 우우우우웅……."

신음소리가 조금씩 커지고 있었다. 처음에는 나지막한 저음이던 것이 점차 높아지다가, 이윽고 다시 낮아지면서 자기 목소리를 되찾는다. 드디어 깊고도 단조로운 으르렁 소리가 짧게, 다시 짧게 한참을 이어진다. 그리고 마지막으로 지친 듯한 한숨을 길게 내쉰다. 이 모든 과정이 30초 가량. 조용한 밤이면 8km 밖에까지 그 사자의 포효소리는 퍼져 나간다고 한다.

나는 그 짧은 시간 동안 새끼사자를 물어뜯어 피투성이가 된 주둥이를 치켜든 수사자와 수풀 뒤에 숨어 있는 암사자의 모습을 머릿속에 그렸다.

그 울음소리가 끝나자 K가 노인과 마사이 방문객들에게 손바닥 위의 그 미니 코끼리 모형을 보여주는 듯했다. 여자가 낮은 소리로 비명을 질렀고, K가 커다랗게 웃음을 터뜨리는 소리를 들었다.

야행성 몽구스 한 마리가 언제부터인지 바로 눈앞에서 우리를 빤히 올려다보고 있었다.

새벽 3시가 가까워서야 간이침대 위의 모기장 안으로 앞서 들어간 나는 곧장 곯아떨어진 듯싶었다.

그러나 새벽녘 현실과 꿈의 경계에서 내 몸이 초원의 맨 땅에 그대로 누워 있다는 느낌이 왔다.

까슬한 잔디 아래쪽에서 메마른 땅의 매캐한 먼지 냄새가 콧속으로 기어들면서 깊은 수렁 안쪽으로 조금씩 빨려들어가는 기분이었다.

수사자가 내는 낮고 우우우웅거리는 소리, 하이에나가 내는 이상한 신음소리들이 귓속에서 계속되었다.

눈을 뜨려고 있는 힘을 다해 눈꺼풀을 움직였다. 그리고 한순간 모기장 밖으로 푸르스름한 새벽 안개 속에 커다란 우산아카시아의 위로 퍼진 가지와 굵은 밑동이 부조처럼 떠올라오는 것을 보았다.

아, 나는 갑자기 숨이 막혀왔다.

실루엣으로 떠오른 나무 밑둥치를 끌어안고 있는 두 마리의 동물이 흐린 먹빛 새벽 안개 속에서 눈에 들어왔기 때문이다. 나는 처음 그것이 나무를 타고 오르는 표범이거니 했다. 그러나 앞쪽 동물은 허리를 깊이 굽혀 엉덩이를 잔뜩 치켜든 자세였고, 뒤쪽 동물이 앞발로 그 허리를 깊이 싸안은 채 격렬하게 몸을 앞뒤로 움직이고 있는 모습이었다. 안개 속에서 앞의 검은빛 동물은 때로 나무밑동과 하나처럼 보였다. 그러나 뒤쪽에서 움직이는 형체는 어둠 속에서 희읍스레 부조처럼 떠올라 보였다.

그러나 나는 심하게 밀려드는 두통 속에서 시선을 모으지 못하고 깊은 어둠 밑바닥으로 침전해 가고 있었다.

그리고 아침, 심한 두통 속에 눈을 떴을 때 내 곁 간이침대가 비어 있는 것을 발견했다. K의 모습이 보이지 않았던 것이다.

K의 실종이 확인되면서 여행사 사장과 현지 경찰들이 몰려와서 소란스러워졌을 때 나는 문득 내가 꿈이었는지 생시였는지 구별이 안 되는 기억 속에 남아 있던 새벽 어스름을 배경으로 우산아카시아 밑동을 안은 채 격렬하게 허리를 움직이던 형체가 K였던 것 같은 의아심이 왔다.

그러나 나는 아무 말도 할 수가 없었다.

렝가이 신이 처음부터 모든 가축을 마사이족에게 주었으니까 마사이 청년들이 와이코마, 와쿠리아, 수쿠마 족들에게서 가축들을 가져오는 것은 당연한 일인데……. 체체파리는 야생 동물에게는 피해를 안 주지만 사람이나 가축에게는 치명적이어서……. 어젯밤 K와 마사이족 사람들이 나누던 토막 영어의 기억 속에서 K의 표정이 너무 당당하고 유쾌해 하던 표정들이 내 머릿속을 어지럽혀 왔다.

출국을 위해 요하네스버그 국제공항 출국장에 들렀을 때는 난 혼자였다.

K의 실종과 함께 원래의 여행 일정은 깨어져 버렸다. 코가 긴 일행이 앞서 혼자 이집트로 떠났고, 네 쌍은 남아공 인공 도시, 선 시티로 골프를 하러 가 버렸다. 여행사 사장이 대사관과 경찰서를 들락거리느라 나이로비에 남게 되자, 나 혼자 홍콩행 비행기를 탈 수밖에 없었던 것이다.

"잠보! 카리부.(안녕하세요? 어서 오세요)"

그날 마사이족 복장으로 갈아입은 여종업원이 흰 이를 드러내며 밝게 웃어 보여 잠시 에트하라는 이름의 여자 생각을 했다.

"잠보! 마사이 마마?"

내가 내 귀를 길게 늘어뜨리는 모양을 해 보이자 여자가 자기 머리를 완전히 밀어 버리는 시늉을 하며 낄낄대며 웃었다. 마사이족 여자들은 머리를 완전히 밀어 버리기 때문에 그들처럼 머리를 수십 가닥으로 촘촘하게 땋은 마사이 여인들은 있을 수 없었다.

"아임 코리안 마사이……."

여자가 더욱 큰 소리로 웃었기 때문에 역시 마사이족 복장을 한 다른 두 명의 여종업원들이 우리를 돌아보았다.

가게 〈OUT OF AFRICA〉 1층의 잡다한 기념품들― 동물의 작은 목각, 열쇠고리, 코끼리 가죽의 지갑과 벨트, 기린 가죽의 가방, 볼펜, 동물 그림과 아프리카 지도가 수놓인 티 셔츠와 반바지, 마사이 원색 망토가 걸린 뒤편 벽에 액자에 끼워 넣지 않은 유화와 수채화 그림들이 수십 장 붙어 있는 것을 지난 번에는 보지 못했다.

새로 그림들이 붙었는지 옛날에 붙어 있었는데도 눈에 뜨이지 않았는지는 알 수 없었다.

눈 덮인 킬리만자로 산정을 배경으로 한 코끼리 떼와 초원을 그린 그림, 싸우고 있는 얼룩말 두 마리, 졸고 있는 사자 가족의 나른한 오후, 먹이를 나뭇가지 사이에 끼워 놓고, 나뭇잎 사이로 날카롭게 전방을 쏘아보는 표범의 모습, 하마가 있는 강변…….

케냐 암보셀리 초원에서 보았던 풍경들이 아주 사실적으로, 혹은 약간 추상적 분위기를 가미해서 그린 그림들이 뒤 벽면을 가득 채우고 있었다.

그 그림들을 눈으로 훑다가 나는 20호쯤 되어 보이는 유화 한 점 앞에서 걸음을 멈추었다.

황혼의 사바나. 너무 강렬한 색채의 그림이었다. 막 해가 지고 난 다음의 검붉은 저녁노을이 초원의 끝과 하늘을 덮고 있고, 검은 음영으로 우산아카시아나무 한 그루가 근경으로, 중간에 한 그루, 거기에 마사이 여인 하나가 그 초원 쪽으로 걸어가다가 잠깐 고개만 돌린 구도의 그림이었다. 강렬한 검붉은 색조 위에서 뒤돌아보는 여자의 눈자위와 표정 없이 방심한 듯 반쯤 벌린 입술 사이의 드러난 이의 흰색이 대조적으로 나를 향하고 있었다.

종업원이 다른 손님 쪽으로 뛰어가면서 잠보! 잠보! 하는 소리를 들으며 나는 다시 그 그림을 향해 시선을 주었다.

예술적 수준 같은 건 아무래도 좋았다. 복사판 수준의 그런 그림이 널려 있을지도 몰랐다. 그러나 검붉은 황혼을 배경으로 한 마사이 여인의 눈과 흰 이는 이상한 주술적 힘을 내뿜고 있었다. 아, 나는 짧게 신음했다.

마사이 여인의 등뒤에 서 있는 커다랗게 줄기를 내보이고 있는 우산아카시아나무 뒤쪽에서 잠시 한 사람 남자와 여자의 실루엣을 본 듯한 착각이 왔기 때문이다. K의 모습이라는 생각이 들었다. 거리를 두고 윤지의 모습이 있었다는 느낌도 들었다. K와 윤지의 모습은 빠른 속도로 작아져서 손가락만하게 줄어든 다음 어둠의 틈 사이로 스며들어 버린 듯했다.

빛이 약해지면 현재의 풍경은 짧은 시간 내에 변화할 것이다.

황혼은 점차 검정빛에 침식당하고, 지평선과 하늘이 같이 용해되면서 마사이 여인의 눈 흰자위와 이빨만이 검은 색을 배경으로 야행성 동물의 눈처럼 확대될 것이다.

새벽이 가까운 시간 수사자의 포효소리가 대지에 깔리면 K도, 윤지도 아마 사자 울음소리 속에서 축소되어가다가 한순간 그림 뒤편 세계로 빠져 나갈지도 몰랐다. ♠

암보셀리, 그 사바나의 새벽

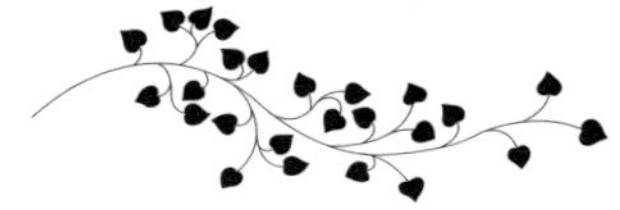

킬리만자로 산정의 만년설이 스카이 라인을 이루고 있는 서쪽 하늘과 사바나의 지평선은 검붉은 황혼 빛깔이었다.

초원의 끝 부분.

톰슨가젤 무리와 우산아카시아 몇 그루가 검은 윤곽을 드러내고 있는 초원 한가운데에서 잠깐 고개를 돌린 마사이족 여인이 한 사람.

검은 피부색이 어둠에 묻혀 들고 있는, 그녀의 흰 눈자위가 이쪽을 향하고 있었다. 황혼의 어두운 색조를 배경으로 뒤돌아보는 여자의 방심한 듯 반쯤 벌린 입술 사이에서 드러난 이빨의 흰

색과 눈자위가 사뭇 도전적이었다. 벌겋게 물들었던 하늘이 밤
의 어둠 속으로 잠겨가는 시간, 고개를 돌려 이쪽을 향한 여인의
흰 눈자위가 소름 돋도록 강렬하게 다가왔다.

from SUJAN. PARK.
Nairobi. Kenya.

　엽서 뒤쪽에 쓰인 발신인의 이름을 확인하면서, 순간이었지만
명치끝으로 훅 뜨거운 열기가 밀려올라왔다. 아프리카 여행을
계획하고 있던 연말이었다. 그녀 수잔이 한때 여행사에 근무했
다는 것 이외에는 까마득히 잊고 있었는데, 아프리카에서 그녀
가 생각지도 않게 내게 엽서를 보내온 것이었다.

　'지금도 팔리지 않는 소설 쓰시고, 새에 대한 꿈을 꾸시고 그러
세요? 물레새, 긴발톱할미새, 흰눈썹긴발톱할미새, 노랑할미
새, 백할미새, 검은등할미새, 밭종다리, 붉은가슴밭종다리…….
할미새들은 다 여름철새들, 밭종다리는 겨울철새, 붉은가슴밭
종다리는 경기지역에서만 발견되는 나그네새……. 이만하면 제
기억력 괜찮죠? 지극히 선택적 기억력이지만요.
　한국과는 밤낮도, 계절도 정반대의 공간에 온 지 4년입니다.
　아프리카는 선배님 좋아하는 많은 새와 동물들의 천국이죠.
　여행 오시면 성심껏 가이드 노릇 해드릴 용의가 있어요.
　흰코뿔소(White Rinoceros: Faru) 표지가 아프리카에서 최고

의 사파리 안내 여행사 로고랍니다.'

여행자 명단과 스케줄이 나이로비 쪽 여행사에 팩스로 전달되었을 것이고, 사무 처리중 내 이름을 발견하고, 가벼운 기분으로 엽서를 썼을 것이다.

그러나 나는 그 엽서를 손에 쥔 순간, 초원을 뛰어 달리고 있는 수백, 수천의 버팔로 무리 한쪽 커다란 우산아카시아 그늘에서 잠시 고개를 치켜든 가젤 몇 마리를 떠올렸고, 그 속에 섞여 수잔의 모습이 살아나는 것을 어쩌지 못했다.

왜 옛날 그녀에게서 야생동물을 연상하지 않았을까.

뒤늦게 5년 전, 내가 박사학위 논문을 마무리하고 있었을 때, 그녀는 석사과정 재학생이었다. 그 무렵 강의가 늦게 끝난 저녁이면 더러 싸구려 소주집이나 생맥주집에서 같이 어울려 내가 새 이야기를 화제에 올렸을 것이다.

"…… 〈날다〉라는 단어는 꿈이며, 동시에 절망이거든. 우린 날 수가 없으니까……. 일탈의 꿈을 〈새〉에게 의존한다고 할까."

그들 중 누군가 내게 문학을 전공할 게 아니고, 조류학을 공부했어야 하는데 잘못한 것 같다며 웃었다. 나도 그 말에 낄낄대며 동의했었지 싶다. 그리고 시골에서 자라면서 여러 종류의 산새 새끼들을 길렀던 이야기를 했을 것이다. 때까치나 종달새 새끼들을 꺼내다 놓고, 녀석들의 먹이를 구하느라고 7월 땡볕, 새까맣게 그을린 시골 소년은 오후 내내 지치도록 메뚜기며, 잠자리를 잡으러 다녔다고……. 때로 개미집을 삽으로 파뒤집어 허연 개미알들을 모아다 새끼새에게 먹였는데, 개미 알을 줍느라 쭈그리고 앉아 있으면 개미 떼들이 종아리를 물어뜯고, 땀방울이 눈으로 흘러들어 눈앞이 흐려지는데, 때로 개미들이 고추 끝을 물어뜯었다고. 그 때 일행 속 건너편 자리에서 평소 화제에 잘 끼어 들지 않던 그녀가 히히힉거리며 웃어대었던 것이다.
"…… 개미한테 동정을 뺏긴 희귀 동물이네요, 선배님은요."

어떻게 해서 그 해 겨울, 수잔과 같이 자게 되었는지는 영 확실하지 않다. 그녀의 석사학위 논문이 통과된 것을 같이 축하했던 들뜬 기분이 예기치 않게 한순간, 정반대의 깊은 처연함 속으로 함몰되면서 같이 눈물을 흘렸던 듯싶다.
자세한 내용은 모르겠지만 그녀가 무속(巫俗)에 관계되는 논문을 썼던 것만은 확실하다. 술잔 수만큼이나 많은 추상적 어휘와 명제들이 둥둥 떠다니던 그런 자리에서 그녀가 내게 물었다.
보통사람들은 인지하지 못하는 샤먼[巫堂]의 현실과 초현실적 세계의 왕래가 샤먼 자신에게 그만큼 자기 세계의 확충일 수 있을지, 어느 한쪽도 안주 불가능한 외로운 영혼인지 모르겠다는 이야기를 그녀가 했던 것 같다.
그 화제 후에 그녀가 많이 울었고, 그 울음을 달래다가…….
'그건 외로움이야. 피할 수도 없는 숙명적 외로움이야'.를 중얼거리면서, 그녀 울음에 내가 전염되어 나까지 출구 없는 껌껌한 늪 속에 가라앉아 간 것 같다.
학교 부근 모텔이었다.

새벽에 눈을 떴을 때, 나는 황망하게 지난 밤 일들이 나 혼자 꾼 꿈이었는지, 실제 일어난 일이었는지조차 영 가늠할 수 없었다.

그녀는 머리털 한 올 남겨 놓지 않고 내 기억의 다른 쪽으로 새벽에 이미 증발해 버리고 없었다.

기억의 조각들은 내가 한국을 떠나 홍콩을 거쳐 요하네스버그행 남아공 비행기에 오르면서 조금씩 선명하게 살아났다.

SA286 Johannesburg.

우리 일행은 아홉이었다.

글 쓰는 친구들이 처음에는 5, 6명쯤 호기심을 보이더니, 출발을 앞두고 한두 명씩 빠져나가 결국 소설가 B와 시인 R, 그리고 나 이외에는 모두 일반 여행객들로 일행이 이루어져 버렸다.

B와 R은 아프리카 여행으로는 처음이어서 홍콩에서부터 들떠 보였다.

홍콩에서 요하네스버그까지만 열한 시간.

다시 남아공 비행기로 갈아타고 케이프타운(Capetown)까지 날아가는 동안 내내 나는 그녀 수잔에 대한 기억 속을 헤맸다.

그 뒤에도 같이 어울린 자리가 있었지만 그녀 표정 어디에도 우리 둘만의 시간이 있었다는 흔적이 남아 있지 않았다. 나 역시 덮여진 인연의 뚜껑을 다시 열어야 할 만큼 감정의 여유가 없었을 것이다.

눈에 띄게 검은 피부였던 그녀, 수잔이라는 이름조차 애칭이었는지, 본명이었는지도 확실하지 않게 세월이 지난 후에야, 문득 그녀에게서 야생의 체취가 풍겼다는 회상이 왔다. 야생 동물이 연상되었던 것은 그녀의 검은 피부 탓이었을지도 몰랐다.

그러나 그 연상은 내가 결혼을 결정할 무렵, 얼마 동안 몹시도 나를 괴롭혔다. 산새 새끼를 기르던 유년 이야기를 나누었던 여자가 그녀밖에 없었다는 생각과 같이 눈물을 흘렸다는 사실에, 내가 그녀를 깊이 사랑했던 건 아닌가 하는 생각까지 들었기 때문이었다. 합석했던 자리에서 내가 곤줄박이며, 오색딱따구리, 꿩 새끼 기르던 이야기 같은 학문과 관계 없는 화제를 꺼냈을 때, 늘 그녀가 합석했었다는 새삼스러운 회상까지 덧붙여졌다.

제일 기르기 쉽고 사람을 쉽게 따르는 야생 조류가 곤줄박이이고, 끝까지 순치가 안 되는 것이 꿩이었다는 결론에, 수잔은, 그럼 난 꿩 새끼 쪽인가? 하다가, 선배님 이쁜 새들은 남미나 호주, 아프리카 쪽에 훨씬 많은 거 아닌가요? 했던 말도 떠올라왔다.

어느 날, 소설 쓰는 일이 절박감으로 다가오지 않는다는 것을 느끼면서, 엉뚱하게 아프리카를 다녀오면, 그 땅의 원시적 주술력이 나를 일깨워 줄 것 같은 막연한 기분에 젖고 있었는데, 주변 작가들 몇이 겨울방학 때, 아프리카에 가겠다는 이야기를 술자리에서 듣고는, 그들에게 아프리카가 얼마나 매혹적인 공간인가를 내 나름대로 상상력을 보태서 꽤 많이 떠들어댔었다.

끝없는 모래바람의 사막, 기아와 무질서, 내전과 종족 분쟁, 에이즈……. 그런 선입견과는 상관없이 이집트 카이로 거리에 밤이면 어슬렁거리며 나타나는 들개 떼들, 미라와 투탕카멘 왕의 황금가면, 나일강의 적요, 빅토리아 폭포와 희망봉, 거기 사는 수많은 종족들의 놀라운 주술과 관습. 야생의 동물들, 그 중에서도 그곳 사람들의 순수와 그 땅의 풍요에 대해 한번 그 곳을 스쳐 왔다는 우월감으로 주책스럽게 떠들었던 기억이 부끄러웠다……. '잠보!' 한 마디면 모든 대화가 통하는 그 땅에 다녀오면, 우리가 골머리 싸매고 찾아헤맸던 언어들이 얼마나 하찮은 쓰레기 같은 것이었나, 얼마나 무의미한 도로(徒勞)였나를 확인할 수 있을 거라고…….

우린 남아프리카공화국을 돌아서 케냐로 들어가기로 일정이 짜여 있었다. 백인들이 건설한 케이프타운은 유럽의 작은 도시를 방문한 그런 느낌이었지만, 테이블 마운틴 꼭대기의 축축한 안개 속에서 사람을 두려워하지 않는 망구스들과 구관조 크기의 금속성 검은 빛 깃털의 새들 무리, 수선화과에 속하는 붉은 꽃의 왓소니아(Watsonia), 들국화를 닮은 노란 꽃무더기들, 인도양과 대서양이 만나는 희망봉 절벽 끝에서 바라본 바다와 사람을 무서워하지 않는 작은 체구의 아프리카펭귄 떼 곁에서 B와 R은 정신없이 카메라를 눌러댔다.

"돌아가면 뭘 좀 쓸 것 같은데요."

술을 좋아하는 B는 한국에서 챙겨간 팩 소주를 희망봉 끝자락 바닷가에서 내게 건네면서 즐거워했다.

"이렇게 해야 제대로 격이 맞는 것 아닌가요?"

R은 바닷가를 검게 뒤덮고 있는 다시마넝쿨에서 다시마 줄기 한 줌과 조개껍질을 찾아들고 뛰어오며 소리쳤다. 우리 셋은 다른 일행과 거리를 두고, 조개껍질에 소주를 붓고, 다시마 줄기를 안주해서 브라보를 했다. 그 시간, 한국에 눈이 너무 많이 계속 내리고 있다는 뉴스를 그 때만은 믿을 수 없었다. 똑같은 시간대에 전혀 다른 기후가 있다는 것을, 또 같은 절대의 시간인데도 밤과 낮, 다른 계절이 공간에 따라 동시하고 있다는 사실을 우리는 여행 동안 자주 화제에 올렸다.

다시 요하네스버그를 거쳐 케냐의 나이로비에 들어오면서, 이질 세계의 공존, 그 많은 다원적 삶과 사고에 관한 이야기를 더 많이 했다.

서울은 추위가 기승을 부릴 것이고, 일기 예보는 빼놓지 않고 영동 지방의 눈 소식을 전할 1월 상순의 나이로비는 한국의 5월 초 정도, 공기는 쾌적하고, 거목으로 자란 거리의 자카란다 꽃이 제철이 아닌데도 꽃들을 숨겨놓고 은은한 향기를 내보냈다.

"10월에서 11월은 저 보랏빛 꽃들이 이 곳에 처음 온 사람들 혼을 다 빼놓아요. 아프리카 대륙 전체가 저 자카란다 꽃향기에 뒤덮인 것 같다니까요. 여기 사람들이야 그걸 못 느끼지만……."

그녀 수잔이 한국에서 석사과정으로 문학을, 그것도 나와 같은 학교에서 공부했다는 것이 B나 R은 많이 부러운 모양이었다.

"전 그냥 무속 쪽에 조금 흥미가 있었나, 그랬었죠. 문학은 전혀 몰라요. 현재는 여행사 직원이고요."

달라졌다면 일하는 여성들의 그 자긍심, 상대방의 눈을 똑바로 바라보고 이야기하는 자신만만함, 그런 정도의 변화라고 할까, 5년 전과 달라진 모습이 그녀에게서는 느껴지지 않았다.

　나이로비 최고의 호텔 중 하나라는 한국인이 경영하는 ‘사파리 파크 호텔’ 의 아열대성 정원의 수림과 야생고기 전문점인 ‘육식동물’ 이라는 뜻을 가졌다는 ‘카르니보르(Carnivore) 레스토랑’ 요리를 앞에 놓고, 고국에서 참으로 멀리 떠나와 있다는 실감을 일행은 많이 했다.
　쇠고기와 돼지고기 외에 기린, 얼룩말, 임팔라, 타조, 악어 고기를 커다란 불판에서 긴 쇠꼬챙이에 꽂아 구운 뒤, 차례대로 손님 앞에 내놓는 야생고기 집에서도 B는 잊지 않고 한국산 소주를 팩으로 내놓았다.
　“학교 앞 소주집 생각이 나요.”
　잠시 그녀 수잔의 시선이 내 눈에 부딪쳤다.
　“악어고기가 제일 귀한 거니까 많이 잡수세요.”
　우리들은 그녀의 조언대로 주로 임팔라와 악어 고기를 먹었다. 악어고기는 닭고기의 붉은 살맛과 비슷한 느낌이었다…….
　“악어고기는요, 말린 소똥 불에 구워 먹어야 제 맛이에요.”

　“전혀 소설을 못 썼어.”
　사파리 호텔 로비 커피숍에서 수잔과 나는 참으로 오랜만에 마주앉았다.
　“학교에 계셔서 그런가요?…… 새를 안 길러서일지도 모르고요. 학교 생활은 별 변화가 없잖아요? 감정이 탄력을 잃고, 타성에 안주하고……."

그녀가 반 병쯤 남은 위스키를 잔 두 개와 가져왔다.

"제꺼 맡겨둔 거죠. 자주 관광객들 안내해 오니까요."

"이 곳에서 절 보니까, 저 그렇게 안 새깜하죠?"

몇 잔씩 잔이 비었을 때, 그녀가 그렇게 말하고 후훅 웃었다.

"어렸을 때, 아이들이 맨날 '깜상, 깜상' 하고 놀렸거든요. 그래서 생각했어요. 그래 나는 토종 한국 사람이 아닌가 보다. 어른이 되면 까만 사람들 사는 아프리카 고향으로 찾아갈 거다. 그 생각을 더러 했어요. 아버지 얼굴을 한번도 못 보았으니까, 아버지나 할아버지가 흑인이었을까, 그런 생각도 들었구요……. 참, 선배님은 지금 아이 몇이나 두셨어요?"

…… 나는 고개만 저었다. 결혼을 했고, 곧바로 이혼을 했다는 말은 하고 싶지 않았다.

수잔은 결혼했어? 그렇게 묻고 싶었는데도 나는 그 말도 목구멍 안으로 밀어넣어 버렸다.

"이렇게 있으니까 옛날 학교앞 소주집에 같이들 앉아 있는 것 같아요……. 그 무렵 아프리카에 대해 지금만큼만 알았다면…… 문명과 야만, 문화와 원시가 충돌되거나, 반대 개념이 아니라는 결론을 내렸을 건데요. 뭐랄까……, 그것은 서로 다른 차원, 다른 질서의 세계……. 아프리카에 와서 느낀 건데요. 원주민들이 병이 나면 마을 주술사가 치료를 해요. 문명인의 눈으로 보면 말도 안 되지만 병이 나아요. 그렇게 수천 년 그들은 그들대로 살고 있다는 사실이에요. 지금도 이 곳 원주민들에게는 근대적 개념의 국가, 정부라는 것이 왜 있는 것인지 이해가 안 되요. 국경도요…….”

두 잔 정도씩만 마실 생각이었는데 결국 술병이 바닥을 보인 뒤에야 우리는 일어섰다.

“일찍 주무셔야 해요. 내일은 선배님 좋아하는 이쁜 새들도 많이 보시고, 동물들도 만나봐야 하구요”

‘사실 수잔, 널 보고 싶었어’, 그렇게 말하고 싶은 것을 참으면서 악수를 하고 그녀와 내 방 앞에서 헤어졌다.

“엄마는 제 석사학위 받고, 그 해 돌아가셨어요. 아, 엄마 이야기 안 해 드렸나요?”

내가 고개를 저었다.

“이야기를 못했군요. 우리 엄마…… 중년에 무병(巫病)이 들었었어요. 사춘기 시절 많이 고통스러웠지요.”

그녀의 어깨를 감싸 안고 싶은 충동을, 나는 간신히 참으며 몸을 돌렸다.

아열대의 정원은 깊은 정글같이 어둠에 덮여 있었다.

이튿날 점심때가 못되어 우리는 암보셀리의 올 투카이 로지(OL Tukai Lodge)에 짐을 풀었다.

작은 일제 토요타 사파리 차 두 대에 나누어 탄 일행은 나이로비에서 탄자니아 국경도시인 나망가까지의 포장도로를 달린 뒤, 왼쪽으로 꺾어져 우산아카시아가 띄엄띄엄 자라는 먼지 나는 황톳길을 오전 내내 달렸다.

초원 곳곳에 말라죽은 고사목(枯死木)들과 죽은 동물들의 시체가 뼈와 가죽만 남아 뒹구는 모습이 보였다.

"3월에서 5월까지가 우기여서 지금 1월은 건기지요. 풀이 적어서 동물들이 많이 죽어요."

'에파타' 라는 이름의 나이든 기사가 모는 우리 차에는 수잔이 가이드로 타고 있었다.

"영국 지배를 한동안 받아서 원주민들도 다들 짧은 영어는 해요. 영국식 영어여서 미국식으로 굴리지 않아서 한국 사람들에게는 더 쉽게 통하죠"

메마른 초원을 원색의 망토에 긴 막대를 들고 소떼를 몰고 가로지르고 있는 마사이족 소년들 모습도 눈에 들어왔다.

"사슴 좀 봐요. 사슴!"

갑자기 같은 차에 탄 B가 창 밖을 가리키며 소리를 질렀다.

"쟤네 이름이 톰슨가젤이에요. 아프리카 초원에 가장 많이 사는 동물이어서 육식동물들의 식량 역할을 하죠. 엉덩이에서 앞다리 쪽으로 옆구리에 까만 무늬가 보이지요? 무늬가 없이 조금 큰 것이 그랜트 가젤, 꼬리와 양쪽 엉덩이에 검은 줄이 있는 놈들이 임팔라, 조금 더 큰 토피, 클립스프링거…… 다 친척들인데요. 있다가 나밍가 게이트를 지나 국립공원 안에 들어가면 그 때부터는 큰 동물도 보실 수 있어요. 마사이 기린, 제브라, 버팔로, 코끼리, 표범, 사자……. 사자는 내일 마사이 마라에 가면 많은데요. 운 좋으면 이 곳서도 사자를 볼 수 있을지도 모르겠어요."

"저 동물, 사람들이 잡아먹어도 되는가요?"

심심찮게 톰슨가젤 무리들이 눈에 자주 들어오자 B가 군침이 도는 모양이었다.

"시장하세요? 벌써? …… 제한적으로 정부 관리 하에서만 잡지만, 밀렵도 아직 많아요……. 저 미스터 에파트를 구슬려서요, 오늘밤 소풍 모닥불에 구운 악어고기를 잡수시게 해드릴게요. 기대하세요. 선배님한테 옛날 진 빚이 있거든요……. 아, 선배님, 체체파리 이야기 아시지요?"

"수면병을 일으킨다는……."

"물렸다 하면 '트리파노소마' 라고 계속 잠이 쏟아져서 결국 깨어나지 못하고 죽는……. 그런데 사람이나 가축이 물리면 그렇게도 치명적인데 야생 동물에게는 전혀 해가 없어요. 사람이나 가축은 체체파리가 많은 음습한 숲에 가까이 가면 안 되지만, 거기서 사는 사자나, 코끼리, 저런 톰슨가젤 같은 놈들은 그 경계를 저렇게 넘어다닐 수가 있지요."

초원에 사는 농민이나, 목축업자들 입장에서는 자신들 삶에 끼어드는 사자나, 다른 동물들에게 증오심을 가질 이유가 충분하다는 것이다. 사자는 때로 송아지나 새끼 염소를 잡아먹고, 코끼리는 밭에 가꾸어 놓은 곡식을 짓밟고, 집까지 무너뜨리기도 한다는 것이었다.

야생동물 사냥 허가 지역에서 수컷 사자 한 마리를 죽인다는 것은 생태계에 별 영향을 미치지 않을 것처럼 생각될 수도 있다.

쓰러진 수컷 주변에는 더 젊은 수컷들이 널려 있고, 암컷들은 새로운 수컷과 금방 교미를 하고 새끼를 가질 것이다. 그러나 수사자의 경우는 그렇게 단순하지가 않다는 거였다. 한 집단의 수컷 사자가 제거될 경우, 남은 가족들은 다른 수컷들의 도전에 그만큼 약해질 수밖에 없고, 침입해 온 새로운 수컷은 제 유전자를 남기기 위해서 그 집단에 남아 있던 새끼들 모두를 물어 죽여 버린다는 거였다. 이것은 자연 상태에서 사자 집단만이 아니라, 비비 원숭이나 고릴라 세계에서도 흔히 일어나는 일이라고 했다.

아카시아 숲과 관목 덤불이 사라지면서, 킬리만자로의 만년설이 지하로 녹아내려 이루고 있는 습지는 물새들의 천국이었다.
젖어 있는 도로변까지 몰려나와 있는 아프리카황새는 제일 흔하면서도 참 못생긴 새였다. 벗겨진 붉은 머리에 목에 칠면조 같이 늘어진 주머니가 지저분해 보였는데, 생김새처럼 이 녀석들은 더러 도시의 쓰레기까지도 뒤진다고 했다.
그러나 공작의 벼슬 같은 노란 관을 단 관학은 그 우아함과는 다르게 우는 소리가 깨진 나팔소리 같다고 했다.
싸움닭처럼 생긴 비서새, 작은 닭만한 호로호로새는 한국에서도 식용으로 사육되고 있는데, 빠르게 풀숲 사이를 빠져 나가는 것이 여러 번 눈에 들어왔다. 제일 많이 보이는 작은 새로는 붉은 배찌르레기와 베짜는 새 들 무리였다. 아카시아 줄기 끝에 수십 개, 수백 개 둥그런 둥우리들을 매달아 놓아 그것들이 마치 열매처럼 흔들거리는 것을 우리는 계속 보았다. 유릿빛 광택의 붉은 배찌르레기들은 전혀 사람을 두려워하는 기색이 없이 우리가 짐을 푼 로지의 현관까지 깡충거리며 뛰어다녔다.

“……헤밍웨이에게 그 유명한 《킬리만자로의 눈》을 쓰게 한 5,895m의 킬리만자로가 지금은 제 이마를 구름으로 가리고 있습니다. 오른쪽으로 멀리 보이는 산이 탄자니아의 4,556m의 메루산입니다. 아래쪽 녹색 벨트를 쳐놓은 듯한 습지대의 물은 저 킬리만자로의 눈이 녹아서 지하로 스며든 것이라고 지질학자들이 말합니다……. 아, 여러분은 아주 운이 좋으시네요. 저 왼쪽으로 아카시아 숲이 보이시죠? …… 잘 보세요. 코끼리 떼가 벌써 인사를 하러 나타났습니다.”

암보셀리 내에서 유일하게 차를 내릴 수 있는 낮은 언덕을 올라가 옵서베이션 힐(Observation Hill) 전망대에 섰을 때, 수잔이 가이드답게 목청을 높였다.

그 때 숲 사이에서 한 떼의 코끼리가 눈에 들어오는가 하더니, 큰 소리로 울부짖으며 이미 말라죽은 고사목(枯死木)들을 몹시 화가 난 듯 이마와 어깨로 들이받는 것이 보였다. 죽은 나무만이 아니라, 살아 있는 아름드리 나무들도 들이받기 시작했다…….

“아프리카의 사바나가 점점 사막화해간다고 합니다. 숲이 줄어드는 것이지요. 코끼리의 이해할 수 없는 저런 행동들이 큰 나무들을 죽여가는 것도 그 이유의 하나라고 합니다. 코끼리를 보호해야 하고, 그 코끼리를 보호하다 보니 숲이 파괴되고요.”

코끼리들의 포효와 난동이 계속되는 동안 초원은 잠시 다른 모든 소리들이 정지되어 깊은 정적 속에 묻혀 버렸다. 계속되던 코끼리들의 난동이 멎고 나서야 초원 위로 한 떼의 얼룩말들의 모습이 드러났다.

마사이족 마을을 돌아보고, 사파리가 끝난 뒤, 로지에 돌아와 저녁을 먹고 나서, 일행들이 민속춤을 관람하는 동안 나는 B와 R을 불러내어 살그머니 수잔을 따라 로지를 빠져 나갔다.

낮에 실컷 맡았던 마사이 마을의 소똥 냄새를 다시 찾아 나선 셈이었다.

소똥이 잔뜩 깔린 마사이 전사의 집 마당 한가운데에는 이미 피워 놓은 모닥불이 타고 있었다.

"잠보! 잠보 사나!"

귀에 구멍을 뚫어 길게 늘어뜨린 주인 노인이 우리 손을 마주 쥐고 흔들었다.

나는 그날 밤 그 초원의 모닥불 앞에서 그토록 듣고 싶었던 사자의 울음소리를 들었다.

운전기사 에파타 노인이 마사이 청년 두 사람과 악어고기와 카사바를 발효시킨 토속주를 구해 가지고 나타난 것은 꽤 어두워진 뒤였다.

청년들 이름은 바르나바스와 시아프.

그런데 시아프라는 이름이 사파리 개미를 뜻한다고 해서 우리는 웃음을 터뜨렸지만 본인은 우리가 왜 웃는지 이해가 안 되는 모양이었다.

모닥불 위에 에트하라는 이름의 주인의 셋째부인이 악어고기를 쇠꼬챙이에 꿰어 올려놓았다. 고기가 익어가는 동안 사바나

원숭이 몇 마리가 계속 우리 곁을 서성거렸다.

모닥불을 가운데로 둘러앉은 우리는 B가 늘 챙겨다니는 한국에서 가져간 소주와 카사바를 발효시켰다는 그 곳 토속주를 번갈아 마셨다. 토속주는 막걸리 맛과 비슷하면서도 도수가 높아 금방 취기가 돌았다.

"마사이들은 세상을 처음 만든 렝가이 신이 세상의 모든 가축을 마사이족에게 주었다고 믿어요. 그러니까 다른 부족들이 가축을 가지고 있는 것은 잠시 그들 재산을 보관하고 있는 것에 불과하고, 필요할 때 언제든 마사이들이 가져올 수 있는 것이라 믿지요……. 수천 년 동안 그렇게 살아왔으니까 유럽 사람들이 그어 놓은 국경이 무슨 의미가 있겠어요? 이네들에게는 오직 종족 개념이죠……. 마사이 청년들이 다른 부족 가축들을 끌어오고, 와이코마, 와쿠리아, 수쿠마 족 같이 유목생활을 하는 다른 종족들이 다시 마사이족 마을을 기습해서 가축을 빼앗아가고……. 그래서 마사이족 남자는 모두가 전사가 되는 거지요. 남자가 부족하니까 일부다처제가 되고……. 체체파리 때문에 마사이 목동들은 야생 동물들이 사는 삼림지대에 들어가지 못한다는 것, 그 경계만 받아들이면 이네들 삶은 단순해지고 편해져요."

청년들과 B와 R은 나름대로 금방 친해진 듯했다.

그들의 토막 영어와 모닥불이 타면서 내는 투투둑거리는 소리가 점점 음험한 깊고 검은 밤 그림자에 묻혀가기 시작했다.

그네들이 로꼬니라고 부른다는 우산아카시아 나무들이 마치 불타 버린 빈 터에 남은 타다만 나무 밑동같이 검은 색으로 형체만 보일 만큼 밤이 깊어지면서 그 검은 윤곽들 사이로 붉은여우와 하이에나의 푸른 빛 품은 눈들이 나타났다가 사라지곤 했다.

얼마큼 술이 돌았을 때 에파타 노인과 청년 둘이 낮에 마을에서 보았던 그 마사이 춤을 추기 시작했다. 어깨를 나란히 해서 단조롭게 좌우로 움직이다가 한 사람씩 차례로 껑충거리며 높이뛰기를 하는 그 단조로움이 톰슨가젤이나 임팔라의 경쾌한 몸 움직임과 닮았다는 생각이 들었다. 그들의 장작개비처럼 살이 붙지 않은 몸매 때문일지도 몰랐다.

모두 춤판으로 끼어들자 모닥불을 가운데에 두고, 나는 수잔과 나란히 주인의 셋째부인이라는 에트하와 마주 바라보는 자세가 되었다.

불빛의 열기로 수잔의 얼굴도 원주민처럼 윤기를 내었다.

순간 에트하의 모습이 엽서 속의 여인같이 그녀를 둘러싼 검은 공간을 배경으로 그녀 눈 흰자위와 반쯤 벌린 입술 사이로 드러난 이빨만이 허공중에 떠 있는 느낌이 왔다.

B가 나를 마사이 춤판으로 끌어내었을 때, 에트하만이 아니라 수잔의 얼굴도 어둠 속에서 흰 눈자위와 이빨이 커다랗게 확대되었다.

알코올 기운도 있었지만 아프리카 사바나에서 밤을 맞고 있다는 사실에 나는 깜박깜박 간헐적으로 까마득한 비현실의 공간으로 흘러가고 있는 느낌이었다. 에파타 노인과 바르나바스, 시아프, B와 R시인의 토착어와 영어들이 뒤섞인 대화를 들으면서 밤

의 초원에 눈을 주고 있는 내가 꿈을 꾸고 있는 것인가 하는 생각
이 들기도 했다.

밤이 깊어졌을 때 차분히 가라앉은 저녁 공기 속으로 길고 긴
장된 수사자의 신음 소리가 울려퍼지기 시작했다. 차갑고, 불분
명한 녹색의 대지 위로 한순간 사자의 울음이 들려온 것이다.
“우우우웅, 우우우웅 우우우우웅……”
처음의 저음이 점차 높아지다가, 이윽고 다시 낮아지면서 깊고
도 단조로운 으르렁 소리가 짧게, 다시 짧게 한참을 이어지다가
마지막 지친 듯한 한숨을 길게 내쉬는 모든 과정이 30초 가량. 조
용한 밤이면 8km 밖에까지 그 사자의 포효 소리는 퍼져 나간다
고 했다.
나는 그 짧은 시간 동안, 다른 수컷의 새끼 사자를 물어뜯는 젊
은 수사자와 수풀 뒤에 숨어서 제 새끼들이 찢겨져 죽어가는 모
습을 보고 있는 암사자의 모습을 머릿속에 그렸다.
수잔이 언제부터인가 내 어깨에 고개를 기대고 있었다.
야행성 몽구스 한 마리가 바로 눈앞에서 우리를 빤히 올려다보
고 있었다.

탄자니아와 케냐 국경지대의 큰 마을 나록(Narok) 출신이라는
주인 노인은 앞니가 하나도 없이 다 빠졌지만 웃는 얼굴을 하고
있어 인상이 좋았다.
대부분 마사이족들이 깡마른 데 비해 우리의 기사, 에파타는

몸에 살집이 꽤 붙어 있어서 다른 종족 사람처럼 느껴졌다. 에트하가 잘 익은 악어고기를 은박지 쟁반에 담아 우리 곁으로 내밀었다.

"저 마사이 청년들이 밀렵해 온 악어고기예요."

수잔이 내 귀에 낮게 소곤거렸다.

"우린 지금 케냐의 국법을 어긴 범법자들이에요."

"마사이족에게 귀화해? 그럼?"

"이쁜 새들도 많고……. 선배님, 이 곳에서 사세요."

수잔은 주인 노인과 기사에게 소주를 종이컵에 따라 주며 그네들 말로 내가 마사이들과 같이 살고 싶어한다고 한 모양이었다.

"시카모 (존경의 뜻)……, 마라하바(대단히 기쁩니다)."

노인이 술잔을 내 잔에 부딪쳐 왔다.

"잘 되었네요. 선배님 이 곳서 사시래요. 받아준대요."

수잔이 크큭 웃으며 내 귓불에 입김을 보냈다.

"아흐산데 음제(좋습니다)."

새벽 3시 가까워서야 잔뜩 취해서 숙소에 들어간 나는 침대에 얼굴을 묻고도 계속 현실과 환상의 경계 속에서 헤매고 있었다. 수사자가 내는 낮고 우우우웅거리는 소리, 하이에나가 내는 이상한 신음 소리들이 귓속에서 계속되었다.

그리고 한순간 고개를 들어 바라본 모기장 밖 푸르스럼한 초원의 어둠 한가운데 우산아카시아의 굵은 밑동이 부조처럼 떠올라

보였다.

"아……."

나는 갑자기 숨이 막혀왔다.

실루엣으로 떠오른 나무줄기에 밑동을 안은 두 개의 검은 형체가 격렬하게 몸을 움직여 대고 있는 것이 보였기 때문이었다.

원숭이였을까, 잔뜩 몸을 구부려 엉덩이를 치켜든 앞쪽 동물을 앞발로 뒤에서 껴안은 채, 격렬하게 엉덩이를 흔들고 있는 것은 수컷 사바나 원숭이일까.

어쩌면 이 곳 원주민일지도 몰랐다. 우리 일행 중의 B나 R, 그들 중의 누구 하나가 지금 암컷 원숭이나, 마사이 여인을 끌어안고 교미에 열중하고 있는지도 알 수 없었다.

수잔이 내 방안으로 표범처럼 발소리를 내지 않고 스며들어와 가슴을 파고 든 것이 우산아카시아 밑동을 안은 채 무엇인가가 격렬한 몸놀림이 진행되는 같은 시간대였을까.

그녀의 날카로운 손톱이 내 어깨에 표범의 발톱처럼 파고들면서 우리는 마룻바닥으로 굴러떨어진 채, 멀리서 들리는 하이에나 울음소리를 아련하게 들었다.

그녀에게서는 처음 맡아보는 여러 가지 냄새, 검은등재칼과 그레비얼룩말, 워터벅과 오릭스, 디크디크, 클립스프링거, 토피와 비서새, 그 모든 동물의 체취와 히비스커스, 부겐빌레아, 바오밥, 소시지나무와 봉황목 꽃들이 내뿜을 수 있는 온갖 향기가 모

두 합쳐서 섞인 뒤, 정제된 수잔의 냄새가 되어 내 혼의 뿌리로
스며들었다.

　내 얼굴과 가슴 위에 수잔이 쏟아놓은 그녀 눈물들이 다 마른
뒤, 내가 간신히 눈을 떴을 때, 모기장 밖 초원에는 이른 새벽이
시작되고 있는 것으로 느껴졌다.
　수잔의 흔적은 내 곁에 아무것도 남아 있지 않았다.
　나는 눈을 감은 채 깊이 심호흡을 했다. 제대로 맡은 적이 없는
자카란다의 아련한 꽃향기, 톰슨가젤에게서 풍겨 나올 듯한 낯
선 냄새가 아주 깊은 곳에서 남아 있다가 스며 나왔다.
　"가축들은 체체파리가 무서워서 습지에 못 들어가요……. 하
이에나, 사바나 원숭이, 제브라…… 그 애들은 더 큰 놈들에게 쫓
기고, 자주 배고프긴 해도 야생 동물에게는 경계가 없어요. 야생
동물에게는 경계가 없어요."
　그녀가 중얼거렸던 말과 낯선 냄새는 천천히 멀어져 갔다.

　눈을 크게 떴다.
　큰 아카시아나무가 어슴프레 눈에 들어왔다. 유난히 큰 아카시
아나무에서 확실하지 않은 형체 하나가 분리되어 천천히 새벽이
열리고 있는 사바나를 향해 움직이고 있었다.
　원숭이가 나무에서 내려와 걸어가는 것으로 보였다. 공원 관리
인일지도 몰랐다. 여자였다. 여자 혼자 야생 동물들이 돌아다니
는 초원을 걸어서 멀어지는 것으로 느껴졌다.

여명 속에서 흐릿하게 부조처럼 떠올라 보이던 형체가 더 작아졌을 때, 움직이던 형체가 잠시 멈추어 서서 이쪽으로 고개를 돌렸다. 환각이었을까, 희뿌연 새벽 속에서 되돌아선 사람의 윤곽은 어둠에 묻혀 알아볼 수 없었지만 흰 눈자위가 이쪽을 향해 잠시 머물러 있는 것이 보였다.

나는 심한 혼란과 두통 속에서 더 이상 시선을 모으지 못하고 다시 깊은 어둠 밑바닥으로 침전해 가고 있었다.

로지 입구에 'GOOD BYE AFRICA' 라는 작은 간판이 붙은 기념품 가게가 있었다.

잡다한 기념품들 – 동물의 작은 목각, 열쇠고리, 코끼리 가죽 지갑과 벨트, 기린 가죽가방, 아프리카 지도가 수놓인 티셔츠와 반바지, 마사이 원색 망토. 그러다가 나는 액자에 끼워 넣지 않은 유화와 수채화 그림들 수십 장이 뒤쪽 벽에 붙어 있는 것을 보았다. 어제 가게에 들렀을 때는 눈에 띄지 않았던 것들이었다. 눈 덮인 킬리만자로를 배경으로 한 코끼리 떼와 초원을 그린 그림, 싸우고 있는 얼룩말 두 마리, 사자 가족의 나른한 오후, 먹이를 나뭇가지 사이에 끼워 놓고 나뭇잎 사이로 날카롭게 전방을 쏘아보는 표범의 모습, 못생긴 아프리카황새, 관학, 타조 – 어제 오후 실컷 초원에서 보았던 풍경들이 사실적으로, 혹은 약간 추상적 분위기를 가미해서 그린 그림들이 뒤 벽면을 가득 채우고 있었다.

그 그림들을 눈으로 훑다가 나는 20호쯤 되어 보이는 낯익은 풍경의 유화 한 점 앞에서 걸음을 멈추었다.

황혼의 사바나. 강렬한 검붉은 색조 위에서 여자의 눈자위와 표정 없이 방심한 듯 반쯤 벌린 입술 사이의 드러난 이의 흰색이 대조적으로 나를 향하고 있었다. 그녀 수잔이 내게 보냈던 엽서와 같은 구도의 그림이었다.

그리고 그 곁에 똑같은 구도의 새벽이 시작되는 시간의 그림 하나가 또 있었다. 새벽에 반쯤 환각 속에서 본 풍경이었다. 예술적 수준 같은 건 아무래도 좋았다. 복사판 수준의 그런 비슷한 구도의 그림은 널려 있을지도 몰랐다.

그러나 곧 새벽이 열릴 것 같은 초원을 배경으로 한 여인의 뒤돌아보는 눈자위와 흰 이는 이상한 주술적 흡인력으로 잠시 나를 붙잡았다.

같은 공간의 시간에 따른 정반대의 세계. 현실 세계와 초현실의 세계, 속(俗 : Cosmos)과 성(聖 : Chaos)이 잠시 혼재(混在)하는 시간, 여인은 지금 낮의 시간을 향해 걸어가다가 고개를 돌린 듯싶었다. 그것은 문명과 야만(野蠻)이 상치되는 것이 아니고, 전혀 다른 차원에서 공존하는 것을 알려주는 것 같았다.

수잔은 이미 눈치채고 있을 터였다.

아프리카에 대한 원시성과 야만성이라는 시각 자체의 근원적 오류에 대해서, 세상에는 단일 척도로 규정지어질 수 없는 것이 너무 많이 존재한다는 것을 그녀는 유년기에 제 어머니가 지니고 있던 양서류(兩棲類)적 삶에서 고통스럽게 짐작했을 것이다.

　마사이 여인의 등뒤, 커다란 우산아카시아 나무 뒤쪽 검은 어둠 저쪽에 존재하는 주술적이고, 야만적인 세계의 생명력과 활기에 대해서 그녀는 내게 말하고 싶었을 것이다.

　삶의 풀 길 없는 외로움을, 그 새벽, 같이 흐느끼고, 서로의 살을 탐하던 어둠이 떠나면, 낮 시간이 전혀 다르게 열린다는 것을 내게 이야기해 주고 싶었을 것이다.

　"샤먼은 굿이 끝나면 대개 지쳐서 쓰러져요. 저쪽 세계에서 이쪽 세계의 적응까지 그 불균형의 혼란을 전 이해해요. 어느 한쪽에도 머물지 못하니까 외로운 거지요. 아프리카에 와서 편해졌어요."

　빛이 약해지면 빛이 머물렀던 자리를 어둠이 오면서 전혀 다른 세계가 시작될 것이다.

　초원의 그 어두움이 밀려나가고 새로운 아침이 시작되면서 수잔은 오늘 가야 될 마사이 마라 초원까지의 도로 사정과 일정, 거기 살고 있는 사자들의 생태에 대해서, 다음 날 찾기로 되어 있는 나꾸루 호수의 수만 마리 플라밍고 떼들에 대해서 정확한 발음으로 설명을 시작할 것이다. ❧

시실리(時失里)에서

　여러 해 지난 30대 초반의 기억 속에 남아 있는 마을 이름 하나, 시실리(時失里).

　내 안쪽, 깊은 곳에서 해체되고 흐려져 그 마을의 기억 어디까지가 사실이고, 어디서부터 재구성이 되었는지조차 확실하지 않지만 시실리라는 이름만으로도 나는 잠시 숨이 막혀온다.

　대나무 작은 가지 사이를 스치고 지나던 감미롭던 바람 소리, 그리고 코끝에 남아 있는 은은한 금목서(金木犀) 향기를 어떻게 지울 수 있겠는가. 정말이지, 나는 그 몽롱하던 꽃향기를 떨쳐 버릴 수가 없다.

　"금목서, 길러보시게요? 흰 꽃 피는 게 은목서, 이렇게 노란 꽃을 피우는 놈이 금목서지요……. 중국 원산으로 물푸레나무과 상록수 교목으로 가을에 길고 둥글게 마주보는 잎 사이에 등황색 자잘한 꽃이 이렇게 엄청 달립니다. 흔한 나무는 아니지요.”

정원수 시장을 지나다가 기억 속의 그 이상한 꽃향기에 놀라 잠시 멍해 있는 내게 수목원 주인은 덧붙여 말했다.

“이 나무는 원래 우리 나라 중부 이상에서는 살지 못했어요.”

“그럼, 먼 중국 남쪽에서 사는 나무였네요.”

나는 잠시 꿈꾸듯이 대꾸했다. 은은하면서도 그 몽롱한 향기를 뜻하지 않게 서울 도심, 나무 시장에서 현실로 다시 맡으면서 내 기억의 일부가 환영만은 아니었으리라는 생각에 나는 잠시 몸을 떨었다.

“상상력의 세계와 밀접한 선생의 직업이 잠시 의식에 혼란을 주었을 것입니다. 말하자면 현실과 허구의 경계가 견고하게 독립되어 있지 못하고 잠시 뒤섞였다고 할까요? 아무튼 소설 쓰는 작업을 당분간 중단하시고, 단순하게 눈앞에 보이는 것만 확인하면서 지내시는 게 도움이 될 것 같습니다만…….”

그날 젊은 의사는 내게, 사실 나보다는 가족들을 향해 그렇게 말했었다.

나 역시 고개를 여러 번 끄덕거려 버렸다.

“너무 피곤해서 꿈을 꾼 모양입니다.”

어머니와 누이의 얼굴에 번지는 안도감을 보면서 나는 미소까지 지어 보였다.

기억이라는 것이 사실과 달라질 수도 있다는 것을 알기 때문에

그 마을에서의 며칠이 심한 열병을 앓을 때의 환영 같은 것이었
는지도 모르겠다는 의구심이 그 후에도 가끔 들기는 했다.

그러나 내 기억 속의 향기를 실제로 내뿜는 꽃이 있고, 그 나무
의 실체까지 확인하고 나서는 그 시실리의 편린들을 이젠 소중
하게 입안의 박하사탕처럼 아끼기로 했다.

잠에서 반쯤 깨어 꿈과 현실이 구별 안 되는 의식의 경계에서,
때로 살아나는 대숲을 지나던 바람 소리, 파도 소리와 돌탑, 더구
나 그 금목서 향기와 샤샤의 그윽하던 눈을 어떻게 잊을 수 있겠
는가.

그 시간, 죽음이 친밀하게 아주 가까이 내 곁에 와 있다는 그런
기분으로 주저앉았던 안개 속의 밭둑이었다. 가라앉아 가던 의
식 속에서 잠깐 고개를 들었던 내 눈앞에, 안개에 휘감겨 있던 못
생긴 자연석이 보였고, 서툰 글씨체의 시실리라는 마을 이름이
들어왔다.

'시실리'.

글씨가 보이자 언제부터인가 콧속으로 기어들고 있던 이상한
향기의 정체를 찾아 그 때서야 주위를 돌아보았다.

지독한 안개뿐. 시야에는 아무것도 들어오지를 않았다. 싸한
냉기를 지닌 그 냄새는 방향마저 알 수가 없었다. 그러나 내 후각
밑바닥에 고여 있던 영안실의 그 향(香) 냄새를 밀어내며 그 신선
한 향기는 집요하게 안개 저편에서 끊기듯 이어져 왔다.

허옇게 무서리가 마른 풀 위를 덮고 있던 오솔길 위로는 한밤

어둠 같은 안개뿐이었다. 마치 견고한 벽처럼, 안개의 벽이라니……. 아마 그 때 잠시 생각했을 것이다. 작은 안개의 물 알갱이들이 끈끈한 접착제들로 서로 엉켜 뚫고 들어가기 힘든 질긴 벽을 세워 놓은 것이라고.

시실리.

시간을 잃어버린 마을이라니…….

넋을 놓고 얼마 동안을 그렇게 앉아 있다가 나는 그 기묘한 향기의 자력에 끌려 안개의 벽을 향해 몸을 움직였다. 그리고 한순간 그 안개의 장막을 뚫지 못하면 그 자리에 그대로 녹아내려 몸과 영혼이 해체될 수밖에 없을 것 같은 절박함이 왔던 것 같다.

그 때 나는 인도 여행에서 쫓기듯 돌아온 지 20여 일이 지났을 것이다. 서울을 도망치듯 빠져 나가 몇몇 머리 빈 친구들이 그 무렵 유행처럼 찾아갔던 인도를 향했던 내 여행 자체가 지금 생각하면 유치한 발상이었다.

비평가 R이 나를 만나고 돌아가던 밤길에 뺑소니차에 치어 즉사한 지 1주일 후였다. R의 사고가 아니었다 해도 그 무렵 나는 누에고치처럼 외부와 일체 연락을 끊고 내 방에 처박혀 자살까지를 상상하며 극심한 우울증 속에 가라앉아 가고 있던 때였다.

R은 그래도 한때 잘 나가던 옛친구를 위해 주소조차 바뀐 내 오피스텔을 이틀을 뒤져 찾아왔던 것이다.

"아직 젊어. 뭐가 두려운 거야? 잠시 충전이 필요한 거지. 인생을 다 산 것 같은 꼬락서니, 사실 그것이 더 건방진 거야."

그는 들고 온 위스키 한 병을 혼자 다 마시면서, 그 비슷한 말을

스무 번도 더 하고 떠났었다. 그리고 채 30분도 지나지 않아 횡단
보도에서 피투성이로 절명했던 것이다.

"나, 위로 안 해도 돼. 끝난 걸 내가 잘 알아."

내게서 모든 것이 썰물처럼 빠져 나가 버린 바로 그 직후였다.

문학에 대한 야망, 꿈, 돈, 여자도, 신기하게 동시에 내게서 떠
나간 후, 황당하게 친구 R이 그렇게 죽고 나자, 나는 친구의 영안
실에서 맡았던 그 향 냄새를 피해 도망가듯 비행기를 탔었다.

'인도에 가면 다시 시작될 수 있을까. 피폐해진 영혼에 기적처
럼 습윤한 정신적 영양이 채워질 수 있을까.'

홍콩행 비행기를 탔고, 거기서 비행기를 바꾸어 뭄바이에 내렸
었다. 얼음으로 빚어진 육신이 여름 한낮 햇볕 속에 내동댕이쳐
진 것 같던 그 시기의 처절함이라니. 죽는 두려움보다 초라한 육
신의 잔해를 남기는 것이 겁이 났던 때였다. 그런데 R의 죽음까
지라니. 친구의 죽음에 대한 죄의식까지 겹쳐 나는 더 이상 서울
에 머물러 있을 수가 없었다.

그러나 그것 역시 얼마나 어리석은 망상이었는가.

늦은 오후였는데도 기다리고 있었던 듯 덤벼들던 뭄바이의 그
후텁지근한 열기와 소음, 갈비뼈가 모두 드러난 채 거리를 어슬
렁거리던 몇 마리 소. '아임 헝그리……. 아임 헝그리……' 를 주
절거리며 파리 떼같이 몰려들던 맨발의 야윈 팔목들 앞에서 곧
바로 나는 나의 여행을 후회하기 시작했다.

그 곳에서 마지막 구원은커녕 혼란 하나가 더 나를 감싸들기

시작했던 것이다. 친구의 영안실 주위에 떠돌던 향 비슷한 독특한 냄새는 비행기에서부터 시작되었는데, 그 냄새는 거리고, 식당이고, 호텔 침대 맡에서도 끈질기게 나를 쫓아다녔다.

그 지독하던 인도의 냄새.

나는 잠을 이룰 수 없어 그 첫밤을 뒤척이다가 새벽 거리로 나가 버렸다. 그러나 그 이상한 도시는 새벽마저 후더운 열기에 잠겨 있었다.

부우옇한 어둠 속에서 도로 한쪽, 몸을 웅크리고 잠들어 있는 사람들의 갈퀴처럼 거칠고 야윈 맨발들이 그 새벽 맨 처음으로 눈에 들어왔다. 내 영혼 한 조각이 그 곁에 나란히 눕고 있는 환영으로 고개를 돌리려는데, 비쩍 마른 소 한 마리가 잠들어 있는 사람들의 발 아래에서 오줌을 누기 시작했다.

길 반대쪽 쓰레기더미 위 가부좌를 틀고 앉아 있던 석상 같은 한 노인의 모습이 그 다음의 풍경이었다.

'죽은 것인가, 죽어가고 있는 것일까?'

노인이 눈을 뜨는가를 기다리다가 돌아섰던 기억을 시실리의 마을 어귀, 안개 속에서 내가 잠시 떠올렸었는지……. 죽어 있었는지, 요가 상태의 수양중이었는지가 구별 안 되던 뼈만 드러나 있던 그 이상한 침묵이라니……. 그 독특한 인도의 냄새와 노인의 모습이 내 인도 여행을 중단하게 했을 것이다.

영혼의 자유는커녕 하늘과 땅, 낮과 밤을 온통 채운 그 열기에 섞인 향 냄새와 카레 냄새. 나는 서울로 돌아오고 나서 전화 코드까지 뽑고 방문을 걸어 잠갔다.

다시 내 방에 혼자 처박혀 1주일이 지났다. 그러다가 한밤중 몽유병자처럼 집을 빠져 나와 행선지를 확인하지 않고 버스 터미널에서 심야 버스 한 대에 올랐다.

작은 도시 변두리의 새벽 거리에 내가 그림자처럼 서 있었다.

다시 마을버스를 탔고, 또 내리고, 다시 타고, 허깨비에 홀린 듯 수도 없이 시외버스와 마을버스를 무작정 갈아탔었다.

주로 밤 속으로, 짙은 안개 속으로, 혼자 흔들리며 달리다가 인적이 없는 곳에서 차를 내렸다. 그리고 걸었다. 아주 오래오래……. 쓰러질 것 같이 피곤해지면 또 아무 차라도 다시 바꿔 탔다. 그런 식으로 벌써 여러 날이 지났을 것이다.

그날도 짙은 안개 속에서 마을버스를 탔을 것이다.

그리고 얼마나 졸다가 더 지독한 안개 속에서 차를 내려 무작정 걸었다. 나는 그 때 이미 내 육신이 한순간 공기와 대지 위에 흩날려 사라지는 그런 환상 속에서 모처럼 안온한 잠의 유혹에 잠겨갔던 것 같다. 그러다가 문득 너무 강렬한 향기의 유혹에 고개를 들어 '시실리' 라는 마을 표지를 본 것이다.

그 때 사실 나는 그랬다.

걸을 수 있는 데까지 걸어가리라. 더 이상 몸을 움직일 수 없을 때, 바로 그 자리에서 눈사람이 녹아내리듯 그렇게 삶을 끝내도 괜찮지 않는가. 육신이 더 이상 움직일 수 없는 그 장소에서 길지도 않았지만 누추해진 육신을 바람과 햇빛, 물과 흙 속에 해체시켜 돌려보내리라.

그래서 참으로 자유로워지리라.

장래가 유망한 것으로 갑자기 알려지기 시작한 건방진 젊은 소설가가 한 사람 있었다.

중앙의 신춘문예 현상 모집에 당선. 그리고는 10여 년의 음울하던 습작기에 써 두었던 열 몇 편의 단편과 장편 소설 두 편이 약간의 손질과 재포장되어 연이어 발표되었다.

문예지와 출판사에 박혀 있던 친구들 덕에 비슷한 시기에 한꺼번에 작품들이 햇빛을 보았던 것이다. 그러자 친구들이기도 했던 젊은 비평가들이 앞다투어 소설 분량보다 더 긴 소설의 해설들을 신나게 써 갈겨가기 시작했다.

죽은 친구만이 젊은 소설가를 뜨악한 눈으로 쳐다보았다.

"속도 조절을 좀 하는 게 좋지 않겠나?"

"달리는 말 등에 올라타면 기수도 맘대로 못하는 거 알잖어?"

"좀 무리하는 것 같다. 나야 유명한 작가와 친구인 것만으로도 좋지만 건강 생각도 해야 하고 말야. 또……."

몇 개의 여성잡지에까지 그의 사진이 끼어들었다.

그러면서 그는 어느 사이 가장 촉망되는 젊은 소설가군의 선두에 이름이 올라 있었다. 문학성과 상업성을 동시에 갖춘 놀라운 천재성이라는 말이 그의 이름에 따라붙으면서 예상치 않았던 몇 개의 문학상이 수여되었고, 그와의 대담이나 사인을 요청하는 독자들이 불어났다.

출판사와 비평하는 친구들 사이에서도 그와의 관계 유지를 위해 신경을 쓰는 눈치들이 보였다. 편집자들이 집요하게 전화를 걸어왔고, 저녁과 술을 샀으며, 문화부 기자들의 인터뷰 요청들 역시 폭주해 갔다. R이 연락을 끊고 있었을 때부터였을까, 우선 맹렬하게 돈이 통장에 들어오기 시작했다. 소설 집필 착수금 명목의 돈이었다.

쑥과 마늘만 먹고 사람이 되어 동굴을 나온 웅녀처럼 온 세상이 그 앞에 금빛으로 빛나기 시작했으며, 문학잡지와 신문, 매스컴의 문화면들은 그를 위해 존재하는 것만 같은 기분이 들었다.

햇빛이 잘 드는 넓은 오피스텔로 숙소를 옮겼고, 뒤이어 가구도 새 것으로 바꾸어 들였다. 컴퓨터, 오디오, 비디오가 바뀌었다. 출판사 사장 한 사람이 중형의 새 승용차 한 대를 선물로 보내온 것도 그 무렵이었다. 자연스럽게 스스로 '왕자로 태어났거니!' 그런 기분 속의 2년 여. 그것은 그에게 삶의 황금기였다.

그런데 어느 날 매미의 생태에 대한 다큐멘터리 필름을 우연히 본 적이 있었다.

며칠을 노래하기 위해 매미가 6, 7년을 땅 속 어둠에 묻혀 살아간다는 해설을 들으면서 이상하게 오싹한 한기가 왔다. 노래의 계절이 지나면서 매미의 생애 역시 끝난다는 이야기가 집요하게도 불쑥불쑥 떠올라왔다.

가난 속의 10여 년, 자학하며 웅크리고 지독하게 고뇌하며 써왔던 그 습작품들의 먼지를 털어 윤을 내고, 포장을 다시 해 출판사들에 내던지는 동안 언제든 샘물이 솟듯 그 정도 속도로 새로운 원고도 써서 내던질 수 있으리라고 생각하고 있었다.

쌓아 두었던 재고품이 거의 바닥났을 때까지도 젊은 소설가는 아무 걱정도 하지 않았다. 언제든 이름 석자만 붙이면 대학 1학년 때 가볍게 썼던 원고조차도 비평하는 친구들의 붓끝을 통해 살아났으니까…….

그는 이미 장래가 가장 촉망되는 천재적인 젊은 작가 중의 하나였으므로…….

그러나 당선하기 전까지 10여 년 세월, 쌓아왔던 언어의 조립품들이, 언어의 덩어리와 조각들이, 깊은 서랍 속에서 거의 빠져나온 다음에야 알았던 것이다.

그가 뱉어낸 무수한 언어들. 10여 년 동안 차곡차곡 저장해 두었다가 먼지를 털고 녹을 벗겨 최신의 포장지로 처리하여 쌓아올렸던 언어의 탑이 내뿜던 찬란한 광휘가 이상하게 소멸되어 가고 있음을. 그 빛나던 언어의 블록들이 어느 순간 중심을 잃더니 기울어지기 시작하고 있는 것을 그 역시 눈치챘던 것이다.

그 영광스럽던 건축물들이 내뿜던 황금 색깔은 반대쪽에서 쏘아보내던 탐조등이 잠시 각도를 바꾸면서 어둠에 우중충하게 가라앉아 가고 유리처럼 균열을 일으키고 있었던 것이다.

그토록 빛나던 빛의 정체는 무엇이었을까. 자랑스럽던 언어 구조물들이 서서히 금이 가고 와해되어 쏟아져 내렸다. 한순간 접착력을 잃은 언어의 조각들은 몇 개의 단락으로 해체되면서, 문장들로 나뉘어져 질서를 잃고 유령처럼 떠돌기 시작했다.

단어의 조각들로, 끝내는 자음과 모음으로, 부서져 그 구조물

들은 끝내 흩날리고 있었던 것이다. 응집력을 잃어버린 언어의
조각들은 깨진 사금파리 가루였다. 한때 빛을 반사했던 기억으
로 혼란스러운 색깔들로 방향을 잃은 채 날뛰다가, 이제 도리어
젊고 촉망받던 제 주인을 향해 날을 세우고 비수가 되어 달려들
고 있었다. 풍화되어 버린 언어의 조각들, 언어의 시신들의 그 질
서 없는 날뜀이라니…….

　바늘 조각같이 언어의 모래 바람은 이제 작가의 발목을, 다리
를, 온몸을, 심장을 찔러대며 저희의 시체로 덮어가는 거였다.
언어들이 일으키는 잔혹한 보복이라니…….

　그 언어의 붕괴에 그가 당황해 하는 사이 후배 작가들이 새로
운 별들로 떠올라왔고, 신선한 감성과 감각적인 언어로 쓰인 그
들의 소설 쪽으로 서치라이트는 움직여 가고 있었다.

　그는 이를 악물고 새로운 소설을 썼다. 묵은 원고를 고쳐가는
것이 아니고 새롭게 썼다. 그러나 그의 원고를 받아든 편집자의
입모습이 조금씩 뒤틀리는 것이 보였다. 화려한 명성이 2년을 갓
채운 뒤였다.

　그는 이를 갈며 주먹으로 드디어 편집자의 책상 유리를 박살내
고 두 손이 피투성이가 된 채, 휘황한 밤거리로 내몰리듯 나왔다.

　그 나락의 깊이라니……. 술과 수면제……. 꽃게가 잘린 집게
발이 다시 자라 회복될 때까지 물 속 깊은 돌 틈에 웅크리고 있는
것처럼……. 그동안 사랑한다던 여자 역시 그를 떠나갔다.

　R이 찾아오고, 죽은 것이 그 무렵이었다.

그는 마지막 처방을 내렸다. 다시 채워 오자. 웅녀처럼 쑥과 마늘을 다시 먹자. 그것이 인도였다. 당시 비겁한 친구들이 유행처럼 떠났던 인도 여행을 그 역시 시도했던 것이다.

'시실리' 이야기를 하자.

손가락 틈 사이로 빠져 나가는 공기의 입자나 수증기의 작은 알갱이들이 때로 견고하게 얽혀서 벽을 만들 수도 있다는 것을 나는 그 산골 밭둑의 안개에 부딪치면서야 알았다.
"물이 얼음이 되는 이치를 생각해 보면 쉬울 텐데요."
소리를 내어 말한 것은 아니었지만, 내 의문에 샤샤는 냉풍이 몰려나오는 시실리의 산 중턱 동굴 입구의 고드름을 가리키며 웃어 보였고, 나는 고개를 끄덕였다.
그래, 그 지독한 응집력. 마을을 둘러싼 안개의 벽안으로 들어가려다 부딪쳐 주저앉고, 다시 주저앉았던 그 초라함이라니. 몇 번이었는지 모른다. 전신으로 안개의 벽에 도전했고, 탄력을 가진 안개의 벽은 나를 계속 내동댕이쳤다. 그렇게 수십 번. 한순간 그러다가 나는 안개의 담 너머로 나뒹굴어 떨어지면서 정신을 잃어버렸다.
눈을 뜬 것은 마을 앞 어귀에서 맡았던 그 은은한 꽃향기를 확실하게 맡은 직후였다. 잠시 내가 죽어 다른 세상에 온 것이거니 했다. 아(亞)자 무늬 푸르스레한 한지의 창문에 부드러운 빛이 머물러 있었다. 누워 있는 내 머리맡에 흰 머리칼의 남자 한 사람과 소녀 하나가 내가 눈을 뜨자 고개를 끄덕이며 웃어 보였다.

"어딘가요? 여기가……."

일어나려 했지만 온몸이 돌덩이가 된 듯 움직일 수가 없었다.

내가 말을 걸자 노인과 소녀는 같이 손뼉을 치며 커다랗게 웃었다.

"어딘가요? 여기가……. 폐 끼칠 생각이 아닌데……. 길을 잃어서요."

딸인 듯한 소녀가 얼른 냉수그릇을 내밀었고, 노인이 내 어깨를 잡아 일으켜 앉혔다. 나는 물을 반 대접이나 들이키고 나서야 내가 어느 시골집 방안에 누워 있다는 것을 알았다.

"정신을 잃었던 모양입니다. 폐를 끼쳐서……."

다시 노인과 소녀가 눈을 마주치며 즐거운 듯이 웃었다. 부녀가 둘 다 농아인지도 모르겠다. 잠시 그 생각을 했다.

그러나 그 곳에서 며칠을 지나면서 몇 집인지 확실하지 않았지만, 그 마을의 누구도 말을 주고받지 않는 것을 알았다.

그들은 그냥 웃었고, 얼굴을 마주 대하는 것으로 모든 의사소통이 가능하다는 것을 알게 된 것은 이틀쯤 지난 후였다.

하루를 더 지나고 아침을 맞았을 때 나는 대나무숲을 지나는 서그럭대는 바람 소리와 파도 소리를 어렴풋이 들었다.

노인이 외출을 하는 듯싶어 그를 따라나설 셈이었다.

내가 밖으로 나서자 노인은 작은 뜰채 한 개와 망태기를 멘 채 나를 기다리듯 서 있었다.

"괜찮으시면 저도 따라가겠습니다."

노인은 말을 하지 않았지만 충분히 내 말을 알아들은 듯 고개를 끄덕였다. 소녀가 작은 부엌 앞에서 우리를 바라보고 흰 이를 드러내 보이며 손을 흔들었다.

안개 속 대밭 사이로 난 좁은 산길을 20여 분 걸어 작은 산등성이를 넘자 물결 소리가 들렸다. 바다인 것은 확실했지만 안개가 바다의 중간쯤을 견고하게 가로막고 있었다. 썰물이 된 해변은 크고작은 바위들로 어지러웠는데, 놀랍게도 한쪽으로 10여 평쯤 되는 원형의 담을 쌓아 둔 것이 눈에 들어왔다.

그 돌담 안에서는 썰물에 빠져 나가지 못한 고기 떼들이 인기척에 놀라 등을 훤히 내보이며 어지럽게 뛰어오르고 있었다. 수십 마리, 수백 마리의 고기들이 한꺼번에 뛰어오르면서 마침 떠오르기 시작한 아침 햇빛을 비늘에 반사시키기 시작했다. 나는 나도 모르게 탄성을 지르며 해초 덮인 바위 위로 뛰어내려갔다.

노인은 고기비늘에 반사되는 햇빛을 감상하듯 천천히 가두리 안에 갇힌 고기들을 둘러보고 뜰채로 얕은 물에서 놀라 뛰는 팔뚝만한 물고기 두 마리를 건져올렸다. 올라오는 동안 한 마리가 튀어 다시 물속으로 돌아갔다. 노인은 껄껄거리며 건져올린 한 마리를 망태기에 담고는 뜰채를 내게 내밀었다.

나는 생전 처음 어부가 되어 요령껏 한꺼번에 다섯 마리를 건져올렸다. 노인이 큰 소리로 웃었다. 내가 자랑스럽게 뜰채를 내밀자 노인은 뜰채 속에서 큰 고기 두 마리만을 망태기에 넣고는 세 마리는 다시 물속에 넣어주었다.

의아해 하는 내게 고개를 흔들어 보이고, 노인은 이제 앞서 벼랑의 바위 언덕 위로 올라갔다.

갑자기 수백 마리의 갈매기 떼들이 시끄럽게 울어대며 바위틈 사이에서 솟구쳐 올랐다. 노인은 날아오르는 갈매기 떼들을 흐뭇하게 올려다보고는 바위틈 사이의 둥우리들로 고개를 돌렸다. 수백 개 갈매기 둥우리들이 우리 발 아래 깔려 있었다. 어떤 놈들은 끝까지 우리 발밑에서 꼼짝 않고 둥우리를 지키는 녀석들도 있었다. 나는 노인이 그 갈매기 둥지들에서 한 개씩만 알을 꺼내 망태기에 넣는 것을 보았다.

그날 아침 밥상에 앉아서야 나는 왜 노인이 생선을 세 마리만 건져왔는지 알았다. 세 사람의 아침 식량으로 필요한 만큼만 건져왔던 것이다.

그것은 다음 날 소녀를 따라 갈대밭으로 청둥오리를 잡으러 갔을 때도 마찬가지였다. 갈대 줄기에 묶어둔 엉성한 올가미에 오리 세 마리가 걸려 있었는데 그녀는 깔깔거리며 두 마리의 발에 묶인 올가미를 풀어 날려 주었던 것이다.

아, 그녀, 샤샤.

그녀에게 이름이 있는지는 알 수 없었지만 내가 끈질기게 나를 가리키며, 내 이름을 말하고, 이어서 그녀를 가리켰을 때, 그녀의 입술 모양이 그렇게 바람 소리를 내었던 것으로 생각하기로 했다.

"샤샤!"

나는 지금도 가끔 그렇게 그녀를 불러본다.

청둥오리를 잡아오면서 갈대밭 언덕에 서 있는 작은 돌탑을 보았다. 탑이라기보다 그 돌무더기는 특별한 형상 같은 것도 없이 지나는 마을 사람들이 손에 잡힌 대로 돌멩이들을 올려놓은 구조물이었다. 그러나 수십 년도 더 지난 듯 아래쪽은 바위옷과 이끼들로 뒤덮여 있어 마치 한 개의 바위가 처음부터 그렇게 웅크리고 있는 듯이 느껴졌다.

나도 그녀를 흉내내어 돌 한 개를 내 가슴 높이의 돌무더기 위에 올려놓았다. 그러자 갑자기 그녀가 내 손을 쥐고 흔들며 높은 소리를 내며 웃어댔다. 까르르 웃어대는 그녀의 가무잡잡한 얼굴 피부 안에서 하얀 이가 눈부시게 드러났다.

그녀가 산중턱과 바다 쪽으로 난 오솔길을 가리켰다.

대나무숲 곁에도 희미하게 돌탑들이 보였다.

"왜 마을 사람들이 돌탑 위에 돌을 얹어 놓는 거지?"

내가 물었지만 샤샤는 흰 이를 내보이며 내 눈을 가만히 들여다보았다. 한순간 아득한 깊이의 동굴 속으로 내 육신이 빠져들어가는 듯한 현기가 일었다. 파도 소리가 멀리서 들려왔다. 말이라는 것의 맹랑함. 나는 그녀의 시선을 피해 얼른 아득한 산봉우리 위로 눈길을 주어 버렸다. 한 개의 적절한 단어, 하나의 문장, 그것들의 조합을 위해 내가 기울여 왔던 한 시절의 노고가 얼마나 도로(徒勞)와 낭비였는지. 더구나 언어가 소통을 정지했을 때 매미 허물 같은 흔적뿐인 무의미라니……. 나는 어금니를 물면서 고개를 내저었다. 사실 얼마 동안은 그들이 내 말을 알아듣건 듣지 못하건 나는 많은 말을 했다.

마을 입구의 바윗돌에 새겨진 시실리라는 마을 이름을 발견했을 무렵 내가 얼마나 절망적인 상태였는지, 또 친구의 교통사고와 그 뒤부터 내 콧속에서 떠나지 않던 영안실의 향 냄새와 내가 쓴 적 있는, 지금은 생각하기도 싫지만 책이름과 인도에서 보았던 쓰레기더미 위의 노인과 비쩍 마른 소에 대해서도 주절주절 많은 이야기를 했다.

나를 떠난 여자에 대해서도, 그 여자의 눈과 코, 광대뼈의 성형수술과 내 인터넷 주소……. 그리고 언어라는 것의 무서운 복수 앞에 자살의 유혹을 어떻게 받았는가에 대해서도 이야기했다.

그 때 노인은 잠시 귀를 기울이듯 고개를 갸웃하기도 했다. 샤샤는 움직이는 내 입모습을 빤히 쳐다보다가 금방 깔깔거리며 웃거나, 제 손가락을 가져와 더 이상 내 입이 움직이지 못하도록 막아 버렸다.

"알았어. 말이 갖는 공소감, 그 언어의 허상을 나도 이제 알아."

그리고 나 역시 말을 하지 않아도 불편하지 않다는 것을 느껴갔다.

마을을 떠나기 전 두 개의 사건이 있었다.

마을 노인 한 사람의 죽음과 샤샤.

어두웠던 청춘의 10여 년 동안에도 내게 한 여자가 있었다.

청순하고 착한 여자였는데, 내가 이름이 알려지기 시작했을 때 그녀는 조금 쓸쓸한 미소를 남기고 내 곁을 떠나 버렸다. 더 이상 자기가 내 곁에 있어야 할 필요를 못 느낀다는 게 그 여자의 이별의 변이었다.

이름이 알려진 뒤부터 사랑 비슷한 것을 몇 번인가 경험하기도 했고, 나를 지독하게 좋아한다는 새로운 여자도 한 사람 있었다.

"이거 돈 많이 든 거야. 자기, 나 옛날 사진 보면 못 알아볼 걸."

제 얼굴의 이곳저곳을 가리키며, '이 쌍꺼풀눈 얼마 들었게? 또 코에는 얼마? 이 광대뼈 깎는 데는 얼마?' 하고 쫑알거리던 쾌활한 여자여서 결혼까지도 생각했었는데, 내가 전화 코드를 빼고, 휴대폰 전화를 꺼버렸을 때, 녹음 메시지를 남기고 떠났다.

"결혼해서 애기 낳으면, 내 옛날 얼굴이 나올 거잖어? 돈이 없음 성형도 못해줄 거구……. 그동안 즐거웠어."

이제 스무 살쯤일까, 며칠이 지나면서 나는 샤샤에게서 풍겨 나오는 싱그러운 생명력 속에 내가 침몰해 들어갈 것 같은 예감이 오면서 불안해지기 시작했다.

마을 노인 한 사람이 죽어 장례를 지낸 날이었다.

그날 오후는 금방 비가 쏟아질 것 같은 흐린 날씨였다. 그 장례식에는 이십 여 명, 마을 사람들 모두가 저마다 음식을 준비한 듯 잔뜩 먹거리들을 준비해서 모여들었다. 나로서는 이미 몇 사람 낯익은 얼굴도 있었지만 거의가 처음 본 얼굴들이었다. 그러나 그들은 처음부터 내가 그 마을에서 살아왔기라도 한 듯 미소를 보냈고, 어떤 남자들은 오래간만이라는 듯 내 어깨를 툭툭 두드

리기도 하였다. 아무도 입을 벌려 말하는 사람은 없었지만 장례
가 진행되는 동안에도 신기하게 서로 의사를 전하는 것이 불편
해 보이는 점은 전혀 없었다.

　노인의 시신은 흰 천으로 덮여 청년들에 의해 마을 뒷산으로
옮겨져서 묻혔다. 무덤을 직접 만들지 않은 다른 사람들은 무덤
아래쪽에 서 있는 돌탑 위에 돌들을 얹었다. 몇십 년이나 되었을
까, 돌탑 아래쪽은 새파란 이끼가 가을 속에 빛을 바래고 있었다.

　무덤이 완성되었을 때도 가족 중의 아무도 눈물을 흘리거나 슬
퍼하는 사람은 없었다. 사자를 여행이라도 보낸 듯, 혹은 고향으
로 돌아가는 사람을 전송하고 돌아선 듯, 마을 사람들은 무덤 일
이 끝나자, 그 앞에서 다들 술을 따라 무덤 위에 뿌리고 나더니
손뼉을 치며 춤을 추기 시작했다. 그 무렵 가늘게 비가 뿌리기 시
작했다.

　가랑비에 옷이 젖어갔다.

　그러나 사람들은 누구도 앞서 산을 내려갈 생각을 잊은 듯 손
을 맞잡고 깔깔거리며 무덤을 빙글거리며 돌다가, 잠시 음식과
농주를 권해가며 다시 마시고, 또 빙글거리며 무덤을 돌기 시작
했다.

　나는 샤샤와 처음 보는 내 또래 청년에게 손을 하나씩 잡힌 채
그들처럼 그 이상한 장례식에 끼어서 같이 춤을 추었다. 뛰고, 발
을 구르고, 빠르게, 혹은 느리게 원을 그리며 추는 그 춤에 특별
한 양식이 있는 것 같지 않았지만 얼마 후에는 자연스러운 리듬
과 율동이 조화를 이루어갔다.

오래간만에 마신 농주의 알코올은 생각보다 훨씬 빠르게 온몸을 적셔왔다. 눈앞이 자꾸 부우옇게 흐려지면서 깊이 모를 우물 밑으로 의식이 빨려들어가는 것 같은 기분이 되어갔다.

산을 내려올 때는 꽤 취해서 샤샤의 어깨에 손을 얹고 산비탈을 흔들거리며 내려왔다.

"그래, 당신들이 쌓은 돌탑들이 훨씬 견고한 거야. 몇십 년, 몇백 년 후에도 당신들의 돌탑은 마을 어디에서도 보이도록 점점 높아지겠지……. 내가 쌓은 탑은 말야, 내가 말로 지은 집들, 언어로 쌓아올린 그 허구의 탑은 실체가 없거든……. 빗물이 뺨을 타고 눈물처럼 흘러내렸다. 실체가 없는데도 바보같이 황홀하게 빛나고 있다고 착각했어. 빛나 보이는 것은 착각이었는데 말이야. 내 탑의 빛은 반사광이었는데……. 달빛 같은 거. 샤샤. 불쌍하게도 나는 말을 가지고 거짓말 집을 짓고, 탑을 쌓느라고 세월을 보내 버렸어. 이해하겠어? 내가 얼마나 허무해졌는지……."

내 독백이 귀찮았던지 샤샤가 걸음을 멈추고 제 손가락으로 내 입술을 막아 버렸다. 입술을 막은 손가락을 두 손으로 감싸 쥐고 나는 그녀의 손끝을 빨기 시작했다.

그 때 나는 울고 있었을까. 여리디 여린 그녀의 열 손가락을 차례로 입 속에 집어넣으며 깊이 숨을 들이마셨다.

아주 깊게 콧속으로 스며들어 온 꽃 냄새…….

"네 냄새였구나."

얼굴 가득 빗물을 받으며 아득한 현기증 속에서 샤샤의 체취를 나는 처음으로 깊게 맡았다. 그녀가 고개를 좌우로 젓는 것이 꿈속처럼 보였다. 은은하게만 느꼈던 그 향기의 강렬함이라니.

나는 발을 헛디디며 거기 젖은 잔디밭 위에 쓰러져 버렸다.

"샤샤……, 샤샤……!"

병원에서 의식이 돌아올 무렵, 헛소리처럼 내가 애타게 누군가를 찾더라는 이야기를 퇴원 무렵 들었다. 병원 문을 나서면서 의사보다도 가족들에게 들리도록 조금 큰소리로 말했다.

"구상중이었던 소설 속에 나오는 강아지 이름이 샤샤였거든요. 아주 영리한 놈인데, 이름이 좀 이상한가요?"

"애완동물을 기르는 것도 정신을 안정시키는 데는 도움이 됩니다. 그런 사례가 많으니까요……."

"집에 들어가면서 동네 가축병원에서 강아지를 한 마리 살까 하는데요?"

병실 문을 나서면서 의사를 향해 내가 미소를 지으며 그렇게 말하자 의사가 우리 가족들을 향해서 고개를 크게 끄덕거리는 것이 보였다.

시실리.

내 30대의 젊은 안쪽에 똬리를 틀고 앉아 있는 그 마을 이름과 샤샤, 금목서 향기에 대해서만은 앞으로 의사나 내 가족들에게, 아니 누구에게도 들려주지 않으리라 다짐하면서 잔뜩 흐린 도심의 하늘로 눈길을 주었다. ❧

몇 종류의 새, 혹은 꽃

아르카에오프테릭스 마크로우라(Archaeopteryx macroura). 이런 고유명사를 화제로 이야기를 나눌 수 있는 사람이 많지 않습니다.

독일 바이에른 지방 쥐라기 시대 점판암(點板岩) 속에서 발견된 이 시조새 화석은 현재 대영박물관에 보관되어 있다는군요.

전체 길이 40cm 정도. 부리에 날카로운 이가 있고, 앞다리는 날개로 변했지만 날개 끝에 3개의 발톱이 붙어 파충류의 특색을 더 가지고 있는 아르카에오프테릭스 마크로우라의 모형 화석이 한 달 전부터 내 책상 한 모서리를 차지하고 있습니다.

4분의 1로 축소된 모형 화석과 컴퓨터로 복원 처리한 이 시조새의 칼라 사진이 모형화석 뒤쪽 벽에 자리를 하고 있습니다. 거친 바위와 말라 버린 고사목(枯死木)을 배경으로 날개를 반쯤 편 뒷모습을 보이며 안개 낀 맞은편 공간을 향해 앉아 있는 시조새의 노란 색 깃털이 언뜻 꾀꼬리나 극락조 같은 느낌을 줍니다.

아르카에오프테릭스 마크로우라.

런던에서 돌아온 광우 녀석이 이 모형화석의 포장을 풀고, 시조새 사진을 펼쳐든 순간 나는 온몸을 훑고 지나는 전율을 느꼈습니다.

"좋아할 것 같더라고……. 글쎄……, 그냥……."

그는 어렸을 때처럼 머리를 긁으며 싱겁게 히죽 웃었습니다.

작지만 수출회사 오너가 되어 있는 광우는 지금도 나를 만나면 30년 세월 저편의 유년처럼 목을 움츠리며 머리를 긁적이곤 합니다.

어느 해 겨울, 아버지가 날개 부러진 솔개 한 마리를 닭장에 넣으면서 말씀하셨다.

"쥐를 좀 잡아다 줘라, 이왕이면 살려서 넣어 줘. 굶기면 너희를 닭장에 넣을 거야."

아버지가 우리를 솔개 먹이로 주지는 않겠지만, 그 때 광우의 얼굴이 파랗게 변해 있던 것을 기억하고 있습니다.

우리는 밭둑 언덕에 뚫린 쥐구멍을 찾아 그 구멍에다 마른 고추를 섞은 불쏘시개를 밀어 넣고 불을 붙인 뒤 콧물을 훌쩍이며 입바람을 불어 넣곤 했습니다. 들쥐들은 맞뚫린 굴 속에 숨어 있

어서 조금 후면 다른 구멍으로 연기가 새어 나오고, 우리 중 하나
는 연기 나오는 구멍에 신주머니를 대고 쥐가 나오기를 기다리
곤 했거든요. 불을 붙이고 연기를 불어 넣는 일은 주로 그가 맡았
고, 신주머니로 구멍을 막고 기다리는 스릴을 즐기는 것은 나였
습니다. 처음 향긋하던 마른 풀 타는 냄새는 곧이어 매운 고추가
타면서 눈물, 콧물을 훌쩍이게 했지만 광우는 한 번도 내게 싫은
내색을 보인 적이 없었습니다.

　"그때는 뱁새, 할미새, 방울새, 밀화부리, 오목눈이, 굴뚝새
들……, 참 많았는데……."
　그는 내 책상 위에 시조새 화석과 사진을 올려놓으며 그렇게
웅얼거렸습니다.
　내게 유년을, 내 아버지에게서 느끼던 일종의 광기와 집념을
회상하게 하고, 가르마가 유난히 희던 그의 어머니와 여동생, 애
희(愛姬)를 떠올리면서, 친구는 바쁜 일정 속 이 화석 모형을 조
심스럽게 짐 꾸러미에 꾸려 넣었던 것일까요.
　나는 따라놓았던 위스키를 단숨에 마시고, 원룸의 베란다로 나
와 낡은 소파에 깊숙이 몸을 묻었습니다. 젖은 겨울 밤공기가 목
덜미를 지나 등줄기로 스멀스멀 기어들었습니다.

　겨울이 가까워지면 아버지의 눈빛은 자주 형형하게 빛나기 시
작했습니다. 사냥철이 된 것이지요. 잎이 다 떨어진 과수원은 쓸
쓸해지고, 아버지는 종일 한 자루 엽총과 더불어 과수원 주변 야

산을 헤매고 다녔습니다.

　그러나 내 기억 속에 아버지가 한 번도 노루나 멧돼지, 심지어 비교적 흔했던 산토끼 같은 짐승을 잡아오지 않은 사실입니다. 꿩, 물오리, 멧비둘기, 더러는 갈가마귀도 있었는데 아버지는 땅 위를 걷거나 뛰는 짐승을 향해 총을 쏘지 않았던 듯싶습니다.

　그 포획물로 요리를 해서 먹었던 기억 역시 갖고 있지 않습니다. 그런데도 아버지는 겨울 내내 내가 새벽잠이 깰 무렵, 찬바람을 방안으로 밀어 넣고, 발자국 소리를 남기며 사립문을 빠져 나가곤 했었어요.

　그날 오랜만에 만난 광우하고 동네 소주집에서 꽤 마셨습니다.

　"티베트 쪽 조장(鳥葬) 풍습 들어봤지? 시체를 독수리한테 내주는 거야. 독수리들이 모여드는 바위산까지 운반해 가서 시신을 조각내서 대머리독수리들이 먹도록 하거든……. 들짐승이 먹도록 들에 버려두는 것보다 독수리에게 주는 것이 하늘에도 가깝고 더 입체적이니까 한 수 위가 될지도 모르지. 장자(莊子)는 그걸 간파해서 임종 자리에서 제자들이 장례 절차를 묻자, 땅 위에다 자신의 시신을 들판에 그대로 버리라 했는지도 모르겠어. 땅 위의 짐승이 먹는 거나, 땅속의 벌레들이 육신을 파먹는 거나 다를 게 뭐 있느냐는 그 사고에 나는 동감이야."

　30년 전의 유년으로 회귀하던 우리는 흰머리가 섞인 서로의 머리칼을 확인하고 자연스레 죽음과 장례, 그런 쪽의 화제로 옮겨 간 것 같습니다.

"자네가 앞서 죽으면 내가 자네를 티베트로 데리고 가야겠네."

"영혼이 빠져 나간 육신이란 거추장스러운 거니깐 빨리 그 흔적을 지워 버리겠다는 그런 염원이 시체 훼손과 관련이 있는 것은 확실해……. 영혼이 망가져 버린 제 육신에 미련을 가지고 머뭇거릴까 봐 육신의 흔적을 가급적 빠른 시간 내에 지워 버리는 것일 수도 있고……. 시체 냄새를 맡은 독수리 떼 수십 마리가 시신과 가족들 머리 위를 빙빙 돌면서 입맛을 다시며 상이 차려지기를 기다리고 있는 광경을 생각해 봐…….

전문적으로 시체를 조각내 주는 장의사가 따로 있는데 이 친구들, 가족들이 몇 푼 쥐어주면 독수리들이 빨리 먹어치우도록 더 잘게 고기를 토막내어 준다는 거야. 말하자면 천당으로 가는 급행료인 셈이지……. 우리 나라 화장터에서도 인부들에게 급행료를 주어야 뼛가루를 잘게 부수어 주거든."

"두고 봐라. 내 저놈을 잡을 게다."

어느 날 높이 원을 그리며 날고 있는 솔개를 바라보며 아버지는 꿈꾸는 목소리로 이야기한 적이 있었습니다.

그날 하늘은 한 점 구름도 없이 높았고, 싸늘하게 파랬는데 거기 한 마리 솔개가 거만하게 타원을 그리며 날고 있었거든요.

나는 그 때 왜 어머니의 표정을 살폈을까?

어머니는 턱을 약간 치켜든 자세로 아버지의 이야기에는 반응이 없이 잠깐 하늘을 올려다보았습니다.

그 때 어머니에게서는 배꽃 냄새가 나는 것 같았습니다. 실제

배꽃 냄새가 나지 않았겠지만 흰옷을 자주 입었던 어머니에게서
는 배꽃의 처연하고 서늘한 냉기 같은 것이 늘 흐르고 있었어요.
자두꽃, 살구꽃, 복숭아꽃이 눈 날리듯 날리고 난 뒤, 대개는 봄
비가 밤새 내려 초가을처럼 청량하게 느껴지는 그런 아침 배꽃
들이 피어났습니다. 그 배꽃이 밤낮을 가려 피지는 않았을 텐데,
내게 배꽃은 한낮을 배경으로는 떠오르질 않아요. 배꽃은 이른
아침의 삽상한 기온 속이거나 달빛이 비치고 있을 때 싸늘하고
처연하게 지금도 내 의식 안쪽에서 피어나곤 합니다. 어머니의
모습과 함께요.

솔개를 잡겠다고 선언한 날부터 아버지는 늘 빈 손이었습니다.
그러면서도 아버지의 눈빛은 더 형형하게 빛났고, 야위고 말이
없어져 갔던 것 같습니다.
　"제 놈이 땅을 안 밟고 하늘에서만 살 수는 없을 테니, 누가 이
기나 해보는 게지."
　이른 아침 방한모를 눌러 쓰는 아버지의 눈에는 핏발이 서 있
었습니다. 그 핏발 선 눈이 어머니를 향해 잠시 고정되던 것을 나
는 지금도 기억할 수 있습니다.
　어머니의 표정은 변화가 없었고 짧게 보일 듯 말 듯 입 꼬리에
웃음이 머물렀던 것을 나는 그 아침의 냉기 속에서 훔쳐본 것 같
습니다. 그 때의 어머니에게서 배꽃 냄새가 났던 것 같습니다.
　세월이 오래 흐르고, 사물에 대한 상징적 의미를 생각하게 된
후에야 나는 어머니에게서 느끼던 배꽃 냄새의 추상성을 생각했

습니다. 그것은 구체적인 후각의 문제가 아니었어요. 일종의 공감각(共感覺), 푸른빛 도는 흰색이 냉기로 치환되고, 육감으로 전달되는 차가움에서 다시 환치되는 흰 빛깔과 배꽃의 예상되는 냄새가 뒤섞여 구체적 냄새가 없는데도 나는 어머니에게서 배꽃 냄새를 맡았던 셈입니다.

  그해 겨울이 끝나던 무렵, 노을이 시뻘겋게 타고 있었을 때 아버지는 드디어 거의 어린아이 몸뚱이만한 솔개 한 마리를 내동댕이치듯 마루에다 내려놓았습니다.
  "제 놈이 날개가 있다 해도 땅을 안 밟고는 못 사는 걸 나는 알고 있었거든……. 그래, 너 어떠냐? 네놈만 하지? 응?"
  아버지는 내 볼에다 여러 날 깎지 않아 껄끄러운 당신 턱을 비벼 대었습니다. 이글거리던 노을이 아버지의 눈 속에서도 타오르고 있었습니다. 노을은 아버지의 얼굴까지 덮었고, 호쾌하게 웃어대는 웃음소리가 텅 빈 겨울 과수원을 채워나갔습니다. 그 득의만만한 아버지의 표정에도 어머니는 아무 반응 없이 조용히 방문을 닫았습니다.
  "봐라. 이놈이 얼마나 날개가 큰지. 자, 이걸 봐."
  아버지는 솔개의 날개를 여러 번 내 앞에서 치켜올렸습니다.
  그리고 그날로 아버지의 사냥은 끝이 났습니다. 더 이상 새벽부터 야산을 헤매던 사냥길에 나서지 않았기 때문입니다. 그 겨울이 끝나 봄이 왔을 때, 아직 배꽃이 피려면 여러 날이 남아 있던 이른 봄날 어머니가 세상을 떠났습니다.

신혼 초, 간신히 단칸 사글세방을 마련해서 살림이라는 걸 시작하면서 내가 맨 앞서 한 일이 새장을 마련해서 새를 기른 일이었습니다. 그것도 쉽게 기를 수 있는 십자매나 문조, 금화조 따위를 기른 게 아니고, 하루 종일 마른나무 둥치를 쪼아대는 '딱따구리'를 길렀어요.

청계천 7가 쪽에 나가면 새 가게들이 몇 집 있었고, 그 가게들에 산에서 붙잡아 온 희귀한 새가 일반 양조들 사이에 더러 끼어 있었습니다. 우연히 그 곳을 지나다가 그 '오색딱따구리'를 보았고, 나는 두 말 없이 상당한 거금을 투자해서 그 녀석을 우리 신혼 방에 식구로 입주를 시켰던 것입니다.

아내는 동물을 좋아하지 않았지만 더구나 좁은 신혼 방에 쳐들어 온 그 불청객이 반가울 리 없었을 것입니다. 거기에 이 녀석은 좁쌀 따위의 곡식을 먹는 게 아니고, 벌레를 먹던 놈이 되어 먹이 문제도 보통 일이 아니었습니다. 날마다 벌레를 잡으러 다닐 수도 없는 일이어서 삶은 달걀이며, 고기를 잘게 저며 먹일 수밖에 없었지요.

그 무렵 내 수입으로 쉽게 고기를 사 먹을 수도 없는 시절이어서, 우리는 이 녀석이 먹고 남긴 것이나 먹어야 되는 입장이 되어 버렸습니다. 또 이놈은 끊임없이 마른 고목을 쪼아대어, 구멍 속에 들어 있는 벌레를 먹는 습성이 있어서, 매일 장작 반 토막 정도를 완전 부스러기로 만들어 놓았는데 도시 한가운데서 매일 장작 토막을 구해오는 것도 쉬운 일이 아니었습니다.

몇 개월이 그렇게 지났을 것입니다.

날까지 잔뜩 흐린 날, 퇴근하고 방안에 들어서자, 눈이 벌겋게 충혈된 아내가 울음을 터뜨리기 시작했습니다. 의아해 할 사이도 없이 뒤이어 주인댁 아주머니가 얼굴이 붉으락푸르락한 채 뒤따라 들어오면서 당장 방을 빼달라는 거였습니다.

아주머니가 가리키는 손끝을 눈으로 따라가다가, 아뿔사, 나도 맥이 빠져 버렸는데 왜 그렇게 웃음이 터졌는지요. 출근하면서 바람이라도 쏘이라고 현관 기둥에 딱따구리 새장을 걸어 놓고 나갔는데 새장이 걸렸던 기둥 중턱이 3분의 1쯤 완전 걸레가 되어 있었거든요.

집을 쫓겨나온 후에도 그 '오색딱따구리'는 1년 반을 우리 곁에 더 있다가 아파트로 들어가면서, 결국 산이 연결된 공원으로 데리고 가 날려 주었습니다. 정이 들었던지 이 녀석이 한 시간 가까이 멀리 떠나지 않고 우리 곁을 맴돌자 아내의 눈에 다시 눈물이 고이는 것이 보였습니다.

사실 신혼 초 아내는 '새'에 대한 내 특별한 관심 때문에 많이 곤혹스러웠으리라는 생각을 지금도 합니다. 그러나 어린 시절을 시골에서 자란 사람, 그것도 한적하게 숲과 나무, 벌레, 그리고 숱한 산새들 사이에서 자란 나 같은 사람에게 유년의 향수라는 건 얼마쯤 숙명일 수도 있을 것입니다. 더구나 아내는 결혼 전, 내 유년의 얘기들 속에 빠짐없이 새들이 등장했다는 것을 모른 척할 수가 없었을 것입니다.

공기가 너무 써늘해서 나는 다시 방으로 돌아와 씻지 않은 커피 잔에 위스키 한 잔을 더 따라 마셨습니다. 술 탓이었는지 시조새의 모형 사진이 아까보다 더 추상적으로 변해갑니다. 녀석이 앉아 있는 배경이 훨씬 부옇게 흐려져 녀석의 모습이 아버지가 잡아왔던 그 커다란 솔개 모습과 비슷한 느낌이 되어갔습니다.

참 오래도록 잊고 있었던 '새'였습니다. 도시 생활의 여건 탓도 있었지만 정확히 아내와 헤어지고 나서 나는 내 의식 밑바닥에 끈질기게 따라붙었던 '새'에 대한 사념들을 의도적으로 잊으려고 했는지 모릅니다.

몇 해 전, 내가 영국에 갔을 때만 해도 나는 그 곳 대영박물관에 시조새의 화석이 보관되어 있으리라는 생각을 해보지 않았습니다. 그 곳에는 그 때 이집트관 특별 전시가 열리고 있어서 보관된 미라만을 실컷 돌아보았습니다.

카이로의 건조한 모래 바람 속에 누워 있어야 할 미라들이 왜 이 대영제국의 눅눅한 습기 속에 누워 있는지 그런 생각만을 했었어요. 부식되어 가는 아마포에 싸인, 그 비쩍 마른 시신들은 유리관 속에 웅크리고 있었습니다.

그 무렵 죽음이라는 명제(命題)가 내 학위 논문에 관계를 갖고 있어서 나는 철학적 사유에 잠깐 젖었고, 언뜻 어머니를 생각했습니다. 아버지는 왜 그토록 3차원의 공간 속을 떠도는 그 날개 달린 것들에 대한 이상한 집념을 가졌을까 하는 의문에서 내 상상력은 중단되었습니다.

그 곳에 시조새 화석이 보관되어 있는 것을 알았다 해도 그것을 찾아보거나 모형물을 기념품으로 사들고 오지는 않았을 것입니다.

현실적인 삶에서 결혼이나 이혼이 갖는 비중을 무시할 수 있는 사람은 많지 않겠지요. 아내를 만나고 헤어진 일은 지금도 내 생애 밑바닥에 누룽지처럼 앙금으로 달라붙어 있으니까요.

대학원 동료 중 소설가로 꽤 알려진 친구의 출판기념회에서 나는 아내를 처음 만났습니다. 작은 여성 잡지사 여기자였던 아내는 2차의 소주 파티 자리에서 내게 관심을 보여왔습니다.

"문학하는 분들만 모이는 자리인 줄 알았는데요."

나는 술자리에서 도시 출신들을 앞에 두고 뱁새집에 몰래 알을 낳는 소쩍새의 습성에 대해, 종달새가 얼마나 교묘하게 제 새끼가 있는 둥우리를 보호하는가에 대해, 작은 물고기를 먹는 파란색의 뛰어나게 예쁜 물총새의 똥이 얼마나 냄새가 고약한지에 대해, 오목눈이들이 두 발로 견과류를 껴안듯 누르고 쪼아 알맹이를 꺼내 먹는 습성에 대해, 때까치들이 여름날 메뚜기나 올챙이들을 나뭇가지나, 가시나무에 갈무리해 놓고, 먹이가 부족한 겨울날 그 갈무리 장소를 잊어버리는 일이 흔함에 대해, 딱따구리의 발가락이 앞뒤로 두 개씩으로 되어 직립 자세로 나무에 매달리고, 끊임없이 마른 나무를 쪼아대는 습성과 혀의 독특한 구조에 대해, 꽤 오래도록 떠들었던 듯싶습니다.

그 때 그 여자가 끼어들었습니다.

"조류학 강의실 같아서요."

장난기 어린 그녀의 눈이 잔뜩 웃음기를 머금고 있었습니다.

"이 친구 전공이 조류심리학입니다. 조류와 인간심리의 공통성과 이질성 연구, 지금 준비하고 있는 논문 제목이지요."

동료 중에 누군가가 농담을 했고, 그녀는 짐짓 놀라는 척해 보였습니다.

"그런 학문도 있어요?"

"자유롭게 날아다니는 새를 새장 안에 넣고, 제한된 종류의 먹이만으로 순치 사육하는 거나, 자유롭던 인간을 결혼으로 제한된 자유만으로 살게 하는 거나 공통점이 있는 셈이죠. 원론적으로 자유와 안정의 반대 개념이 어느 순간 결국 하나로 귀일됩니다. 스스로 자유를 포기하는 그 속성이 말입니다."

"더러 기르기도 했겠네요?"

"참새에서 뱁새, 물총새, 후투티까지 기른 적이 있습니다. 딱따구리와 후투티까지 화제에 오를 때면 그쪽에 상식이 있는 사람이면 금방 꼬리를 내리지요. 미스……?"

"아, 민, 민숙희예요."

그녀는 손을 내밀어 내 손을 쥐고 흔들었습니다.

"산새를 붙잡아 기르는 거나, 여자를 제 울타리 속에 가두는 거나 논리상으로 같은 것이라면, 미스터……?"

"아, 내 이름은 정민홉니다. 오늘의 주인공하고는 일 주일에 이틀씩 만나 돈 버는 것하고는 상관없는 궤변을 나누는 사이고, 직업은 학원 강사, 생물 선생은 아니고요. 엉터리 국어 선생이죠."

"작은 새장 속에 가두어 기르는 게 남자 입장에서는 논리적으로 같다면 말이지요. 정민호 씨는⋯⋯."

장난기 어린 그녀의 눈꼬리가 '당신, 여자 다루는 솜씨도 괜찮은 거야?' 그렇게 묻고 있는 것을 나는 쉽사리 느끼고 있었습니다. 그녀가 직업상 혹은 개인적으로 만나왔을 남자들 중에서 내가 색다른 동물로 분류되고 있음을 나는 그녀 눈꼬리의 웃음에서 감지하고 있었지요.

"이론상으로는 비슷한 것도 같은데, 한쪽은 아직 잘 모르겠습니다."

나는 새끼 새를 붙잡아 온 후 먹이 때문에 얼마나 고통스러웠는지, 그 때 그 흔하던 배추밭의 애벌레나 메뚜기, 잠자리들도 왜 그리 잘 잡히지 않았는지에 대해, 그 도시 여자를 그 후 다시 만났을 때도 참으로 열심히 설명해 주었습니다.

어미가 되면 곡식을 먹는 참새도 어릴 때는 벌레를 먹는다는 것을, 제 머리보다 더 크게 노란 입을 벌리고 먹이를 달라고 울어대는 새끼 새들의 엄청난 식욕은 해가 떠서 질 때까지 계속된다는 것을, 초여름 땡볕 아래에서 새끼 새에게 주기 위해 개미 알을 찾느라고 삽으로 개미집을 파 뒤집어 놓고 알을 줍다 보면 종아리로 새까맣게 몰려드는 개미들이 얼마나 다리를 물어뜯는지, 그리고 그 때의 햇볕이 머리통이며 뒷덜미를 날카로운 유리조각으로 긁어대듯이, 얼마나 따끔거리게 쏟아져 내리는지에 대해서도 나는 이쪽에 전혀 문외한인 도시 여자에게 친절하게 가르쳐 주었습니다.

"다리로 기어올라온 개미들이 곧잘 고추 끝을 물어댑디다."
"개미한테 동정을 잃은 이상한 남자를 만났네요. 하하하."
그 때 그녀가 목젖이 보이게 남자처럼 커다랗게 소리 내어 웃었고, 그날 저녁 우리는 꽤 늦게까지 공원 벤치에 앉아 있었어요.
여자 입술에서는 복숭아꽃 냄새가 났습니다. 흐드러지게 분홍빛으로 피던 복숭아꽃의 실제 냄새를 기억하고 있진 않았지만 나는 그 여자가 복숭아꽃 냄새를 풍기고 있다는 확신을 가졌어요. 결국 아내와의 결혼도 새 때문에 이루어진 셈이었습니다.
"새 사육을 잘하는 남자의 새장에 갇히는 생애의 모험을 해봐요, 그럼?"
내 청혼에 그녀는 그렇게 답변했고 우리는 곧바로 결혼을 했습니다. 아내와의 결혼 생활이 조금씩 삐걱거리기 시작한 것은 결혼 1년 후부터 쯤이었을까요.

나는 학원 강사 노릇을 하면서 박사과정에 적을 두고 있었고, 아내는 처녀 때보다 조금 더 알려진 여성잡지 기자직을 가지고 있었습니다.
내가 박사과정 종합시험을 끝낸 날, 우리는 모처럼 음악이 좋은 커피집에서 만나 우아하게 에스프레소와 비엔나 커피를 마셨습니다.
"축하해요."
그녀도 아주 우아한 음성으로 그렇게 말했습니다. 우리는 그러나 찻집을 나온 후 화려한 네온의 물결에 조금씩 기가 죽으면서 자꾸 중심가에서 비켜나오고 있었습니다.

"호금조라고 기가 막힌 깃털의 새가 있어. 빨강, 노랑, 보라, 검정, 초록. 만들어 놓은 것 같은 그런 깃털의 호주 원산의 작은 새를 기른 적도 있지."

새를 파는 가게 앞을 지나면서 밝은 조명 속, 새장 속의 문조와 카나리아를 건너다보며 말했을 때 아내가 나를 올려보며 쓸쓸하게 웃어 보였습니다.

"날개를 달 거야. 두고 봐. 평면적 삶에서 입체적 삶으로의 비약, 나는 생각해. 우리 단군 할아버지의 아버지가 하늘을 날아 내려왔다는 사실에 주목하는 거라고. 고구려의 고주몽이 알에서 깨어났다거나, 신라의 박혁거세 역시 알에서 나왔다는 신화의 상징성 말이야, 이 민족이 가지고 있었던 신화적 상상력은 바로 날짐승에 대한 동경, 하늘을 날아다니는 새에 대한 꿈이 그 기초를 이루고 있어.

자기, 아기장수 전설 알지? 우리 나라 전역의 전래 전설 중 제일 많은 것이 '아기장수 전설' 이거든. 그 이야기의 본질이 뭐야? 그건 보통 인간이 갖고 있지 않는 날개가 달린 초인으로의 공통 이미지야. 결국 신화가 다수 대중의 꿈의 투사고, 그 집약이라면 우리 한국인의 의식 저변에 가장 깊게 깔린 꿈이 새처럼 날고 싶은 거야. 동의하지?"

"이상(李箱)의 날개도 그럼 같은 구도 위에 있는 거야?"

"식당개 3년이면 뭘 한다더라?"

아내는 자기 앞에 놓인 잔을 홀짝 비우고 돼지족발 한 조각을 입으로 가져갔습니다. 그 때 아내의 앞머리칼 밑으로 우울이 안개처럼 깔려 있던 것을 나는 눈치채지 못했습니다.

"그래. 축하해. 정말 축하해. 자기 생애에 새로운 날개가 돋기 시작한 것을……. 우리 부딪쳐. 이 시대의 이상(李箱)을 위해, 자, 우리 건배. 건배."

그러나 어느 순간이었을까, 우리 두 사람 사이로 밀려들어온 늦가을 밤의 야기(夜氣) 같은 것. 내 유년의 새벽, 아버지가 엽총을 챙겨들고 방을 빠져 나간 후, 닫히던 방문이 몰고 들어오던 한기 같은 것을 나는 아내의 앞머리칼에 덮인 이마에서 그날 밤 읽고 있었습니다.

"당신, 오늘 무슨 일 있는 거 아니야?"

나는 술기운이 한순간 가시며 심술이 나고 있었습니다.

"그래, 정민호 씨, 나, 오늘 멘스야. 우리 괜히들 서로 피곤하게 하지 말기."

광우를 만난 것이 그 무렵이었습니다.

신설동 부근을 지나다가 새를 파는 가게 앞에서 나는 습관처럼 멈춰섰습니다. 새끼 매 한 마리가 길 쪽으로 나 있는 새장 속에 갇혀 닭 내장을 뜯고 있는 것을 발견했기 때문이었습니다. 녀석은 날카로운 발톱으로 고기 조각을 집어 부리를 벌겋게 물들이며 식사를 즐기고 있었습니다. 좁은 가게 안은 여러 종류의 새들이 뒤섞여 지저귀고 있었는데 잉꼬들 수효가 많아서인지 몹시 소란스러웠습니다.

"혹시나 했는데……. 맞지? 민호?"

닭 내장을 날카로운 부리로 찢어발기는 모습에 넋을 놓고 있다가 그가 내 어깨를 치는 바람에 나 역시 순간 경악을 했습니다.

"이 앞을 지나면 가끔 멈칫거리고 했지만……. 생각하지도 않았어. 하, 광우를 서울 변두리 새집 앞에서 만나리라고는 생각 못 했네. 바쁜가? 아니지. 바빠도 그렇지. 어디 자리 좀 옮겨."

뒷골목 소주집으로 옮겨 자리를 잡자 그는 내 손을 두 손으로 쥐고 흔들고 나서 혼자 좀 무안했던지 머리를 긁적였습니다.

"살아 있는 쥐를 주면 저 매란 놈이 어지간히 좋아할 텐데, 그런 생각을 하고 있던 참이었어. 지금."

우리는 누가 뒤쫓기라도 하듯 허겁거리며 술을 마셔댔습니다. 도시 생활과 세월이 앗아간 유년의 기억을 우리는 동시에 꺼내 들었고, 그것들은 거의 공통의 공간이어서 우리는 쉽게 유년 속으로 유영해 들어갔습니다. 광우는 수출 일로 돈도 좀 벌었고, 자주 외국에도 나간다는 이야기였습니다.

"우리도 어지간히 새들을 쫓아다녔지만, 겨울이면 어르신 사냥 좋아하셨는데……."

"그것도 아니야. 어머니 돌아가시고는 사냥을 안 하셨으니까."

"그 날개 부러진 솔개 때문에 쥐 잡던 일, 개구리 잡던 일, 생각하면 재미도 있었고, 걱정도 많이 했는데……. 그런데 이 시간에 어떻게 거기 있었지? 지금도 새는 좋아하고?"

광우가 물끄러미 나를 올려보았습니다.

"아직 학생이야."

"어느 쪽?"

"새에 대한 공부지. 나도 새처럼 날 수 있을까. 새처럼 땅을 안 딛고 공간을 이동할 수 있을까. 내가 요새 쓰고 있는 내 과제물이 새야. 인간이 새에 대해 느끼는 절망, 그 한계의 인식이 철학을 낳고, 종교를 낳고……."

"돈 버는 것하고는 상관이 없는 것 같은데……."

그가 낄낄거리며 웃었습니다.

술 기분도 있었지만 서로의 기억을 같이 야금거린다는 즐거움 때문에 나는 꽤 많이 떠들었습니다. 그는 날개 다친 솔개 얘기를 여러 번 했습니다. 그리고 그놈을 날려 보내느라 며칠을 애를 먹었다는 이야기를 했습니다. 사람이 주는 먹이에 길들여진 녀석이 닭장 문을 활짝 열어 놓아도 다시 닭장 안으로 되돌아가서 이 놈을 야생으로 돌려보내는 데 1주일이 걸렸다는 내가 잊어버린 기억까지도 찾아내었습니다.

헤어져 돌아오면서 어머니와 애희, 당신 안부를 묻지 않은 것이 마음에 걸렸습니다. 그를 알아본 순간 맨 처음 묻고 싶었는데 일부러 가족 이야기는 덮어 버린 듯도 싶어 조금 쑥스러운 뒷맛이었습니다.

아버지가 낡은 구식 엽총을 들고 야산을 헤매기 시작할 때면 우리도 새그물을 들고 과수원 울타리 쪽 새 떼들이 다니는 통로로 나갔지요. 장대에 머리카락처럼 가느다란 새그물을 펼쳐 놓고 우리 식의 사냥을 시작할 때면 겨울에도 가지 끝에 매달려 말라붙은 울타리의 참나무와 도토리나무 잎들이 스산한 소리로 수수거리고, 때로 갈가마귀 떼들이 작은 태풍 소리를 내며 우리들 머리 위를 지나갔었지요.

"너, 이거 잘 붙들고 있어야돼."

그물에서 떼어 낸 산새를 당신에게 주면 파래진 입술을 더 꼭 다물면서 두 손으로 산새를 감싸 쥐고 있곤 했어요. 울타리에 숨어 있는 새 떼들을 그물 쪽으로 몰아오는 것은 늘 광우 몫이어서 그물 곁에는 대개 나와 당신이 같이 있었어요.

학교 때문에 객지로 나간 뒤에도 겨울 방학이면 어김없이 반복되는 행사여서 새장 속에 잡아넣은 참새를 구워 먹기 위해 우리 집 부엌보다는 광우네 부엌을 더 많이 사용했었지요.

"거기, 참기름 좀 찾아 봐……, 소금 찾아오고……."

그 때도 당신은 늘 내 곁에 서 있었습니다. 여드름이 돋기 시작할 무렵 안주거리가 푸짐해서 술을 한 잔 하고 싶을 때면, 마을 상점으로 술을 구하러 가는 것은 광우 몫이어서 그가 술병을 감추고 저희 어두운 부엌 안으로 기어들 때까지 나는 애희, 당신하고 둘이만 문을 흔드는 바람 소리와 참나무잎들이 부딪치며 내는 소리를 거기 적당한 어둠 속에서 같이 들었습니다.

"야, 광우야. 그물에 몇 마리 더 걸렸나, 다시 가보고 와."

눈발이 거센 날, 잘 타고 있는 벌건 장작불 앞에 앉아서 나는 때로 광우에게 빈 새장을 내밀기도 했지요. 그가 머리를 긁적이고 과수원 울타리를 향해 움직이고 있는 동안 소복거리며 내려 쌓이는 눈 소리가 꿈결처럼 들려오고, 그 때 장작 불빛을 받은 당신 얼굴이 그 불빛처럼 빨갛게 달아오르던 것을……

그런데도 광우를 만난 순간, 묻고 싶었던 당신의 안부를 그 후에도 곧바로 묻지를 못했습니다.

"호주에는 예쁜 새가 참 많아, 교외로 조금만 나가면 정원에 새 모이통들을 만들어 둬서 앵무새들이 집집마다 몇 마리씩 떼를 지어 앉곤 해."

"애희는?"

네 번째 술자리에서 헤어져 나오면서야 나는 간신히 당신의 안부를 물었습니다.

"잘 있어. 민호 너, 잘 있다는 소식을 전했더니 그렇게 좋아할 수가 없어."

"결혼도 하고?"

"귀국하면 한번 만나 봐."

그가 말끝을 흐렸기 때문에 나는 당신 소식을 더 이상 물을 수가 없었습니다.

아버지의 총구가 향하던 정확한 방향과 목표점은 어디였을까요. 아버지는 모든 날짐승을 날려 놓고 쏘아야 하는 것이라는 말씀을 자주 하셨어요. 잠을 자거나 먹이를 먹을 때 방아쇠를 당기는 일은 사냥꾼들의 가장 부끄러운 일이라는 이야기였습니다. 창공을 비상하는 날짐승을 향해 총구를 수직으로 겨누는 일이 실제 상황에서는 거의 불가능한 일이겠지만 아버지의 총구가 졸고 있거나, 먹이를 먹고 있는 날짐승을 향하는 것은 지금도 상상할 수가 없습니다.

창공을 향해 아득히 총구를 올린 뒤 한쪽 눈을 감고 호흡을 멈추는 순간, 날짐승의 심장 부위이거나, 머리 부근 언저리에 부연 안개에 휘감겨 쌀쌀한 표정을 한 자기 아내의 얼굴이 있었던 것은 아니었을까. 아버지가 한쪽 눈을 감고 온 정신을 집중해서 쏘아 떨어뜨리고 싶었던 대상은 거기 솔개나 꿩, 물오리에 환영처럼 겹쳐져 있는 내 어머니의 배꽃 같은 고고하고 처연한 자존이 아니었을까.

솔개를 잡겠다고 선언하고 난 그 몇 날의 겨울 동안 나는 아버지의 활활 타는 눈빛에서 읽었던 오기와 광기 같던 집념이 어머니가 세상을 떠난 후 다시 살아나는 것을 보지 못했습니다.

아내와 헤어지고 난 후에야 나는 아버지의 그 날개 달린 것들에 향하던 집념을 한 사내로서 새롭게 해석하기 시작했습니다.

내가 결혼과 이혼을 겪은 다음 아버지의 다른 모습을 상상해 보게 된 것은, 그러나 결국은 내 혼자의 주관일 뿐 아버지하고는 아무런 상관도 없는 일일 수도 있다는 것을 압니다. 그러나 아버지가 그토록 쫓고 있었던 대상의 내면에 객관적으로도 전혀 아버지와는 어울려 보이지 않던 어머니라는 존재가 있었으리라는 생각이 무리일 것 같지는 않습니다. 어머니가 세상을 떠난 뒤 아버지의 사냥에 대한 그 급격한 무관심이 그런 짐작을 하게 하는 셈입니다.

아내와의 이혼은 간단했습니다.

대학원 세미나에서 하루 내내 긴장되어 있다가 뒤풀이 참석도 못하고, 곧장 학원으로 달려가 100분짜리 특강, 셋을 연속하고 돌아온 늦은 밤, 아내의 눈에는 눈물이 배어 나오고 있었습니다.

'아아, 그래, 어제가 당신 생일이었는데……'

나는 이튿날 아침 신문을 펼치면서야 아내가 앞서 출근해 버린 빈 방의 달력에서 빨간 동그라미를 찾아냈지만 그녀의 사무실에 전화를 걸지 않았습니다. 너무 피곤했기 때문이었습니다.

며칠 후 아내가 근무하는 잡지에 투고된 독자원고 뭉치를 테이블에 내팽개친 채 소파에 쓰러져 잠이 들어 버린 아내의 앞이마 머리칼 사이로 진하게 배어 나오는 피곤과 권태를 읽으며, 순간 '우리가 같이 살아야 될 이유가 있는 것인가?' 하는 회의가 왔고, 우리는 1개월 후 아무 조건 없이 이혼에 동의를 했습니다.

그 투고된 독자원고 중에 뉴질랜드 오클랜드에 거주하는 한 독자의 원고를 그녀가 잠든 머리맡에서 읽으면서 그 생각이 더 강하게 왔을지도 모릅니다. 날개 없는 새, 키위를 국조로 하는 뉴질랜드에 당신이 살고 있다는 사실을 확인한 것과 나의 이혼과는 상관이 없습니다. 날개가 없어 낮에는 활동을 할 수 없는 그 새, 어둠이 덮인 다음에야 먹이를 찾아 바위 밑이나 풀숲을 기어 나오는 '키위'에게도 '날다'라는 동사가 적용될 수 있을까, 하는 따위의 외곬의 사색이 아내와의 거리를 넓히는 데 일조를 했을 것입니다.

크낙새보다는 훨씬 체구가 작지만 머리 정수리에 크낙새 모양

의 빨간 깃털을 지닌 '오색딱따구리' 가 든 새장을 사글세방으로
끌어들였을 때 아내는 이미 생각했을 것입니다.

'이 남자와의 결혼이 무엇인가······.'

그 '오색딱따구리' 가 새장 안에 넣어준 나무토막을 종일 쪼아
대고 있고, 그 모습을 종일 싫증 내지 않고 입을 반쯤 벌리고 바
라보고 있는 사내의 옆얼굴에서 남자와 여자가 같은 공간에서
같은 시간을 지내는 것이 무슨 의미가 있는가를 여자는 생각했
을 것입니다.

"이놈의 혓바닥은 아주 특수해서 말이야. 긴 혀가 목구멍 안쪽
으로 해서 뇌를 싸고 있는 머리 정수리를 다시 타고 콧구멍 한쪽
까지 내려와 있어. 이걸 봐. 이 콧구멍 속에 뱀 혓바닥처럼 낼름
거리는 거 보이지? 안 보여? 이게 혀야······."

그리고 얼마 후, 앞서 퇴근한 아내가 훌쩍이면서 말했던 것입
니다.

"방 비워 달래요."

나는 어머니가 동네 아낙들과 호들갑스럽게 큰 소리로 이야기
하는 것을 본 적이 없었습니다. 욕을 하는 것도, 크게 소리 내어
웃는 것도, 남편과 자식의 밥상 앞에 마주앉아 동네 소문을 소살
소살 이야기하는 것 역시 어머니와는 상관없는 일이었습니다.

객지로 나오고 다른 어머니들이 전혀 다른 모습일 수도 있다는
것을 변별해 내기 전까지 내게 어머니는 원래가 배꽃 같은 미소
와 아무도 앞서 말을 걸 수 없는 그런 분위기의 존재로 고착되어

있었습니다.

"급성 폐렴 같은데요. 입원실이 있는 병원에 가셔서 더 확인해 보시고 입원 치료를 하셔야겠습니다."

시조새 화석이 내 책상 위에 놓이고 몇 달 후, 나는 심한 고열과 기침 때문에 몸을 가눌 수가 없어 동네 병원에 들렀다가 의사에게서 받은 선고였습니다. 심한 고열 속에서 때때로 쥐라기 시대의 어느 호숫가를 휘적이며 걷고 있는 환상들을 여러 번 보고 난 후였습니다.

"감기가 만병의 시초거든요."

의사는 겁주는 것도 잊지 않았습니다.

나는 그동안 빡빡한 학원 강의에 제대로 식사를 하지 않고 혼자 독주를 마시고 하던 벌을 받는구나 하고 체념을 했지만 그날 병원에서 돌아온 밤부터 나는 심한 고열 때문에 하루를 꼬박 의식을 잃은 채 침대 커버를 땀으로 적셔 버렸습니다. 그 때 광우의 전화가 없었으면 나는 계속 잠 속으로 가라앉아 버렸을지도 모를 뻔했습니다.

"감기가 심하게 걸렸어. 강의가 좀 많았거든. 그냥 그 정도야."

당신이 귀국을 했노라고. 한번 찾아보고 싶어하는데 자기는 며칠 동안 몸을 뺄 수가 없으니 당신이 혼자 찾아봐도 괜찮겠느냐는 전화였지요. 그 순간 나는 시골 과수원에서 듣던 그 울타리 밖의 참나무 잎사귀들이 부딪치며 내는 수선스러운 소리며, 갈가마귀 떼들이 만들어 내던 바람 소리를 다시 들었습니다.

수화기를 내려놓으며 심한 현기와 함께 나는 침대에 그대로 쓰러졌습니다. 바람 소리였습니다. 전혀 방향을 가늠할 수 없는 바람이 시간 속을 휘몰아 달려가고 있었습니다. 의식 한쪽에서 일어나 샤워라도 좀 하고 집안을 치워야겠다고 생각하면서도 깊이 모를 수렁의 밑바닥으로 가라앉는 환영이 왔습니다.

모든 것이 한순간 탈색이 된다고 생각하면서 어린 시절 과수원 울타리 곁에 내가 서 있는 모습을 어느 위치에서인가 또 다른 내가 보고 있는 환영을 보았습니다. 거기 총을 조준하고 있는 아버지의 모습이 보였습니다. 어쩌다 보니 나 역시 어느 곳인가를 향해 총구를 겨누고 있는 것이 눈에 들어왔습니다.

"날짐승은 반드시 날려 놓고 쏘아야 해."

아버지가 나를 향해 소리를 질렀습니다.

"총구를 옆으로 겨누어서는 안 되는 거야, 알았지? 그건 지켜야 한다."

"알았어요, 아버지. 공중으로 높이 날려놓고 쏠게요."

누군가가 내 몸을 심하게 흔들기 시작했습니다.

"애희예요. 저, 애희예요."

나는 처음 맡는 냄새, 살구꽃 냄새라고 추상적으로 떠오르는 냄새를 깊게 빨아들이며 깊은 혼돈의 밑바닥으로 가라앉아 들어갔습니다.

눈이 내리고, 그 때 광우가 그물에 혹시 새로운 포획물이 걸렸나 보려고 흩날리는 눈발 속으로 사라져 버린 뒤, 타고 있는 장작

불의 이글거리던 붉은 빛이 당신 뺨으로 옮겨가기 시작했을 때 어느 순간이었을까, 당신 동그만 어깨가 작은 새처럼 내 품속에서 오들거리고 있었고, 그 때 맡았던 꽃 냄새. 아아, 그게 살구꽃의 냄새였던 것을 기억해 냈습니다.

"제 날개가 퇴화된 거 모르셨죠?"

어디서 들려오는 소린지 짐작되지 않았지만 그 소리에서 나는 살구꽃 냄새를 다시 맡았습니다. 머리를 좌우로 흔들었습니다.

"애희, 날개를 달아야 해. 넌 키위새가 아니야. 넌 날 수 있어. 다시……."

당신 눈에서 흘러내리는 눈물이 가랑비가 되어 내 얼굴과 목덜미를 적셔왔습니다.

"로투루아 마을, 그 유황 냄새와 와이노모 동굴의 개똥벌레를 오빤 몰라요. 키위새는 거기 어둠 속에 엎디어 있어요. 멸종이 될지 몰라요. 마오리들이 줄어들 듯이……."

"애희가 새로운 시조새가 되는 거야. 아르카에오프테릭스. 싫으면 아르카에오르니스 시맨시라도……."

나는 당신이 흘리는 눈물의 강 속으로 침잠해 들어가며 시간과 공간이 엇갈리며 만들어 내는 무수한 소멸의 탄생을 보았습니다. 시간과 공간의 씨줄과 날줄이 엇갈리면서 얼마나 많은 필연과 우연이 만들어지는 것일까요. 당신의 눈물이 내 입안으로 흘러드는 순간 내가 조른포펜의 화석들 틈 사이에 납작하게 굳어가고 있는 것이 보였습니다.

“애희. 빨리 날아올라……..”

내 목소리가 밖으로 새어나가지 않는다는 것을 안 순간, 나는 이미 내가 살았던 시공을 건너뛰어 전혀 예기치 않았던 혼돈 속에 갇혀 굳어가고 있었습니다. 당신이 내 품속을 빠져 나가 내 책상 위의 모형 화석 쪽으로 움직여 가는 것을 보았지만 그 때 한순간 짙은 안개가 시야를 가렸습니다.

“날개를 펴. 넌 키위새가 아니야.”

내가 있는 혼신의 힘을 다해 소리를 치자 당신은 아라비안나이트의 요술 병 속으로 빨려드는 공주처럼 화석 안쪽으로 천천히 스며들어가기 시작했습니다.

아르카에오프테릭스.

1861년 독일의 한 채석장에서 발견된 쥐라기 시대의 화석 안으로 숨어든 당신은 점점 작아져 깃털 하나만을 남기더니 웅크린 자세의 뼈만 남아 화석으로 변하고 말았습니다.

그 때 아주 먼 곳에서 아득히 물결 소리가 들려오자 화석 속, 새가 움직이기 시작했습니다. 선명한 노란 색 깃털이 천천히 부풀더니 조심스레 날개를 옆으로 펼쳐 보였습니다. 짙은 황금색에 날개는 절반쯤 끝부분이 갈색으로 채색되어 있었습니다.

“애희. 날아올라. 빨리……..”

나는 목이 메어 그렇게 소리를 질렀습니다.

새는 좀더 세차게 몇 번인가 날개를 펄럭였는데, 그 때 이미 태양은 동쪽 언덕을 반 남아 떠오른 후라, 소철나무를 닮은 열대성의 나무들이 안개를 헤치고 선명하게 드러나기 시작했습니다.

　호수가 반짝거리는 작은 비늘을 만들기 시작하자 새는 원을 그리며 날개를 펄럭거린 뒤, 선명해진 황금빛 깃털을 털며 가볍게 호수 쪽을 향해 날아올랐고, 내 의식 깊은 곳에 화석으로 굳어 있던 살구꽃의 알싸한 향기가 숲 전체를 덮어가기 시작했습니다. ●

그 꽃상여 그림자

그 여자를 처음 보았을 때 왜 그토록 흠칫했을까.

땅거미가 깔려가던 시간, 버스 정류장 보도에 두 팔로 제 무릎을 껴안은 채, 넝마뭉치처럼 웅크리고 있던 그녀가 언뜻 고개를 들었을 때, 뚜렷하던 눈썹 윤곽 때문이었는지 초점 없어 보이던 흐린 눈빛 때문이었는지는 확실치 않지만 나는 걸음을 멈추고 그 여자를 다시 돌아보았다.

육교나 지하철 입구 같은 데서 더러 거지들을 보는 수도 있고, 그래서 습관적으로 동전 두어 닢을 놓고 오거나, 잔돈이 호주머니에 잡히지 않을 때면 뒤통수가 따갑기는 하지만 그대로 지나치기도 하는 그런 경험은 누구에게나 있겠지만 그날 나는 그 한

적한 버스 정류장 보도에서 몹시 추워 보이는 그 여자를 본 순간 섬뜩한 기분으로 걸음을 멈추었던 것이다.

여자는 버스가 설 때마다 출구 쪽으로 시선을 보냈고, 버스가 출발한 뒤에는 버스의 뒤꽁무니를 망연히 바라보다가 무릎으로 다시 고개를 가져가곤 했다. 도심의 변두리는 가로등도 변변히 없어서 어두움이 곧장 몰려들고 있었는데 그 여자는 낡은 털목도리 속에 작은 얼굴을 묻은 채 천천히 다가드는 밤 속으로 빨려 들어가는 듯이 보였다.

버스가 다시 멈추었고 버스에서 내린 남자 하나가 그녀에게 동전 한 개를 내밀었다. 그녀는 표정 없이 그것을 받았고, 그 버스가 멀어질 때까지 그 버스가 사라지는 쪽을 바라보았다.

나는 걸음을 돌려 그녀 앞에 천 원짜리 지폐 한 장을 내밀었다. 검고 정연한 그녀의 눈썹이 약간 꿈틀하더니 그녀의 고개가 완강하게 흔들렸다. 다른 버스가 왔고 그녀의 시선은 다시 그 버스에서 내리는 승객들 쪽으로 향했다.

"아직도 이러고 있네."

중년의 여인 하나가 버스에서 내리면서 그녀 쪽을 바라보고 혀를 끌끌 차면서 사라졌다. 남자 승객 한 명이 그 앞에 동전 한 개를 떨어뜨리고 인파에 섞여 버렸다. 무의식적으로 동전을 집어든 그녀의 눈은 다시 사라져 가는 버스 뒤를 쫓다가 작은 얼굴을 제 무릎에 묻어 버렸다. 검은 어두움이 천천히 새우같이 구겨져 있는 그녀의 어깨를 감싸 안기 시작했다.

한적한 변두리의 버스 정류장 보도 위에 그 여자가 정물처럼 앉아 있는 모습을 그날 처음 본 것이 아니었다는 생각은 그날 저녁이 지나서야 떠올라왔다. 남루한 여자 거지가 늘 같은 곳에서 구걸을 하는 것, 젊은 여자였고, 꼭 버스에서 내리는 승객에게서만 돈을 받는 것 정도의 차별성이 나를 흠칫 놀라게 하지는 않았을 것이라는 생각을 하다가 나는 대단한 깨달음이라도 얻은 것처럼 고개를 끄덕였다.

'아, 눈썹이었어.'

그녀는 자주 그 자리에 새우처럼 앉아 있었지만 그녀의 숱이 많고 정연해 보이던 눈썹을 본 것이 그 때가 처음이었고, 그 눈썹이 어느 순간 나를 그 땅거미 내리는 거리에 세워 두었음을 기억해 낸 것이다. 선명한 윤곽의 눈썹. 그러나 눈썹으로 내 의식의 밑바닥에 앙금으로 남을 만한 기억은 없었다.

살아오면서 우연히 스치고 부딪치면서 만들어지는 인연들, 잊히기도 하고, 끝내 짙은 앙금으로 영혼 밑바닥에 몇 알 영롱한 사리(舍利) 같은 것으로 남아, 더러 날카롭게 날을 세워 가슴 한쪽을 후벼대기도 하는 그런 인연의 갈피 속에도 눈썹으로 연상되는 기억은 찾을 수가 없었다.

가끔 지나는 버스 정류장 보도 위에 쭈그리고 앉아 있는 여자 거지는 그러나 여러 날 내 의식 언저리를 부유하고 다녔다.

칠월이었고, 장마가 시작되리라는 예보가 있었다.

1학기 강의가 끝난 빈 대학 교정 한 켠에서 몇 년 전 시국 사건으로 투신자살한 한 학생의 추모제 준비가 학생회 간부 몇 사람에 의해 진행되고 있었다.

검은 천 위의 흰 글씨들이 을씨년스럽게 비에 젖어갔다.

일반 학생들의 발길이 뜸해진 교정 한 켠, 어느 한 시기, 목숨까지 버려야 했을 만큼의 지독했던 열정은 지금 이십 여 명이나 될까, 그의 죽음의 의미를 되새겨보는 몇 사람에 의해서만 회상되고 있고, 그 회상 위로 비가 뿌리고……. 통증 같은 우울이 가슴을 저미어 왔다.

나는 연구실 창 밖으로 가늘게 내리는 빗줄기를 바라보며 문득 오래 전 처음 한국을 방문했던 《25시》의 작가 게오르규를 떠올리고 있었다.

야윈 체격에 키가 컸고 안경이 두드러져 보이던 그의 강연을 나는 그 때 K대학 강당에서 들었다. 그는 그 때 한국에 와서 가장 인상적으로 본 것이 우리 나라의 무덤이라는 요지의 이야기를 강연의 말미에 했던 것으로 기억된다.

흙으로 만든 둥그런 무덤은 결국 죽은 자에 대한 살아 있는 사람들의 기억의 부피가 아니겠느냐고, 세월이 지나며 죽은 자를 기억하는 사람들이 줄어갈 때쯤 무덤도 점점 줄어드는 기억의 부피만큼 낮아져 가고, 더 세월이 가서 그에 대한 기억들이 없어졌을 때 무덤은 원래의 평면으로 되돌아가는 것이 아니겠느냐고…….

무덤만이 그런 것은 아닐 것이다. 열정, 집념, 혹은 한순간 절대 가치로의 인식 모두가 시간 속에 용해되고, 분해되어 작은 알갱이로 의식의 내부 창고에 쌓이기도 하고, 흩어지기도 하고, 오늘처럼 가늘게 내리는 비에 젖어 떠내려가 버리기도 하고…….

그날 강연이 끝날 때까지 내내 내 어깨에 머리를 기대고 있던 여자는 언제쯤 내 기억의 방에서 증발해 갔을까.

"…… 데모하다 다치고 죽은 학생은 영웅이나 열사가 되고, 데모를 진압하다 학생들 돌멩이에 맞아 병신이 된 경찰관은 직업을 잃고……. 그 경찰관이 몇 달 전까지 학생일 수도 있어요. 등록금 때문에 휴학을 하고 의무경찰에 지원을 한 거죠. 그저 월급 몇 푼으로 자기 가족을 부양해가던 평범한 월급쟁이일 수도 있어요. …… 상관의 명령 때문에 발포한 얼굴이 희디 흰 한 경찰관은 얼마 후 살인자로 재판정에 서고, 데모대 곁을 우연히 지나다가 최루탄에 다친 리어커 행상은 엉겁결에 열렬한 애국 투사가 되기도 하는……. 본인 의사와는 상관없이 살인자가 되고, 애국 투사가 되기도 하는……. 말하자면 무엇엔가 떠밀려서 살인자도 되고, 애국 투사가 되는 것. 그게 정당한 건가요? …… 역사가 그걸 보상할 수 있다고 생각해요?……."

그날 새벽까지 우리는 같이 있었다. 익사할 만큼 많은 대화의 해일 속에서 새벽, 그 여자는 남녀 간의 사랑 같은 건 처음부터 존재하지 않는 거라고, 때때로 계절이 바뀔 때 다가드는 추위 때문에 이성의 체온이 더러 필요한 것뿐이라고 그렇게 말하고 사라졌다.

"오빠 면회를 가야 해요. 누가 뭐래도 내겐 다정한 하나뿐인 오빠구요."

온몸을 던져 스스로의 주장에 대한 확신을 내보이고 숨진 그 젊은 넋에 대한 기억은 얼마의 세월이 흐르면 완전 투명하게 탈색될까.

여름날 같지 않게 비는 가늘게 추적거리며 계속되었다.

사건은 그날 내리던 비 때문에 버스를 타면서 시작되었다. 무심히 버스를 탔고, 버스를 내렸었다. 막 땅에 발을 디디며 우산을 펴들다가 나는 나를 올려다보는 그 여자의 그 진한 눈썹을 다시 본 것이다. 여자는 낡은 검은 색 스웨터로 어깨를 감싸고 있었지만 비에 젖어 턱까지 덜덜 떨고 있었다. 내 우산이 그녀의 양 뺨으로 부딪쳐 오는 빗줄기를 막자 그 여자는 고개를 갸웃하며 나를 빤히 올려다보았다.

"이러다 얼어 죽어요. 자, 일어나요."

여자는 잠시 부르르 몸을 떨더니 말없이 일어섰다. 정류장에서 십 여 미터. 골목길에 마침 작은 한식집이 눈에 띄었고 나는 그녀를 그 식당의 낡은 나무 식탁 맞은편에 앉혔다. 나이든 아주머니가 플라스틱 물컵 두 개에 냉수를 따라주며 힐끗 여자의 행색을 살폈지만 시비는 하지 않았다.

"우선 설렁탕 두 개요. 소주도 한 병 주시구요."

나는 필요 이상으로 큰 목소리로 말하고 나서 손수건을 그녀 앞으로 내밀었다.

"자, 이걸로 우선 머리하고 얼굴 좀……."

여자는 시키는 대로 손수건으로 머리와 얼굴을 훔쳤다. 그러나 작은 손수건으로는 그녀의 얼굴의 물기마저도 다 닦아내지 못했

다. 나는 아주머니에게 수건 값을 셈해 주겠다고 양해를 구하고
벽에 걸린 낡은 타월을 그녀에게 집어주었다. 여자는 진저리를
쳐가며 꼼꼼하게 얼굴이며 머리며 목덜미의 물기를 닦아냈다.

　여자는 설렁탕이 나오자 힐끔 그 눈썹을 들어 나를 살펴더니
내가 고개를 끄덕이며 미소를 지어 보이자 허겁스럽게 먹기 시
작했다. 나는 혼자 소주 한 잔을 따라 마셨다.

　그녀 언니, 정강희가 우산을 접으며 그 식당에 들어선 것은 그
녀가 설렁탕을 반나마 비운 뒤였다.

　"비를 맞고 있어서요. 추위에 떨고 있었고……."

　문을 밀치고 그녀가 들어섰을 때 그녀의 당혹스럽고 힐책하는
표정 속에서 나는 동생과 닮은 검은 눈썹부터 보았고, 나는 서둘
러 빠르게 사태 설명을 하며 명함부터 건넸다. 아직은 대학 선생
이라는 직업이 최소한의 도덕적 신뢰감을 전달할 거라는 계산이
었다. 명함과 내 얼굴을 비교하고 나서 그녀는 긴장을 풀고 나에
게 목례를 보냈다.

　동생의 젖은 스웨터를 좀 벗겨 주었으면 하는 내 바람과는 상
관없이 그녀는 레인코트를 벗어 벽에 걸고 동생 곁에 앉았다. 언
니는 놀랄 만큼 동생과 닮아 있었다. 거기에 약간 검은 빛의 피부
색과 동그만 입술 윤곽이 도발적이고 관능적인 느낌으로까지 다
가왔다.

　"비가 오는 날은 아무도 오지 않아. 내가 몇 번이나 얘기했니?"

　아직 숟가락질을 계속하고 있는 동생을 향해 그녀는 힐난조로
이야기하고 나서 그 때야 똑바로 나를 마주보았다. 서늘한 눈빛

이 차갑고 도전적이었다.

"정신이 좀 흐려요. 괜찮다가도……."

가늘던 빗줄기가 어느새 거칠어지고 있었다.

"친절, 고맙다고 해야 할는지 잘 모르겠네요. 정신이 흐린 거지 여자에게 색다른 호기심을 보이는 변태적인 사내들도 있을 수 있는 세상이어서요."

언니도 피곤하고 지쳐 보였다. 우리의 그 어색한 대면은 창 밖 빗줄기가 바람까지 뒤섞여 거칠어지면서 소주 두 병을 비우게 만들었다.

"…… 선의마저도 곡해될 수 있는 그런 조건인 것…… 이해하 시겠어요? 2년이에요. 생각해 보세요. 2년이면 엄청 긴 세월이 에요. 그 2년을…… 보셨죠? 거지가 되어 버스 정류장에 쭈그리 고 있다고 생각해 보세요. 제 혈육이…… 정신이 흐려 정류장 길 가에 쭈그리고 앉아 있는 동생 생각만 하면 세상 모두에 이가 갈 려요. 신경이 기타 줄같이 팽팽해져서 누구건 할퀴고 물어뜯고 싶어지는 것……. 애, 성휘. 정성휘. 제게 하나밖에 없는 여동 생……. 너무 불쌍해서요. 불쌍한 것도 지났어요. 버스에서 제 남자가 내리기를 기다려요. 왼쪽 다리 잘린, 목발 짚은 사내가 그 버스 정류장에 언제고 내릴 거라고 그를 마중 나와 있어요. 이해 하시겠어요……?"

비바람이 계속 유리창을 할퀴어 댔고, 그녀 정강희의 양쪽 눈 꼬리로 빗줄기같이 눈물이 흘러내리고 있었다.

"술을 좀 더 하지요."

　그녀 뺨 위로 계속 흘러내리는 눈물과 유리창에 부딪쳐 흘러내리는 빗물과 가슴 속으로 쏴아하게 흘러가는 작은 강줄기. 새로 술병이 왔고 나와 그녀 정강희는 각자 제 잔에 술을 따르고 마셨다. 성휘, 그녀는 이 이상한 술자리의 화제가 자기와 관계되어 있는 것을 전혀 느끼지 못하는 듯했다. 가끔 골목 밖의 정류장에 새로 버스가 들어와 멈추는 기색이 있을 때마다 유리창 밖 비바람 사이로 온 신경을 내보내듯이 눈길이 쏠리는 것만이 변화라면 변화랄까, 그녀는 마치 빚어 놓은 정물같이 자기 내면의 세계 속에 머물러 있는 듯했다. 동생을 쳐다보는 언니의 두 눈은 계속되는 눈물 때문에 충혈되어 보였다.

　"…… 얘, 성휘하고 나하고 두 자매, 다리 불편하신 불쌍한 우리 늙은 엄마, 가난하긴 했지만 굶주릴 정도는 아니었으니까 불행할 이유도 없었구요. …… 그 남자가 모든 것을 뒤죽박죽으로 만들어 버린 셈이죠 …….''

　강희가 너무 많이 마시지 않나 싶어 걱정스러웠지만 나로서는 말릴 수가 없었다. 그녀는 마시는 양만큼 눈물로 다시 내보내듯이 그녀 뺨 위로는 계속해서 빗물처럼 눈물이 흘러내렸다. 밀물처럼 쏟아내는 그녀의 말과 그녀의 눈물 속에서 나는 아득하게도 그날 게오르규의 강연회에서 내 어깨에 내내 머리를 기대고 있었던 여자를 떠올렸고, 오늘 교정 한쪽에서 준비되던 추모제와 내가 직접 본 적 없는 그 투신 학생을 떠올렸다.

　"성휘는 그 남자를 사랑한 거예요."

　"……."

"이 애는 어떤 면에서 행복한 애일지도 모르죠."

충혈된 눈으로 물끄러미 자기 동생의 얼굴을 바라보는 그녀 강희의 얼굴 위에서 눈썹의 선이 선명하게 떠올라왔다.

시위 도중 총상으로 왼쪽 다리를 잃은 미대 졸업반 학생 하나가 졸업 후 3년이 지나 개인전을 연다. 병원에서 의식이 회복되어 다리 하나가 잘려나간 것을 안 순간, 같이 있었던 친구들이 시신도 없이 증발해 버린 것을 안 순간, 순수한 젊은 열정이 폭도로 매도된 것을 안 순간, 역사의 흐름이란 그 개인들의 희생 위로 멋대로 흘러가는 것을 안 순간, 그는 9층 병실의 창문을 눈여겨본다. 죽어야 되겠다고 생각한다. 결국 알코올에 젖고, 마약에까지 손을 댄다. 자살의 충동 속에서 더러 거친 터치의 그림을 그렸다가 갈갈이 찢어 팽개치고…….

가족과 친구들의 간절한 격려로 자살을 꿈꾸던 무명 화가의 유화 몇 점이 전시장에 걸린다.

"예술을 통해 현실의 좌절을 딛고 일어선 천재들을 자넨 알잖아? 육체는 소멸돼. 현재라는 시간도 새로운 현재로 늘 덮이고 말지. 누구지? 왜 불타는 태양과 해바라기……, 맞아 그 친구. 제 귀를 잘라냈다는 고흐 말야. 또 누군가? 로트렉……, 장승업……, 구본웅……, 이중섭……."

그러나 전시 첫날 그는 면도날로 손목의 동맥을 긋는다.

"무책임하긴. …… 자네 그림에 대한 평들이 대단하다구. 관람객도 많고……. 내적 분노의 색채로의 승화, 굴곡된 역사의 중심에서 온몸으로 그 회오리를 맞받아 소화한 젊은 화가의 승리……."

손목을 붕대로 감고 젊은 화가는 목발에 의지하여 사흘만에 관객 뜸한 빈 전시실에 들른다. 그러다가 병 소주를 마시기 시작한다. 거기 눈썹이 유난히 가지런하며 진하고 가무잡잡한 한 젊은 여자가 관람객으로 들어선다. 반 추상 계열의 거친 유화 작품 앞에 평소 그림 같은 것에 관심을 가져보지도 않았고, 그럴 여유도 없었던 미용실 보조미용사는 이상하게도 가슴이 컥 막혀오는 전율을 느낀다.

이 때 잔뜩 술에 취한 절름발이 화가가 그녀 뒤에 선다.

"그림 갖고 싶으면 너 다 가져도 돼."

정성휘, 그 여자는 너무 놀란다.

"왜, 다리병신이라고 싫은 거야? 말해 봐. 말하라니까."

남자가 부드득 이를 갈아부치자, 여자는 너무 놀란 채 얼떨결에 마구 고개를 젓는다.

"아니에요. 아니에요. 우리 엄마도 다리가……."

고개를 저어 대면서 남자의 황폐해진 가슴 속으로 달려가는 모래바람 소리를 듣는다. 물기라곤 안개의 입자만큼도 없이 말라버린 모래언덕 저편 아스라히 어른대는 죽음의 그림자를 본다.

"니 눈썹이 너무 이뻐. 그래서 너하고 섹스하고 싶어."

갑작스러운 그들의 동거를 주위에서 아무도 말리지 못한다.

바슬거려 황폐한 남자의 모래언덕의 가슴에 누군가 습기를 불어넣어야 한다는 생각만이 여자를 휘감고 있었고, 남자는 눈썹

그늘에서 잠시 열사의 태양을 헐떡이며 피하고 있었다. 사내가 갈증으로 헐떡여 대며 끝도 없이 여자를 헤치고 들어오는 것을 여자는 건조한 모래 냄새 속에서 받아들이며 남자의 새카맣게 타들어 버린 입술이 갈라 터지지 않도록 제 혓바닥으로 쉬임없이 핥아서 적신다.

"먹지도, 잠자지도 않고 걔네들은 끌어안고만 있었어요. 이상한 짐승들 같이……. 어렸을 때부터 단순했던 이 애 성격 탓도 있었는지."

충혈되었던 강희의 눈빛이 조금 정리되고 있었다.

"이 애 아홉 살 때 심한 열병을 앓았어요. 회복된 뒤까지 몰랐는데 그 때 뇌 한쪽이 손상을 입었나 봐요."

"외곬이라는 게 행복한 일일지도 모르지요."

"저도 그 점은 동감이에요. 아, 전 강희, 정강희예요."

강희는 내가 아까 건네준 내 명함을 그 때야 천천히 다시 눈여겨보았다.

계속 창 밖으로 버스가 와서 서는 것에만 신경을 쓰던 성휘가 부시시 주변을 둘러보더니 갑자기 '언니' 하면서 강희의 무릎에 고개를 묻으며 흐느끼기 시작했다.

"괜찮아. 이제 집에 가자. 내가 있으니까 괜찮아."

나는 남은 술을 목구멍에 털어넣고 계산을 했다.

"이 애는 남자가 이 앞 버스 정류장에서 버스를 타고 떠났다고 믿고 있어요. 버스가 아니고, 구급차를 타고 갔다고 해도, 이미 구급차에 실려갈 때쯤 해서는 그 남자의 간 기능이 더 이상 작동

하지 않았다고 해도……. 이 애는 믿으려고 하질 않아요. 남자가 외출을 했고, 돌아올 때는 저희들이 즐겨 먹었던 만두하고 순대를 사가지고 올 거라고 생각하고 있어요."

"그럼?"

"그 남자, 지상에 서 있기엔 이미 바스라진 사람이었어요. 제 다리 하나가 떨어져 나간 걸 안 순간으로 그 남자, 이미 지상에 서 있을 수 없는 사람이었으니까요. …… 그 틈바구니에 우리 성휘가 왜 같이 끼어들어가게 되었는지 그게 억울해요."

거친 빗줄기 속으로 그들 자매가 떠난 뒤에도 나는 처음 앉았던 탁자에서 소주 한 병을 혼자 천천히 더 마셨다. 나하고는 아무 상관도 없는 일이었고, 앞으로도 어떤 식의 인연의 갈래가 닿을 수 있는 일이 아닌데도 문 밖 버스 정류장에서 갑자기 증발한 젊은 화가의 모습이 자꾸 눈앞에 밟혀왔다.

유리창 밖 빗줄기 속에서 바바리 깃을 세운 채 목발을 짚고 기우뚱하게 서 있는 한 젊은 사내의 모습. 만두와 순대가 든 봉지를 한 손으로는 가슴 쪽으로 잔뜩 끌어안고 다른 손으로 위태롭게 목발을 움직이고 있는 고독해 보이는 한 사내의 저녁 어스름을 배경으로 한 실루엣.

좁은 방. 빗소리가 요란스레 양철 지붕을 두드려 대고 높은 습도 탓인지 사내는 끊어져 나간 왼쪽 무릎의 통증으로 식은땀을 흘리며 방안을 뒹굴고 어찌할지 몰라 물수건으로 사내의 이마를 훔치고 있는 조그만 체구의 젊은 여자. 드디어 벌떡 몸을 일으킨 사내가 여자를 옆으로 밀치고 서랍 속에서 한 움큼 진통제를 집어 입안에 털어넣고 소주로 벌컥거리며 약 알을 넘기는 풍경. 고통으로 일그러졌던 사내의 얼굴이 편안해지면서 충혈된 눈이 여자의 목덜미를 훑다가 어느 순간 두 남녀는 같이 뒹굴기 시작한다. 남자가 드디어 온몸을 떨며 나가떨어지자 여자는 남자의 까맣게 타들어가는 입술을 혀로 핥기 시작한다. 그녀가 할 수 있는 일이 그것밖에 없는 듯이…… . 여자의 입술은 남자의 목으로, 가슴으로 내려오고, 남자는 눈을 감은 채 다시 여자의 벗은 몸을 두 팔로 싸안으며 쓰다듬기 시작한다.

이 때쯤 그녀 언니 강희의 목소리가 효과음처럼 깔린다.

"그 애들은 꼭 무슨 짐승들 같았어요."

같은 장소. 오후쯤.

까맣게 야윈 남자의 얼굴에서 눈만이 번쩍거리며 빛내고 있다.

"세상에서 너만 내게 잔소리를 안 해. 이 넓은 세상에서 모두가 나만 보면 해대는 잔소리를 너만은 하지 않으니까 편해. …… 우리가 얼마나 더 같이 견딜 수 있을까."

여자는 남자의 이마에서 쉴 새 없이 배어 나오는 식은땀을 물수건으로 훔치면서 때때로 사내의 손가락을 제 입에 집어넣고 가볍게 깨문다. 자꾸 깨문다.

같은 장소. 한 달, 두 달, 석 달, 그렇게 얼만큼의 시간이 흘러갔고, 몇 사람인가가 움직이지 않은 사내를 들것에 옮긴다. 여자가 사내의 손을 쥔 채 놓지 않는다. 남자가 간신히 눈을 뜨고 여자와 눈을 맞춘다. 검게 탄 입술이 무슨 말인가를 하는 듯했지만 소리가 되어 밖으로 나오지 못한다. 그의 눈이 그녀의 눈썹 쪽으로 옮겨왔을 때 거친 손 하나가 여자의 어깨를 거칠게 밀쳐낸다. 그러나 이번에는 여자가 들것에 눕혀진 사내의 하나뿐인 다리를 꽉 껴안고 놓지 않는다. 더 거친 손이 그녀의 머리채를 잡아 팽개친다. 여자가 머리를 벽에 세게 찧으며 쓰러진다. 여자의 코에서 피가 솟구친다. 여자는 죽은 듯이 움직이지 않는다. 남자가 들것에 실려 대문을 나선 뒤에야 여자는 피투성이의 얼굴로 일어나 사방을 둘러보고 맨발로 골목을 달려가기 시작한다.

장맛비가 그치면서 그날은 햇빛이 너무 부시게 밝았다.
집에서 학생들 성적 처리를 끝내고 연구실로 나오다가 나는 교정 한 켠 짙푸른 나무 사이에 펄럭이는 검은 만장을 다시 보았다. 그 때야 몇 년 전 본관 옥상에서 투신자살했던 학생의 추모제를 준비하던 것을 떠올렸다. 지난 번 빗물에 젖어가던 그 검은 만장이 오늘은 너무 밝은 햇빛 속에서 우울하게 펄럭거리고 있었다. 외곬의 생각을 망설임 없이 결행한 그 젊은 넋에 대해 잠시 묵념이라도 하고 싶었다. 비가 갠 뒤의 청정한 공기 속에 나뭇잎들이 너무 푸르러서 눈이 시렸다. 칠팔 명 간부 학생들만이 흰 장갑을 끼고 계단을 지키고 있었다. 향에 불을 붙여 꽂고 눈을 감았다.
‘…… 만난 적은 없지만 옳다고 생각하는 일에 외곬으로 질주할 수 있었다는 것. 존경을 표하네. 편히 쉬게나.’

“당시 몇 학년 학생이었나?”

혼잣말처럼 내가 중얼거렸다.

“1학년이었답니다.”

간부 학생 중 하나가 대답했다.

“1학년?”

학생증 사진을 확대한 듯 영정의 사진은 안개가 낀 듯 몹시 흐렸지만 그 얼굴은 아주 앳되어 보였다. 그러다 문득 나는 아, 하고 짧게 신음을 했다. 아주 흐린 그 얼굴의 윤곽 속에서 눈썹이 일부러 강조하여 그려 놓은 듯 너무 진하고 선명했기 때문이다.

“선배님은 일 주일째 혼자 여기 교문 앞에서 단식 농성을 하다가 일 주일 되는 날 본관 옥상에서 투신하셨습니다.”

선명한 눈썹의 윤곽, 그 눈썹을 확인한 순간 그와 내가 서로 엇비껴서라도 스쳐 지날 인연이 없었던 것을 알면서도 사진 속의 주인공이 언젠가 퍽 가까이 내 곁에 있었던 것 같은 이상한 느낌이 왔다. 문득 전생(前生)이라는 것이 존재하는 것인가, 엉뚱한 생각까지 들었다.

화가 천경자 씨가 스페인 여행 중 마드리드의 뒷골목에서 갑자기 선명하게 기억 속에 떠올라오는 골목 풍경에 스스로도 놀라 한 집 한 집을 확인했다는 글을 읽으며 싱겁게 웃은 적이 있었는데 갑자기 그녀의 뱀과 꽃 그림들까지 스멀거리며 떠올라왔다.

몇 년 전 아프리카 케냐를 여행하다가 마사이족들이 사는 암보셀리에서 사흘 동안 머문 적이 있었다. 소똥과 진흙을 섞어 지은 엉성한 그네들의 살림집에서는 어디서건 소똥 냄새가 났고, 벌

거벗은 어린애들의 얼굴에 새까맣게 달라붙은 파리들이 처음에
는 흉칙하게 느껴졌는데도 시간이 지나면서 차분하고 평화로워
지던 이상한 경험을 이야기했을 때 친구 하나가 내게 이렇게 말
했었다.

　전생 언젠가 윤회의 바퀴 속에서 거기 살아 있는 소 피를 주식
으로 빨아 먹으면서 노을을 등지고 사자 사냥을 떠난 적이 있을
거라고……. 인연과 윤회의 긴 회로는 우리들의 인식 한계로는
측량될 수 없는 것이라고.

　그 투신 학생의 사진 속, 진한 눈썹 때문에 나는 연구실에 돌아
와 혼자 커피를 마시면서도 내내 그 윤회의 질긴 끈에 대해 생각
해야 했다.

　발포 경관이었던 자기 오빠를 면회 가는 것으로 그 새벽 마지
막 헤어진 여자도 내게 그렇게 이야기한 적이 있었다.

　"…… 우리, 내세의 한 가닥에서 다시 만나면 서로 사랑하는 사
이가 될지도 모르잖아요? 지금처럼 모든 것이 뒤죽박죽인 세상
말고 제대로 질서 잡힌 그런 세계에서 다시 만나면……."

　벌거벗고 같이 새벽을 맞으면서도 그녀는 그런 식으로 시니컬
하게 이야기했다.

　"이건 사랑하고는 상관없다고 안 느껴져요? 그냥 추웠던 거지.
그냥 배고픈 것, 추운 것. 그래서 남자와 여자가 같이 자는 것, 아
무것도 존재하지 않는 것……."

　그 여자의 말이 정말이라면 분신한 이 학생과 나는 언제쯤 만
났던 것일까. 그 여자와 학생과 또 버스 정류장에서 목발 짚은 제

남자를 기다리는 정성휘, 그녀는 또 언제쯤에서 같이 스쳐 지났을까.

　정강희가 연구실 문을 노크한 것은 그날 오후 막 퇴근을 준비하던 참이었다. 비 오던 날의 그 이상한 대면이 있고 하루가 지나고 나서 그녀의 전화가 있었다. 실례가 많았노라고. 고맙게 생각한다는 지극히 의례적인 안부 전화였고 전화를 끊을 무렵 언제 기회가 되면 커피를 한 잔 사겠노라고 역시 의례적인 인사로 우리는 전화를 끊었었다. 흰빛 원피스 속에서 그녀의 검은 피부가 훨씬 더 도드라져 보였다.

　"바쁘실지 모르는데 실례 안 되는지 모르겠네요. 왜, 커피 사겠다고 약속드렸잖아요? 약속 지키려구요."

　지쳐 보였던 그날의 표정은 맑은 햇빛만큼이나 건강하고 싱그럽게 바뀌어 있어서 나는 그녀를 딴사람으로 착각할 뻔했다.

　"성휘가 맑아졌어요, 선생님. 몰라보실 만큼요."

　"그래요?"

　"목욕도 하고 옷도 여름옷으로 갈아입고요. 선생님 말씀 드렸더니 수줍어서 얼굴까지 새빨개지는 것 있죠? 그 칙칙한 옷이 그 남자와 헤어질 때 입었던 옷이었나 봐요. 바보 같은 애……. 이제 아주 맑아졌으면 싶네요. …… 천천히 설명을 해주었어요. 이제 그 남자는 다시 오지 않는다. 알코올과 약물 중독으로 이미 간세포가 다 굳어졌고, 그래서 아주 편한 곳에서 없어진 다리도 다시 찾고, 밝은 색조의 그림을 그리고 있다고요."

"정말 축하주를 한 잔 해야겠군요."

"누가 아니래요. 가세요. 기다리고 있을 거예요."

건강해진 그녀를 볼 수 있다면 유쾌하게 내가 한 잔 사도 좋을 것 같았다.

"믿을 수가 없어요. 걔가 이 때까지 주변 사람들 골탕 먹이려고 연극을 한 게 아닌가 싶게 말짱해진 것 있죠?"

밝은 햇빛 아래서 보니 그녀는 꽤 개성적인 미인이었다.

"몇 년 전 아프리카를 여행한 적이 있는데 거긴 거의가 까맣잖아요? 그런데 그 새까만 친구들도 종류가 다 달라서요. 까맣고 큰 친구들, 까마면서도 작은 친구들, 덜 까만 친구들, 공통적으로 제일 인상 깊었던 건 거의 벌거벗고 아스팔트 공사장에서 일하고 있는 것을 보았는데 배경이 까맣고 보니까 그 친구들 이만 허옇게 드러나더라구요."

"저보고 지금 까맣다고 놀리시는 거죠?"

"천만에요. 오늘 보니까 더 매력적인 미인이구나, 그렇게 느끼던 참입니다. 내 얘긴 마사이족이라고 왜, 제일 사납고 용감한 부족이라고 하지 않아요? 작은 갈대 대롱으로 소 목 부근 동맥에서 생으로 소 피를 빨아 먹는, …… 주식이죠. 그 친구들…….

선입견은 왠지 으스스한 기분이었는데 그 암보셀리 마을에서 밤늦게 모닥불을 피워 놓고 그네들 호전적인 민속춤을 보고 있는데 갑자기 그 분위기가 아주 낯익은 기분이 들어가는 겁니다. 언젠가 보았던 것 같은 풍경, 언제인지 확실하지 않지만 그 소 똥으로 뒤덮인 냄새나는 그 앞마당에서 그네들 춤판에 나 역시 끼어 있었던 듯싶은 이상한 기분이 들어요. 그 이야기를 다른 사람에게 했더니 전생 언제쯤인가 내가 그 부족의 일원으로 거기 소똥으로 지은 집 속에서 아내를 셋 거느리고 사냥을 하며 살았을 것이라고……. 놀리더라구요……. 거긴 일부다처거든요.”
  내 얘기가 끝나기 전에 강희는 7월 햇빛만큼이나 건강하고 밝게 깔깔거리며 웃어댔다.
  “그 일부다처제가 부러우셨군요. 그렇죠?”
  “그게 아니구요.”
  “뭐가 아니세요? 잠재의식이란 엉뚱한 곳에서 튕겨오른다는데요.”
  나도 웃음이 터져나와 두 사람은 생각없이 깔깔대고 한참을 웃었다.

  “저게 뭐죠?”
  나무 사이로 펄럭이는 검은 만장을 그녀는 그 때야 본 모양이었다. 둘은 자연스럽게 그 곳으로 향했고 경건해진 얼굴로 향에 불을 붙이고 묵념했다.
  “내가 이 학교에 오기 훨씬 전에 1학년 학생이었다는군요.”
  잠시 묵념을 하고 그녀 역시 안개에 쌓인 듯 흐린 영정 속의 앳되어 보이는 사진을 한참 동안 물끄러미 바라보았다.
  “아주 어린 학생이었네요.”
  그녀는 잠시 생각에 젖은 듯 보였지만 사진 속 주인공의 짙은 눈썹 같은 것에는 아무 관심도 보이지 않았다.

시내로 나오면서 나는 눈썹 이야기를 처음으로 꺼냈다. 처음 성휘를 보았을 때 그 눈썹이 너무 강한 인상으로 나를 붙들었다고. 그리고 나하고 직접 부딪쳤을 리 없는 학생의 사진을 보며 역시 강하게 그 눈썹이 내게 다가왔노라고.

"제 눈썹은요?"

그녀가 장난스럽게 웃어 보였다.

"선생님 눈썹도 옅지 않으신데 눈썹 컴플렉스가 있는 것도 아니실 거구요. 깔깔깔……."

"마사이 마을에 갔다가 엉뚱한 상념에 젖었던 그런 비슷한 건지……. 글쎄요. 이상해요."

"본인은 잊었지만 사실은 안 잊어버린 젊은 날 어떤 기억 같은 거 그런 거 아니겠어요?"

기분이 들떠 있어서였는지 그녀는 지난 번 만났을 때와는 전혀 다른 사람처럼 많이 이야기하고, 많이 웃었다. 그녀의 맑은 기분은 거기 창이 커다란 카페 문을 들어설 때까지 계속되었다.

벽 전체가 유리로 되어 있는 그 카페 문을 열고 들어선 그녀는 실내를 둘러보고 시계를 보았다. 그녀의 얼굴 위로 옅은 그늘이 순간 안개처럼 깔려가는 것을 보면서 나 역시 가슴 안쪽이 서늘해지기 시작했다.

"시간이 지났는데……. 선생님 우선 커피 한 잔 하고 계세요."

강희가 카페로 돌아온 것은 삼십 분 가까이 지나서였다. 그동안 내 탁자 위의 재떨이에도 담배꽁초가 네 개나 구르고 있었다. 그녀는 입을 다문 채 한참을 말없이 시선을 깔고 앉아 있었다.

“새로 사준 옷을 벗어 놨어요……. 간 거예요. 그 정류장에서
아예 차를 타고요.”

“옛날 옷으로 갈아입고……?”

그녀가 깊이 고개를 끄덕였다.

창 밖의 밝던 풍경이 부옇게 흐려가기 시작했다. 그 흐려가는
풍경 속으로 아련하게 상여 소리의 환청이 잠시 스쳐갔다. 상두
꾼들의 구성진 만가와 더불어 서서히 멀어져 가는 상여 하나와
그 뒤를 산발한 채 맨발로 뛰어 따라가고 있는 흰 소복의 여인.
나는 으스스 몸을 떨며 고개를 내저었다.

우리는 카페를 나와 늘 그녀가 쭈그리고 앉아 있던 버스 정류
장까지 말없이 걸었다. 늘 그녀 성휘가 새우처럼 등을 구부리고
앉아 있던 보도 블럭 위로는 7월의 눈부신 햇살이 내려꽂히고 있
었다.

“경찰에 신고라도 해야 하는 거 아닌가요?”

걱정스럽게 내가 말했을 때 강희가 고개를 흔들었다.

“…… 오늘은 제가 한 잔 사고 싶었는데 선생님이 소주 사주세
요. 저 골목에서요. …….”

그녀의 흔들리는 짙은 눈썹을 마주보며 나는 깊이 고개를 끄덕
였다. ❧

그 강변 키니네꽃

한 여자 이야기를 이제 털어놓으려 한다.

이름 홍태연, 나이 30대 초반, 민속학(民俗學)에 대한 취향, 취미로 오일 페인팅 작업.

마지막 만난 것이 3년 전 남미 페루에서였고, 처음 본 것은 그보다 2년 전.

현재로는 그 여자가 어디에 있는지도 모른다. 안데스 산기슭 잉카 원주민 후예들 속에 섞여 있다가 6월 24일, 태양의 축제가 열리는 날, 잉카 왕녀로 분장한 채 잉카의 칼 '투미' 로 라마의 심장을 꺼내 태양을 향해 '인티 라이미' 를 외치는 퍼포먼스에 끼어 있을지, 한국의 작은 화실에 돌아와 나이프에 흰색 오일 물감을 듬뿍 묻혀 화폭을 덧칠하고 있는지조차 알 수가 없다.

　그러나 그녀의 크고 검게 일렁이는 눈이 가끔 나를 지켜보는 듯한 지난 3년이 그녀에 관한 이야기를 쏟아내 버리면 사라질지 모른다는 생각을 한다.

　여자는 그림 앞에서 '덮는다' 라는 말을 자주 썼다.

　두 번째 만났을 때 여자는 그녀의 작은 화실에 나를 데려갔고, 거기서 40호 남짓의 흰색 화폭 한 개를 보았다. 그 때 여자는 맥주 컵에 위스키를 따라 내게 주고, 자기 잔을 홀짝거리면서 흰 물감으로 그 화폭 위쪽 부분을 덧칠하기 시작했다.

　"눈이 계속 내려 덮는다고 생각해요. 덮고, 또 덮어가고……. 그럼 다 묻히고……, 삶이란 게 늘 그렇지 않나요?"

　캔버스는 흰색을 수없이 덧칠해서 전등 불빛에 미세한 음영을 드러냈다. 나이프를 내려놓고 잔을 내 잔에 부딪친 여자는 위스키를 한 입에 털어넣어 버렸다.

　"볼래요? 덮인 눈을 걷어내면……."

　작은 나이프로 이번에는 두껍게 덧칠된 흰색을 위에서 아래로 몇 번 거칠게 긁어내렸다. 마른 물감 조각들이 떨어져 내리면서 화폭 군데군데 얼룩이 드러났다. 너무 힘을 많이 준 부분 한 곳은 작은 구멍이 생겼다.

　"다른 세계로 통로가 생겼네……. 카오스와 코스모스가 교차하는……, 이승과 저승이 교차하는 관문……."

　깔깔거리고 나서 그녀는 위스키를 제 잔에 다시 따랐다.

그녀와의 첫 대면은 아버지 장례를 치른 후 두통과 우울증에 시달리고 있을 때였다.

여자는 불쑥 ‘천도제(薦度祭)’를 아느냐고 했다.

들어본 적은 있지만 내용은 알지 못한다고 했다.

“간단한 부탁 하나 하려구요.”

여자는 잠시 망설이다가 자기 어머니도 세상을 떴다고 했다. 며칠 후 49재때 작은 암자에서 망자를 위한 ‘천도제’를 지낼 생각이라고 했다. 민속에서는 사람이 죽은 후 49일째 날 염라대왕 앞에서 심판을 받는데, 영혼이 저승으로 가는 관문이어서 자식들이 그 때 사자(死者)를 위해 올리는 의식이 ‘천도제’라는 설명이었다.

“이승에서 얽힌 한(限)이 있으면 좋은 곳으로 못 가고 구천을 떠돌 수 있거든요.”

“그런데요?”

“그래서 부탁을 하나 하려구요.”

“‘천도제’와 내가 무슨 상관이 있는데요?”

“직접 관계는 없어요.”

나는 그 무렵 신경이 꽤 날카로워 있을 때였다.

“밥을 한 그릇……. 그래요, 그냥 밥 한 그릇 더 우리 어머니 밥 그릇 곁에 나란히 올려놓고 싶어서요.”

여자는 조금 뜸을 들였다가 더 이상한 이야기를 했다.

두 젊은 남녀가 있었다. 깊이 사랑했는지, 속된 말로 진도가 얼마나 나갔는지 알 수는 없지만, 둘은 각각 다른 사람하고 결혼을 했다. 그런데 여자는 일찍 청상이 되었고, 오랜 세월 그 첫남자를 잊지 못해 가슴에 안고 살았다. 둘 다 80이 넘어 남자가 세상을 곧 뜰 것 같다는 풍문을 들은 여자는 죽기 전에 한 번만이라도 얼굴을 보겠노라고 남자가 사는 동네를 찾았다고 했다. 그러나 남자네 집 주위를 맴돌다가 외간 남자 집안에 들어갈 수 없어 그대로 집에 돌아와 누워 버렸다.

그리고 얼마 지나지 않아 남자의 부음을 듣고 여자는 정한수 한 그릇을 방 윗목에 떠놓고, 머리를 풀어 산발한 채 소리 죽여 곡을 하더니, 며칠 후에 세상을 떴다.

"허락하실 거지요?"

"그럼 댁의 어머니가 우리 아버지를?"

"저 혼자 상상해 본 일일지도 모르지요."

종잡을 수 없는 이야기를 머릿속에서 지워갈 무렵 민속관계 세미나에 대한 안내장 한 장이 우편으로 배달되었다.

안내장에서 '홍태연'이라는 이름을 발견했고, 나는 전혀 알지 못하는 한 여인네와 나란히 앉아 있는 내 아버지 모습을 떠올리면서 한참 실소를 했다.

그것이 두 번째의 만남이었다.

강의실 뒤쪽 청중들 사이에 끼어 앉아 그날 오후, 나는 평소 관심도 두지 않았던 무속 세계, 이승과 저승, 사람들 영혼에 관한 이야기들을 귓가로 흘려들었다.

…… ‘천도제(薦度祭)’는 죽음의 부정(不淨)을 풀고 사자의 넋을 위로해 저승으로 인도하기 위한 의식인데 가족 단위가 일반적이지만 집단 희생자들의 혼을 위로하는 천도제도 있습니다.

대표적인 것으로 ‘진오기굿’(서울·경기도), ‘시왕굿’(평안도·황해도), ‘망무기굿’(함경도), ‘씻김굿’(전라도·충청도), ‘오구굿’(동해안), ‘시왕맞이’(제주도) 등 무당이 주관하는 이 의식의 내용은 비슷합니다.

…… 충족된 삶을 살고 적당한 나이에 집에서 죽는 경우, 호상(好喪)이라 해서 ‘천도제’를 지내지 않아도 일정 기간이 지나면 영혼은 저승으로 들어가 조상신(祖上神)이 되는데, 요절이나, 횡사, 객사, 미혼사, 자살이나 타살로 인한 죽음, 교통사고, 해상사고의 혼령들은 쉽게 저승에 들지 못하고 이승을 떠돌면서 살아 있는 사람들을 괴롭히는 원귀가 된다. 자식 없는 무주고혼(無主孤魂), 물에 빠져 죽고 불에 타죽고, 배고파 죽은 수귀(水鬼), 화귀(火鬼), 아귀(餓鬼), 손말명이라고 불리는 처녀귀신, 몽달귀신이라고도 불리는 총각귀신 등, 원귀가 된 사령은 ‘천도제’를 해 주어야 저승에 들 수 있다. 따라서 ‘천도제’는 죽은 사람보다 자손들이 재해를 막고 복을 받기 위한 의식의 의미도 포함된다.

…… 영가(靈駕)가 돌아가신 날로부터 7일마다 재를 올리게 되는데 그것을 일곱 번에 걸쳐 올립니다. 그 일곱 번째가 사십구재입니다. 7일마다 올리는 재는 간소하게 치르지만 49일이 되는

마지막 일곱 번째는 영가가 재물을 흠향할 수 있도록 넉넉하게 장만합니다.

　7일만에 한번씩 재를 올리는 것은 49일 동안 중음신(中陰神)으로 영혼이 떠도는 동안, 생전의 업에 따라 매 7일째마다 심판을 받고, 그 때마다 불공을 드려 망자를 대신해 선근공덕을 지어주면 그 공덕으로 좋은 곳에 태어난다고 합니다. 49재를 중요시 여기는 것은 명부(冥府)의 염라대왕이 49일째 되는 날은 직접 심판을 하기 때문인 것입니다.

　그리고 얼마 후부터, 2년 여, 나는 여자의 소식을 전혀 듣지 못했다. 그런데 남미 여행중 내가 페루 일정을 확정하고 나서 그녀가 페루에 체류하고 있다는 말을 들었다. 페루 현지 한국인 여행사에 그녀가 관계하고 있다는 것은 우연이었지만 그 소리를 듣는 순간 나는 꽤 당혹스러웠다.

　"남미까지 가서 잉카를 안 보고 올 수 있나? 박민구라고 기억 안 나나?"

　나는 친구놈의 후배라던 태권도 사범 출신의 페루 교민을 떠올렸다.

　"내가 팩스 넣어 놓을 기니 한 이틀 전에 전화만 한 번 그 쪽으로 하그라. 그래도 갸, 신의 하나는 있는 놈이다……."

　한 사흘 시간 여유도 있었고, 잉카 유적을 훑어볼 수 있다면 그것도 좋겠다 싶어 박이라는 사람을 만나 한국 중고 자동차 수출 가능성에 대한 시장 조사 자료를 받아오는 것을 친구에게 동의를 하고 난 다음이었다.

친구는 늦은 시간 나를 바래다주고 돌아서서 몇 걸음 걷다가 내게로 다시 걸어왔던 것이다.

"늬 어찌 생각할지 모르겠다만 그 홍태연이라는 여자, 박사장 여행사에 관계하고 있는 거를 확인했다."

"그 여자가 거기 왜?"

나는 마셨던 술이 확 깨어 버렸다.

"자세한 거는 나도 모른다. 통화하다가 알았다. 아마 페루에서는 그 미스 홍이 널 에스코트해 줄 끼다."

해발 3300m. 쿠스코(Cuzco)에서는 자칫 고산병 증세가 온다고 해서 천천히 몸을 움직였지만 공항 청사를 빠져 나오자 스페인풍 건물들이 물속 풍경들처럼 흔들리면서 구토감이 왔다. 그러나 홍태연의 모습은 보이지 않았다.

"마추픽추로 가는 관문이 여기 쿠스코인 기라요. '케추아' 말로 배꼽입니더. 세계의 배꼽이 여기다, 중심이다, 한 거 아니겠십니꺼? 스페인한테 멸망해 부렀지만도 한때 잉카 제국 수도였던 쿠스코에 선생님들이 발을 들여 놓으신 거라예."

박이라는 작달막한 키의 여행사 사장은 인사를 나누기 바쁘게 입을 크게 벌리고 너스레를 떨었다. 호텔로 향하는 버스에서도 사장은 '코리칸차(Qoricancha)'의 모습을 직접 보기라도 한 듯 입담 좋게 떠벌리는 것을 잊지 않았다.

"스페인 군인들 정신이 하나도 없었실 깁니다. 군인들 앞에

'코리칸차'가 딱 버티고 선 거라예. 금으로 만든 샘에서 맑은 물은 흐르지예, 금 돌 깔린 밭에는 금으로 만든 옥수수나무에 금으로 된 옥수수들이 달려 있는 거라예. 옆에 금으로 만든 라마가 풀을 뜯는 시늉을 하고예. 정신이 하나도 없었실 겁니다. 금으로 만든 재단 위에 금으로 만든 큰 태양상(太陽像)이 햇빛에 번쩍번쩍하는 기라예……."

버스는 '비라코차' 신전 위에 100년을 걸려 세웠다는 아르마스 광장을 지났고, 아르마스 광장에서 라콤파냐 교회 옆으로 난 좁은 로레토 거리에서 잠시 멈춰섰다. 돌과 돌이 맞물린 잉카시대의 석벽이 200m 정도나 계속되는 로레토 골목으로 어깨에 비스듬히 판초를 두르고 모자를 쓴 원주민들이 오가고 있었다.

"안 되겠십니더. 다들 좀 쉬어야겠십니더."

버스 뒤쪽에서 일행 하나가 갑자기 호흡 곤란을 호소하는 바람에 우리는 일단 호텔로 옮겨가기로 했다. 두통과 구토, 호흡 곤란 등의 고산병 증세는 이 곳을 찾는 외지인들이 공통적으로 겪는 고통이라고 했다.

나도 가벼운 불쾌감을 계속 느끼고 있었다. 스페인풍의 호텔 로비에서 무료로 제공되는 코카차(Mate de Coca)를 두어 잔씩 마시고 나서야 일행은 한결 기분이 나아졌다.

"이게 바로 코카인 차인 게라요. 서울서 마싯다 하문 구속되는 기라예."

이 친구가 계속 느물거리는 바람에 나는 결국 점심을 마치고 쿠스코 동쪽 '사크사이와만(Sacsayhuaman)' 요새에 갈 때까지 그녀 홍태연에 대해 물어볼 염두를 내지 못했다.

"리마에서 비 오는 것을 보셨다는 말씀 전해들었십니더. 운이 엄청 좋으신 기라예."

홍태연이 자취를 감추기 며칠 전 초겨울 새벽, 내 숙소의 방문을 두드렸던 그녀의 발이 맨발이었음을 나는 한참 시간이 흐른 후에야 기억해 냈었다.

첫 대면 때 그녀의 두 눈이 일렁이는 느낌이었던 것도 세상의 인연들과 삶과 죽음, 특히 그녀의 어머니에게로 향하는 애증의 깊이였음을 한참 후에야 나는 짐작으로 받아들였다.

페루에 입국하던 리마 국제공항의 마중도 미스 최라는 가이드였다. 황사장은 개인적인 볼일로 쿠스코 공항에서 만날 것이라고 했고, 그녀 역시 홍태연에 대한 언급은 하지 않았다.

리마에서는 박물관에서 여러 구의 미라들을 만났고, 뇌수술 흔적이 있는 잘 보존된 미라 앞에서, 나는 뇌수술을 받은 후 돌아가신 내 아버지 생각을 잠시 했다.

적어도 400년이라는 시간 저편에서 두개골의 뼈를 잘라내고 시술을 한 다음 구멍 뚫린 두개골을 엷게 편 금박(金箔)으로 봉합한 미라의 주인공은 누구였을까? 수술은 성공적으로 끝났을까?

브라질에서 동행이 된 일행 여섯 명은 리마 국립박물관을 나와 15분쯤 거리에 있는 '라파엘 라르코 에레라 박물관(Museo Arqueologico Rafael Larco Herrera)'을 찾았다.

‘라파엘 라르코’의 개인 수집품인 모치카(Mochica), 치무(Chimu), 나스카(Nazca)의 토기들과 의류, 별도로 마련된 황금의 방을 나와 별동에 전시된 성(性)과 관련된 토기와 도자기의 엄청난 양과 그 에로틱함에 일행은 완전히 질려 있던 시간, 비가 내리지 않는다는 리마에 비가 내렸다.

정교하게 만든 남자의 성기(性器)가 도자기, 주전자, 찻잔에 달라붙은 채 500여 년 세월을 건너 유리관 안에 늘어 놓이고, 성행위를 표현한 수십 점의 토기와 도기들이 도전적으로 관람객들 앞에 드러나 있던 시간이었다.

“조금 전 우리는 안데스의 개막시대에서부터 차빈, 파카스, 나스카, 모티카의 프레 잉카, 그리고 잉카 시대의 유물들을 개략적이나마 확인하셨습니다……. 엄청난 황금 유물들에 놀라셨을 거예요. 쿠스코에 있는 ‘코리칸차[太陽神殿]’의 황금으로 된 내벽이나 등신대의 황금 라마들을 모두 녹여 정복자, ‘프란시스코 피사로’가 스페인 본국으로 가져가고, 1532년 당시 잉카 황제 ‘아타와르파’를 석방하는 조건으로 황제가 유폐되었던 방을 황금으로 가득 채워 그 모두를 가져갔다는데도 여기 남아 있는 황금 유물의 양이 우리를 질리게 합니다.

당시 직물과 염색 기술, 이미 보신 대로 두개골 절개의 뇌수술을 받은 미라나, 이빨 하나하나를 수정으로 깎아 끼울 만큼 놀라운 의술은 그러나 불행히도 문자가 없어서 결과만으로 모든 것을 짐작해야 하는 형편입니다.

그런데 여러분은 지금 이 전시실에서 또하나 놀라운 잉카의 얼굴을 보고 계십니다. 설명이 필요 없이 잉카인들의 성에 대한 찬미와 열정은 생산을 기원하는 다른 지역의 일반적인 성에 대한 인식과는 다르다는 느낌이 오지 않으셨는지 모르겠어요.”

가이드는 시선을 전시물 쪽에 고정하고 입만 움직이고 있었다. 약간 흩어진 그녀의 머리칼 뒤로 커다란 남자의 성기들이 놓여 있어서 언뜻 그 성기 주변에 무성하게 음모가 돋아나고 있는 착각이 왔다.

창백한 얼굴빛 때문이었는지 그녀의 나풀거리는 머리칼과 그 너머로 보이는 커다란 남자 성기의 조화에서도 외설적인 느낌은 전해지지 않았다.

“비가 와요. 세상에 리마에 비가……”

가이드도, 설명을 듣던 관람객들도 순간 창문 쪽으로 몰려가 버렸다. 후드득거리며 빗방울 떨어지는 소리와 매캐한 흙먼지 냄새가 창 틈으로 기어들었다.

“참말 비가 오네요.”

가이드의 얼굴이 활짝 밝은 색으로 변했다.

“5년만에 처음 보네요. 5년 되었거든요. 리마에 온 지 5년인데 한 번도 리마에 비 오는 걸 못 보았어요……”

그녀의 목소리가 조금 전과는 전혀 다른 사람처럼 밝아졌다.

“리마에도 비가 와요.”

360m를 잇고 있는 거석들을 빈틈없이 쌓아올린 ‘사크사이와

만' 석조 성곽 아래는 기념품을 파는 아낙네와 풀을 뜯고 있는 라마 몇 마리, 외국 관광객 두어 팀이 모두였다. 한 시간 동안 자유롭게 사진도 찍고 구경도 하라고 일행을 풀어놓은 다음, 박사장이 내게로 왔다.

"희한하지예? 이 큰 돌더미로 우찌 두부 모 맞추듯이 성벽을 쌓았는지 통 짐작이 안 가지예? 멀미 증세는 이제 괜찮지예? 이거 둘이 한 잔 하입시더. 우리 강선배님이예, 장선생님 잘 모시라고 전화에다, 팩스에다 무시로 연락을 해오는 기라예. 참 좋은 선배지예."

생각지도 않게 그가 가방 속에서 팩 소주 두 개를 꺼내 내 앞에 한 개를 내밀었다.

"이 풀밭이 지금은 아무것도 없지예? 하지만도 여긴 잉카의 피와 혼이 많이 서려 있는 곳이라예."

1536년 5월, 스페인에 반역을 시도했던 잉카 병사 2만 명의 피가 이 언덕에 뿌려졌다는 설명이었다.

"이 광장에서 6월 24일이면 해마다 '태양의 축제(Inti Raimi)'가 열리는 거라예. 그날 하루는 다시 잉카로 돌아간다 아입니꺼? 황금 왕관의 왕도, 왕비도, 태양의 처녀들도 그날은 다시 살아나서 해를 향해 옥수수술로 제사를 지내고……. 잘 생긴 라마를 산 채로 잡아 심장을 꺼내 하늘에 안 바칩니꺼? …… 그걸 보고 있시면 잉카족들이 사라진 게 아니라, 원주민 피 속에 잉카의 혼맥이 스며 있는 거라예."

고산지대의 알코올 반응이 빠르고 강하게 나타나는 듯했다. 잠시 누워 쉬라고 해놓고, 그는 버스 쪽으로 내려갔다. 나는 팔베개를 하고 망연히 거대한 바위와 바위들로 기하학적으로 쌓아올린 성벽으로 시선을 보냈다. 쿠스코로 오던 비행기 안에서 영상물로 보았던 축제 장면이 빠르게 되살아나고 있었다.

정확하게 4개월 후면 저 성벽 사이, 어느 통로에서인지 태양에 반사하는 창검과 방패로 무장한 잉카 병사들 수백 명이 북소리를 울리며 광장으로 쏟아져 나올 것이다. 빨간 색이 주조를 이룬 색색으로 단장한 수백 명 태양의 처녀들이 원무를 추며 광장을 가득 메우리라. 짐승 가죽을 뒤집어 쓴 몇 명의 병사가 머리 위의 뿔을 흔들며 광장 한가운데로 끼어들고, 활과 창을 든 사냥꾼 역의 병사가 뒤엉키는 수렵무가 시작될 것이다.

나는 눈을 감은 채 환영 속에서 진행되는 잉카의 태양 축제를 떠올리고 있었다.

태양이 광장을 정면으로 내리쬐기 시작할 때, 갑자기 긴 여운의 뿔피리와 단조롭고도 신비한 타악기들의 유현(幽玄)한 음률이 초원 위를 덮어 들다가 그 신비한 음률이 잦아들면서 강렬한 북소리 속에 황금 관에 황금의 홀을 든 잉카의 황제가 번쩍이는 갑옷의 병사들에 에워싸여 단 위에 오를 것이다.

금년 수확한 제일 좋은 옥수수 '코클로(Choclo)' 술이 황금 병에 담겨 제단에 놓이고, 왕은 드디어 술병을 높이 치켜들어 태양을 향해 외친다.

'인티……라이미……, 인티 라이미……, 디오스파 가인쵸.'

해가 서쪽으로 기울어지면서 이날을 위해 준비한 성스러운 라마 한 마리가 제단 앞으로 끌려온다. 이어서 날카로운 잉카의 칼 '투미(Tumi)'로 도려내어진 라마의 심장이 황제의 손에 움켜쥐어져 서쪽으로 기우는 시뻘건 태양을 향하여 높이 들린다. 순간 온 세상은 라마의 핏빛과 석양의 노을빛으로 빨갛게 채색되고, 강렬한 북소리가 전 산야를 흔들면서 병사들과 태양의 처녀들, 군중들이 함께 쏟아 내는 함성이 폭풍 소리처럼 온 지상을 뒤엎어 든다.

'인티…… 라이미……, 인티…… 라이미…….'

"아린 카샨키?(안녕하세요?)"

귀에 익은 음색에 나는 태양 축제의 환영 속에서 후다닥 뛰쳐나왔다. 망막 속에 태양 축제의 잔영이 남아 있어서 나를 내려다보고 있는 한 여자의 모습은 환영 속에 출연을 보류해 두었던 왕녀의 얼굴이 되었다.

"리마에 어제 비가 뿌렸다면서요? 그건 대단한 사건이에요."

홍태연의 눈빛은 장난기로 차 있었고 어조도 낮고 여유롭게 전해왔다. 약간 검은 피부였던 그녀의 외모는 별로 변한 것 같지 않았다.

"바로 내려오이소. 울루밤바에서 오늘 밤 묵고예, 내일 아침 쿠스코에서 출발해 들어가는 마추픽추 기차를 탈 겝니다."

황사장이 몸을 흔들고 언덕을 내려가자 우리 사이엔 잠시 침묵이 왔다.

“비가 뿌리니까 가이드도 정신을 못 차리던데요. 마침 그 때 박물관의 흉칙한 물건들 앞에 서 있었는데⋯⋯.”

고개를 갸웃하더니 그녀가 깔깔거리며 웃기 시작했다.

“왜 그거요? 보았어요. 나도⋯⋯ 솔직한 인간의 모습 아니던가요? 이 곳 거리에서 젊은 아이들 입 맞추고, 포옹하고 하는 거 안 보셨어요? ⋯⋯ 나도 처음 길에서 키스하는 거 옛날에는 유럽 쪽에서만 있다고 생각했거든요.”

“그럼 그려요? 지금도⋯⋯.”

잠시 그녀의 눈을 마주보다가 물었다.

“나이프로 긁다가 캔버스에 구멍이 뚫린 것을 보고는 요사이 생각중이에요. 물감으로 덮고, 또 덮다가, 깎아내고 보니까 삶이라는 게 원래 복잡한 게 아닌데⋯⋯, 그런 생각이 들어서요.”

‘우르밤바(Urubamba)’로 내려가는 구불거리는 길을 버스로 한참 내려가자 잉카인들이 성스러운 계곡이라는 뜻으로 부른다는 거칠고 급한 계류가 나타났고, 계곡 양쪽으로 원주민들의 가옥과 좁은 계단식 밭들이 이어졌다. 쿠스코보다는 1,000m가 낮다는 우르밤바 강줄기는 마추픽추까지 연결되고, 만년설의 5, 6천 미터의 안데스 여러 봉우리들이 겹겹이 계속되고 있었다.

그날 일행은 코스모스와 접시꽃이 뒤덮인 강가 로지에서 하룻밤을 지냈다. 우르밤바에서 그날 저녁 박사장이 베푼 파티에서 나와 태연은 무슨 한풀이라도 하듯 꽤 많은 술을 들이켰다.

‘쿠스케냐(Cusquena)’라는 이름의 쿠스코 맥주가 세계 맥주

대회에서 2위를 차지했노라고 박사장은 자랑했지만 거기 습관대로 미지근한 채 마시는 그 맥주맛이 좋다는 느낌은 별로 없었다. 그보다는 황사장이 준비한 한국산 소주에 피망 속에 고기를 넣은 '로코토 레쥬노'나, '투루차'라고 부르는 송어요리, 옥수수를 곁들인 '초크로', '치차로'라고 부르는 돼지고기 튀김들의 맛은 일품이었다. 태연은 소주를 많이 마셨고, 저녁이 되어가면서 다변이 되어갔다.

리마는 여름철이었는데 우르밤바의 밤은 늦가을 날씨만큼 서늘했다. 두 사람은 잔뜩 취한 채 어둠이 오면서 더욱 세차게 소리를 질러대는 물가의 넓은 바위 위에 널부러지듯 나란히 누웠다. 태연이 뚜껑을 딴 위스키 병을 내게 건넸다.

"…… 어머니를 떠나보내고는 할 일이 없어졌고, 더 머물 공간이 없다는 느낌……. 그렇게 떠나온 게 2년이 되었네요. 벌써…… 멀리 떨어진 곳, 줄곧 그 한 생각만 했으니까요. 마추픽추에서 잉카의 흔적을 보게 되겠지요. 그런데 몇 백 년 외세에 버티며 살던 잉카인들은 어느 날 갑자기 어디로 갔을까요? 영생의 나라로? 다른 차원의 세계로? 그런데 그건 또 무슨 의미가 있죠? 저쪽 산허리와 계곡이 잉카 후예들 현재의 삶터예요. 흙벽돌로 벽을 만들고 돼지, 라마, 양, 닭이 한지붕 밑에서 살아요. 옥수수와 고구마를 먹으며 맨발로 라마와 양털로 옷을 짜고, 조롱박 위에 작은 칼로 자기들 전설을 새기기도 하고……. 문제는 그걸 관광객들에게 팔고 그 돈으로 코카콜라나 오토바이를 사요. 작년 '태양의 축제'를 구경하면서 '천도제' 생각을 했는데……. 저희들 정체성과는 상관없는 것이 아닌가, 의문이 들더라구요…….
굉장하긴 해요. 어디 숨어 있다가 민속 의상을 차려 입은 원주민
들이 저렇듯 쏟아져 나올까, 그 열정들이 무섭지만 사실 그건 관
광객을 위한 유희거든요. 축제 동안 관광객들에게서 달러를 벌
어 잉카의 후예들은 미국제 전자 제품을 사요.”

“이 쪽으로 오는 비행기를 타면서 이 곳에서 홍태연이라는 여
자를 다시 만날 수 있을까……. 혹시 태연이와 내가 아버지가 같
지는 않을까, 엉뚱한 생각도 하고…….”

“금지된 사과가 더 단 것 알아요?”

그녀가 깔깔 웃어대더니 긴 팔로 내 목을 감싸왔고, 나는 키니
네꽃 냄새를 맡은 것 같았다.

“나는 내 엄마가 아니에요.”

환영 속에서 보았던 태양 축제의 한 장면, 높다란 황금 의자에
버티고 앉은 원색의 의상에 휘감긴 잉카의 왕녀 생각을 하면서
나도 그녀의 어깨를 깊이 감싸 안았다. 그녀의 입술은 옛날에 보
았던 그녀의 일렁이던 눈빛처럼 뜨거웠다.

주변의 숲은 무리지어 핀 노란 빛의 작은 꽃들이 어둠 속에서
반딧불처럼 보였다. 야생 키니네의 꽃이라고 했다. 그 꽃들이 한
순간 날개를 달고 움직이는 것 같더니 머릿속으로 강물이 휘젓
고 달려가기 시작했다.

“우리 어머니하고 당신 아버지는 지금……. 일생 한 남자만 가
슴에 묻고 살아온 우리 어머니 불쌍하기도 하고…… 대견하기도
하고……. 천 년이 지나도록 썩지 않은 미라도 많고, 살아서도 혼

을 놓고 그림자로 살아가는 사람도 있고……. 아, 참, 그동안 결혼은 했어요?"

내가 고개를 끄덕였다.

"…… 그래요. 잘 했어요……."

나는 한순간, 나를 지탱하고 둘러싸고 있던 것들, 그보다 훨씬 더 이전 전생(前生)의 어느 시기 나를 구성해 왔던 것들까지 나를 떠나 사라지고 있는 것을 느꼈다. 눈밭 위에 누워 있는 나의 시신을 오일 나이프로 잘게 조각내고 있는 태연의 모습이 환영으로 떠오른다.

"우리 씻어요."

갑자기 그녀가 훌훌 옷을 몽땅 벗어 바위 한쪽에 밀어 놓더니 바위 틈 사이로 내려갔다. 나도 옷을 벗어 밀어 놓고 물에 몸을 담갔다. 차가운 냉기가 덤벼들었다. 벗고 있는 육신에 내려꽂히는 별빛이 내 몸을 아주 작은 가루로 부셔가고 그 위로 달려가는 바람, 그 바람 속에 미세한 입자로 흩날리고 있던 내 아버지의 영혼 역시 작은 조각들이 되어 뒤섞이는 것이 보였다.

나와 아버지의 영혼의 조각들, 태연이와 그 어머니의 조각들……. 그 작은 입자들이 뒤섞이고 흩어져 가면서 내는 소리, 우리는 차가운 강물 속에서 빈틈없이 서로를 안았다. 내 아버지와 그 여자의 어머니가 안고 있는 모습을 본다. 아버지와 그녀의 어머니가 내는 달콤한 신음 소리가 우르밤바 계곡의 물결 소리와 섞여 간다. 그러다 한 바탕 회오리 속에 모든 조각들이 우주 속으로 흩어져 가는 것을 본다.

언제였을까, 두 사람 다 작은 조각들로 흩어져 시공을 넘는 회오리 속에 한꺼번에 섞여 날아가는 것을 본다.

이튿날 아침 우리는 마추픽추행 열차를 타기 위해 역까지 걸어 나갔다. 부근 계곡에서 맨발의 원주민 아이들이 목걸이며 열쇠 꾸러미, 원색 무늬의 스웨터 등을 들고 우리 쪽으로 몰려왔다.
태연은 두 손으로 내 팔을 붙든 채 말했다.
"저 애들 세수나 목욕을 안 해요. 여기서 살려면 그게 당연하게 느껴져야 하는데……."
그녀의 눈빛에서 5년 전 일렁이던 불덩이의 흔적이 스치는가 하더니 스러져 버렸다. 민속품 꾸러미를 든 원주민 여자들이 한꺼번에 우리를 향해 몰려들었을 때 그녀는 나이든 여자에게서 라마 털로 짠 원색의 작은 벽걸이 한 개를 사서 내게 내밀었다.
"저 아주머니가 두 사람 신혼여행중이냐고 묻네요."

마추픽추는 역시 불가사의였다.
잉카의 마지막 황제 '투팍 아마루'의 스페인에 대한 마지막 반란이 실패한 후, 쿠스코 광장에서 네 마리 말에 찢겨 죽으면서도 마추픽추의 비밀만은 지켰다고 한다.
정확한 건설연대도 목적과 기능 역시 베일에 가려진 채, 무게 1백 톤에서 3백 톤에 이르는 거석을 맞은편 산에서 잘라다 세운 작은 도시, 그러나 이 요새의 건설이 잉카의 때였는지, 그 이전 시대 것인지도 밝혀진 바가 없다고 한다.

"여기는 해발 2280m의 산정입니다. 유적 주위의 높이가 5m, 두께 1.8m……. 1911년 '하이람 빙검'에 의해서 '잃어버린 도시'로 불리게 된 이 곳은 높이 솟은 절벽과 산, 열대 우림 정글에 묻혀 적어도 400~500년 세월을 침묵 속에 쌓여 있던 곳이지요……. 입구에서 보셨던 오두막 전망대는 복원한 초가지붕이 얹혀 있습니다만, 이 비밀의 도시가 한창 번성했을 때의 모습은 알 수가 없습니다. 수많은 수로와 계단식 밭을 만들어 감자나 옥수수 같은 것을 재배했던 것은 짐작되지만 이 곳에 몇 사람이나 상주했는지는 추정이 어렵습니다.

보세요. 저 건너편의 '와이나픽추' 가파른 절벽에도 계단식 밭이 보이지요?…… 이쪽은 태양 신전으로 쿠스코에 있는 것과 비슷한 양식을 가지고 있습니다.

자, 자리를 옮깁시다. 여기 마추픽추 최고점에 있는 '인티와타나'는 큰 돌을 깎아 만든 해시계로 동짓날, 태양이 돌 각주의 각 모서리가 동서남북을 가리키게 되어 있어요. 1911년, 지금 우리 발 아래, 급경사면의 계단식 밭을 기어올라 '하이람 빙검'이 이 곳으로 올라왔던 것으로 기록되고 있습니다."

리마에서부터 동행했던 미스 최는 깍듯하고 친절하게 설명을 계속했다.

"우리 미스 최, 우리 회사 보배라예……."

한 걸음 물러서서 박사장은 연신 목덜미의 땀을 닦아가며 흐뭇한 얼굴이었다.

"서울 강선배님이 알아봐 달라던 한국 중고차 관계 부탁 건은 리마에서 조사가 끝났다고 연락이 왔십니더. 걱정 안 하셔도 될 깁니더. 인자 마, 마음 놓고 구경이나 실컷 하시면 안 되겠십니 꺼?"

태양의 문을 나와 외따로 있는 오두막 곁에 커다란 고인돌 부 피의 다듬어진 넓은 돌이 하나 놓여 있었다. 장의석(葬儀石)이라 고 했다. 시신을 이 돌 위에 안치해 두고 이승과의 석별 시간을 가졌던 모양이었다. 일행들에게서 떨어져 나와 나는 표면을 매 끄럽게 깎은 그 돌 위에 온 몸을 뻗고 잠시 눈을 감았다.

"'천도제'의 공간이었던 셈이지요."

장의석 한쪽에 로프가 통과할 수 있도록 뚫린 구멍은 제물로 썼던 라마를 매달아 두었을 것이라는 설명이었다. 건너편 언덕 이 묘지였다고 했다. 173구의 미라가 거기 언덕에 누워 있었는 데, 그 중 150구가 여성들의 미라였다고 했다.

"500년이나 천 년, 더 긴 세월쯤 해서 그 때 떠났던 신관들이 태 양의 처녀들을 깨우러 오겠지요……. 사막의 새우 이야기 들어 보셨어요? 모래밭에 숨어 있던 알이 비가 오면, 물이 말라 버리 기 전에 부화하고, 성장하고, 알을 낳는대요. 그 알은 몇 달이, 몇 년이 걸릴지 모르는 비가 올 날을 기다리며 모래 속에 묻혀 있고 요……."

"야생 키니네꽃 냄새, 정확하게 기억할 수 있어요?"

그녀가 고개를 저었다.

"페루는…… 영주권이 쉽게 나오니까, 여기 눌러 살래요?"

나는 로프를 맸던 것으로 생각되는 장의석 뚫린 구멍 속에 내 손을 디밀어 본다. 내 손이 들어가기엔 구멍이 너무 작았다. 태연이 제 손을 밀어넣었다. 그녀의 손이 구멍을 통과했을 때, 내가 그 손끝을 반대쪽에서 재빠르게 쥐었다.

"이렇게 묶어 놓고…… 태양의 처녀들이 살아나서 해를 향해 경배할 때쯤 일어나면 어떨까?"

그녀가 푸수수 웃었다.

장의석 건너편 평평한 언덕 위에 150명 원색의 복장을 한 태양의 처녀들이 살아나서 원무를 추는 모습, 강렬하게 태양이 비치고, 또 비바람이 스치고……. 거기 움직이지 않고 풍화해 가는 여자들의 모습 속에 내 아버지와 그녀 태연의 어머니가 젊은 모습으로 섞여 있는 모습을 본다.

"같이 묶어요."

태연이 흰 이를 내보였다.

수십 겁 인연의 한 조각이 윤회를 멈추고 거기 햇빛이 빗줄기처럼 내려꽂히는 안데스의 산정에 잠시 머물고 있었다. ♠

신기루를 찾아서

　어머니의 뼈 가루들은 잠시 수면 위를 떠돌다가 천천히 바닷속으로 사라져 갔다.

　'모래알 같아…….'

　잠깐 그런 기분이었지만 손가락 사이로 빠져 나가는 감촉이 모래알처럼 미끄럽지 않다는 생각이 들었다. 이미 곰삭아 버린 뼈 조각들을 다시 태워 곱디곱게 빻았지만 뼈 가루들은 손바닥에서 망망대해의 수면 위로 미끄러져 내리는 것을 머뭇거리는 듯싶기도 했다.

　남아 있는 혈육에의 미련에서일까. 손바닥에 작고 고운 뼈 가루들이 꽤 오래 달라붙어 있었다. 나는 팔을 뻗어 손을 바닷물에 담았다. 차갑다.

"어머니 이제 가세요. 아버지를 만나셔도 좋고, 싫으시면 어머니 내키시는 대로 훨훨 떠다니셔도 좋구요."

아내와 이혼을 결정한 순간이었을 것이다. 어머니의 뼈를 화장시켜 바다에 뿌려야겠다는 생각을 한 것은……. 돌아가신 지 이십 년이었다. 공동묘지에 매장된 어머니를 다시 화장시켜 바다에 띄워 보내겠다는 생각이 아내와 이혼을 결정하고 난 뒤 갑자기 왜 그토록 나를 초조롭게 했는지 알 수 없었다.

작년에 세상을 떠난 아버지를 화장하여 강물에 흘려보낼 때도 어머니에 대한 생각을 전혀 하지 않았었다. 옷 가방 하나를 들고 일 년 동안 아내와 같이 생활해 왔던 아파트의 엘리베이터 단추를 누르는 순간 나는 어머니가 아직도 지상의 한 곳에 흔적을 남기고 누워 있음을 기억해 냈고, 어머니를 자유롭게 보내드려야 한다는 이상한 강박 관념에 휩싸였다.

나는 감상을 떨구기라도 하려는 듯 상자 속에 남은 어머니의 조각들을 한 움큼씩 집어 찰랑거리는 물 속에 부지런히 집어넣어 버렸다. 그러나 마지막 뼈 가루를 집어넣으면서는 잠시 지금의 위치를 확인하듯 타고 있는 작은 고기잡이배 주위를 빙 둘러보았다.

각주구검(刻舟求劍).

만약 영혼이라는 것이 존재하고, 그 영혼이 원래 머물렀던 육신과 인연을 갖고 있어 무덤을 만드는 것이라면 어머니의 육신

조각이 잠시 머문 현재의 이 위치를 다시 확인할 수 있을까. 서쪽 하늘이 벌건 색으로 물들어가기 시작했고, 이제 바다 역시 붉은 색을 머금으며 흔들리고 있었다.

　지난 해 중국 돈황(敦煌)을 여행하면서 보았던 그 곳 사막 원주민들의 무덤이 언뜻 생각났다. 어쩌다 낙타풀이라고 불리는 작은 식물들뿐, 끝없는 모래 벌판과 건조한 공기와 햇볕밖에 없던 그 곳 모래밭에도 무덤은 있었다. 그러나 그 무덤은 길어야 몇 달, 짧으면 하룻밤 사이에도 모래 바람 속에 흔적도 없이 사라져 버린다고 했다.

　그래서 그 곳 사람들은 비교적 단단한 곳을 찾아 돌멩이로 표지석을 세워 두고 그 돌멩이를 중심으로 가족을 묻고, 또 가족을 묻고, 그래서 일 년에 한 차례씩 무덤의 흔적이야 사라지기도 하고 변형되어 버리기도 하고 하지만 표지석 앞에서 합동의 제사를 지낸다고 했다. 그 때 시야가 끝나가는 모래밭 끝에서 신기루처럼 피어나던 연기를 보았었다.

　"아, 저거요? 어린애가 죽은 거랍니다. 화장을 해요. 부모 앞에 죽은 자식은 불효의 죄를 지었으니 가족 곁에 묻힐 자격이 없다는 겁니다."

　제대로 형태가 보존되지도 않겠지만 땅에 묻히는 것과 타서 흩어지는 것의 차이. 나는 그 때 가이드의 시선을 피하여 얼굴을 창밖으로 돌려 버렸다. 아버지의 유언이긴 했지만 아버지의 시신을 화장하여 물 위에 뿌린 지 그 때 나는 한 달이 채 안 되었었다.

"갠지스강까지 갈 필요는 없다. 강은 다 통하고 물은 한 곳에서 다 만나기 마련이다."

아버지의 유언을 떠올리며 아버지의 뼈 가루를 싸들고, 갠지스강을 찾아갈 수도 있었을 것을……. 그렇게 잠깐 감상이 왔었다. 모래 언덕 저편, 거의 지평선으로 느껴지는 그 곳에서 구름 한 점 없는 하얀 햇볕 속을 일직선으로 올라가던 너무 일찍 죽은 영혼을 나는 그 여행이 끝날 때까지 가끔 떠올렸었다.

"끝났으면 술이라도 마지막 한 잔 올리시우."

노를 쥔 채 졸고 있는 줄 알았던 노인이 배 뒷전에서 나즈막하게 말을 건네왔다.

뼈 가루들은 물 속에서 곧장 가라앉지 않고 떠돌고 있어서 물결 위에 하얀 띠를 만들고 있었다. 나는 서둘러 허연 막사발에 병소주를 한 잔 따라 뱃전에 놓고 어머니와 마지막 이별의 절을 두 번 올렸다.

"좋은 곳으로 가실 게유."

내가 따랐던 잔을 바다에 뿌리고 났을 때, 노인도 손수 한 잔을 따르더니 천천히 물 속에 잠겨가는 어머니의 흔적을 향해 멀리로 술을 흩뿌렸다.

"이렇게 이쁘고 잔잔한 바다로 보내드렸으니 아무 곳이나 좋은 데로 가실 게야."

배 위에 뒹굴던 다른 막사발 하나를 더 찾아와 노인은 두 잔을 찰랑거리게 따라 놓았다. 반쯤은 시커멓게 말라붙은 된장 그릇에 엎디어 있던 통마늘을 노인은 투박한 손으로 꺼내 내 앞으로 밀어주었다.

"안주라도 좀 사올 걸 그랬군요."

"이런 때는 이게 어울리지."

"우리 어머니가 제일 가시고 싶은 데가 어디였을까? 그 생각을 저는 이십 여 년 동안 더러 했는데요, 그런데 모르겠어요. 가시고 싶던 곳이 있었으면 이십 년 전 이미 가셨을지, 지금 가실지도 모르겠구요."

돌아가시기 십여 년 전부터 어머니는 일 년이면 서너 번 예기치 않던 가출이 반복되었었다.

"저놈의 갈매기 떼들 때문이여."

아버지는 밑도 끝도 없이 그 가출이 서너 번 반복되자 엉뚱하게 그렇게 말했다. 아버지의 말에 그럴지도 모른다는 생각이 들었던 것은 어머니가 사라지고 나서 동네가 법석을 피운 다음 어머니는 대개 바닷가 바위틈 같은 데 웅크리고 있다가 누군가에게 발견되어 집으로 돌아오곤 했기 때문이다.

밥을 짓다가 부지깽이를 아궁이에 집어넣은 채 집을 나가거나, 빨래를 널다가, 그것도 반쯤은 아직 통 속에 남겨둔 채로, 어머니는 연기나 안개같이 그렇게 사라졌고, 팔꿈치나 무릎에, 이마와 광대뼈에 퍼렇게 멍이 들어 다시 그 자리로 돌아오곤 했다. 상처를 입거나 옷은 더럽히지 않고 그대로 돌아와 집을 떠나기 전의 같은 장소에서 같은 일을 계속할 때도 더러는 있었다.

"다 산 사람 마음이지, 한 사발 주욱 드시우."

평소에는 생각지도 못했을 막사발 가득 담긴 소주를 노인을 따라 나도 막걸리 마시듯 단숨에 비우고 통마늘을 씹었다.

"인제 이 곳하고는 영 인연이 끊어지겠구려."

노인은 공동묘지에 묻힌 어머니의 뼈를 추스러 화장한 재를 바다에 뿌리겠노라 했을 때도 그렇게 말했었다.

"피붙이가 없으면 선영 산소라도 있어야 고향이려니 하는 것인디……."

노인은 혼자 다시 소주를 한 사발 더 따라 이번에는 한 모금씩 아끼듯 그렇게 마셨다. 서쪽 하늘은 붉은 빛이 천천히 보랏빛으로 변해갔고, 바다의 빛깔도 점점 무거운 색조로 가라앉으며 일렁댔다. 노인이 노를 젓기 시작했을 때에는 이미 물결 위에 어머니의 흔적은 아무 곳에도 남아 있지 않았다. 하기야 열두 살, 중학교에 진학하기 위해 이 곳을 떠났을 때, 아니면 조금 더 양보해서 어머니가 시신으로 돌아와, 거적에 밀려 공동묘지 한구석에 초라하게 묻히고 났을 때, 이미 이 곳은 의도적으로 내 뇌리 속에 지워가던 공간이었다.

"미쳤대. 쟤네 엄마 미쳐가지고……."

학교에서도, 군대에서도, 직장에서도 나는 본적란을 기재해야 할 때 언제고 내 의식 전체가 수치심과 모멸감으로 허옇게 탈색되었던 것을 기억한다.

"다, 저 갈매기 떼들 때문이여."

어머니의 가출이 있고 나면 아버지는 바다 위를 맴도는 갈매기 떼들로 눈을 주었다. 나는 그 때마다 늘 으스스한 한기를 느끼면서 돌멩이를 집어 바다로 내던졌지만 돌멩이는 바다 가까이 가지도 못하고 늘 언덕 어디쯤 풀섶에 떨어져 내리곤 했다.

"세상에 믿을 수 있는 것이 아무것도 없다는 그런 기분이 들어서 아주 이상해요. 어떻게 같은 공간에 천 년 세월이 공존해 있는지……."

돈황의 막고굴 중 대여섯 개를 둘러보다가 일행에서 빠져 나와 나무밑에 앉아 조금 전 입구에서 샀던 석굴 그림이 인쇄된 사진첩을 막 펼쳐들었을 때였을 것이다.

석굴 주변 몇 그루의 나무 외에는 죽음같이 흰 햇볕 뿐, 지나치게 건조한 그 곳 공기 속에는 지독하게 땀을 많이 흘리는 내 체질인데도 땀이 흘러나올 사이도 없이 증발된다는 사실에 문득 아연해 하며 사진첩으로 시선을 가져갔을 때 내 등뒤에서 그렇게 말을 꺼낸 것이 헤어진 아내였는지 정강희, 그녀였는지 확실치 않다. 사실 그 때 난 몹시 목이 말랐고, 두통이 왔었다.

명사산 기슭 1.6km에 달하는 절벽에 뚫어 놓은 그 600여 개의 석굴 중 불상조각이나 벽화가 있는 석굴만도 469개라는 가이드의 설명을 들으면서 그것들이 4세기 중반부터 13세기에 이르는 천 년의 세월에 걸쳐 지배자가 바뀌고, 나라가 바뀌어가는데도 아랑곳없이 만들어졌다는 사실에 난 이상하게 소름이 돋았다.

더구나 그 중 한 굴 속에 보관되었던 엄청난 고문서 중에 우리가 전설처럼 알았던 신라의 혜초가 지은 《왕오천축국전》이 발견되었다는 이야기에 시간이라는 것의 헤아릴 길 없는 신축성을

생각하며 나는 가슴이 답답해져서 일행들에게서 슬그머니 빠져
나왔었다. 아버지의 뼈 가루들이 생각나서였는지도 몰랐다.

아버지는 정말로 자기의 주검이 갠지스강에 뿌려지기를 바랐
을까. 돌아가시기 전 수년 간 아버지가 절을 자주 찾은 것은 알지
만 아버지가 불교적 우주관이나 교리에 빠져들었으리라는 생각
을 해본 적은 없었다. 두 번째 아내마저 사별한, 거기다가 외아들
과도 부자지간의 정 같은 것은 느껴보지 못했을 노인이 가까운
절에 찾아가 스님들과 허물없이 가까이 지내며 마음의 위로 속
에 여생을 보냈거니 그런 짐작을 해왔을 뿐, 임종의 자리에서 간
곡히 화장을 유언했을 때도 하나 있는 자식이 자주 무덤이라도
찾아볼 것 같지 않아 노파심의 부탁이었거니 했다.

그런데 이상하게도 막고굴의 그 각기 다른 시대의 불상들과 그
림들을 보면서 어쩌면 아버지의 혼은 강물을 흘러 흘러서 지나
던 말처럼 하던 성스러운 강, 갠지스에 도착했을지도 모른다는
엉뚱한 기분이 들었다.

"시대마다 부처의 모습이 다르게 표현되는데도 그 부처의 실
체에는 변화가 없나 보죠?"

아내가, 물론 그 때 우리는 우리가 두 달 뒤에 공식적으로 부부
가 되리라는 생각을 해보지도 않은 사이였지만 내 곁에 털썩 앉
으며 그렇게 말했을 때에야 나는 그녀들 역시 나처럼 굴을 나와
버린 것을 알았다.

"꼭 루오가 그린 예수님 얼굴같은 보살 그림도 있던데요…….

아, 여기 있네."

아주 엷은 자스민 향기가 아내에게서 풍겨왔다. 그녀는 벽화 그림의 사진 중에서 굵은 선으로 인물의 외각선이 묘사된 약간 비극적인 인물을 가리키며 열심히 말했다.

"혹시 말예요, 옛날 예수가 청년 시절 수도를 하기 위해서 이 곳에 머물렀던 것은 아닐까요? 그런 주장도 있던데요."

나무 밑의 행상에게서 산 작은 수박 한 쪽씩을 그 때 정강희가 우리 둘에게 내밀었기 때문에 그녀, 송수림의 이야기는 잠시 끊 겼다. 수박은 햇볕에 달궈져 있어서 삶은 고구마 같은 느낌이었 지만 몹시 달았다.

"두 사람 그렇게 있으니까 연인같아 뵈는데……. 방해한 건 아 닌지 모르겠네. 데이트도 우선 목을 축여야 할 테고, 안그래요?"

"지금 우리는 같은 공간에 혼재하는 시간의 정체를 논하고 있 는데 강희씨 수준 안 되겠다. 룸메이트 바꿔야 할까 봐."

"나도 수림씨하고 같이 지내는 거 싫어. 오선생님, 좀 도와주실 래요?"

"우리…… 닷새째인가요? 아마 그렇지요?"

나로서는 그들을 향해 처음 했던 대화였을 것이다.

"이 때까지 그거 계산하셨어요? 문제 있네요. 오선생님도."

강희가 입안에서 수박씨를 기술적으로 내뱉으며 나와 수림을 건네다보며 좀 어처구니 없다는 듯 웃어댔다.

"내가 자살이라도 할 사람으로 보였다면 사과하겠습니다."

벌써 닷새째의 동행이었다. 같이 출발한 건 아니었지만 내가 속한 여행팀이 연길을 거쳐 백두산을 돌아 다시 북경으로 돌아 갔을 때, 상해에서 북경으로 돌아오는 그녀들을 만났고, 그날부 터 여정을 같이해서 움직인 것이 닷새째였다.

그동안 그들 일행과 기껏 목례를 나누었을 뿐, 나는 대화조차 나누지 않았다는 생각이 들었다. 사실 그들만이 아니라 처음부 터 동행했던 일행과도 그것은 마찬가지였다. 대부분 나이들이 지긋한 사람들이었고, 부부 동반이 많았던 탓도 있었겠지만 아 버지의 장례를 치른 지 얼마 되지 않았던 설명하기 힘든 감정의 파문 때문이었을 것이다.

벌써 이십 여 년 자주 만나지 않았고, 그래서 특별한 정조차 갖 고 있지 않았던 아버지여서 그 임종의 자리에서도, 화장터에서 도, 강물에 뼈 가루를 흘려보내면서도, 별다른 감상을 갖고 있지 않았던 아버지와의 사이였다. 차라리 홀가분한 느낌이었을 수 도 있었다. 어머니를 공동묘지에 매장한 뒤, 도시를 향하던 버스 속에서 느꼈던 삼십 여 년 전의 그 싸하던 자유로움을 반추했었 는데…….

'고아였으면 좋겠다.'

어떤 혈연도, 인연도 없는, 저 바위 속에서 튕겨져 나왔다는 《서유기》의 손오공같은 완전 독립된 존재로의 나를 나는 얼마나 원했던가. 바닷물에 옷이 흠뻑 젖어서 퀭한 얼굴로 어머니가 나 흘만에 사립문을 들어섰을 때, 나는 어머니를 발견한 순간 어머 니 곁을 스쳐 죽어라고 언덕으로 내달았었다. 그 때 귓속으로 윙

윙거리며 달려가던 바람 소리, 구름 한 점 없이 맑고 나뭇잎조차 흔들리지 않던 그 한낮에 내 귓속으로, 가슴속으로 달려가며 윙 윙대던 바람 소리의 정체는 무엇이었을까.

무거운 추를 매단 목걸이가 몇 개인가 내 목에 채워져 있는 느낌이 시작된 것이 그 때부터였는지 확실하지 않다. 그 목걸이들의 무게로 머리가 기우뚱 숙여져 있다는 기분은 거의 생리적인 것이어서 군대에서 군번줄을 풀어 호주머니에 넣고 있다가 안 죽을 만큼 얻어 맞은 적이 세 번이나 있었다. 나는 목에 아무것도 걸고 있지 않는데도 가끔 놀라 목을 만지는 습관이 지금도 있다.

어머니를 묻고 상주의 자격으로 무덤 앞에 술을 따르고 일어나면서 목에 매달렸던 추가 달린 목걸이 하나가 떨어져 나가는 것을 나는 분명히 느꼈고, 그래서 그 때도 가느다란 내 목을 두 손으로 확인했던 것을 기억한다. 아버지가 재혼을 알려왔을 때도 나는 또하나의 목걸이가 목에서 벗겨져 나가는 것을 느꼈다.

'방학이나 공휴일에도 학원을 가야 합니다. 도서관에서 책을 빌려야 하구요.'

방학때는 늘 그렇게 편지를 간단히 썼다.

아버지의 별세는 내게 확실하게 남은 목걸이를 풀어 던지는 상징적 계기였다. 나는 열심히 대학원의 논문 준비에 몰두할 수 있고, 보다 유능한 학원의 논술 강사로 성장해가며 필요한 만큼의 돈도, 사회적 신분 상승의 자유로운 도전에도 성공할 것이다.

그런데 그분이 살아계셨을 때 내 뇌리에 어느 부분에도 사실상 거의 자리하고 있지 않았던 아버지가, 장례를 치르고 열흘쯤이

지나고 나서부터 시도 때도 없이 내 의식의 언저리 한 곳에 또아리를 틀고 앉아 있음에 당황했다. 이해할 수가 없었다. 아버지를 다시 떠올릴 지상의 흔적마저도 아예 만들지 않았는데…….

나는 여행사를 찾았고, 나가던 학원에 휴가를 신청했다.

"일반 관광객이 잘 안 가는 곳이요. 좀 엉뚱한 곳, 그런 곳이 필요해요."

"신라의 혜초스님이 썼다고 전해지는 《왕오천축국전》의 필사본이 언제 이 돈황의 석굴에 보관되게 되었는지는 아무도 알 수가 없습니다. 1908년 영국의 A. 스타인, 프랑스인 P. 펠리오 등에 의해서 반출된 막대한 수량의 고문헌과 회화류 속에 우리 신라 고승의 필사본 두루말이가 들어 있었던 것은 시간과 공간을 뛰어넘는 끊임없는 윤회와 인연의 실체를 확인하는 것일지도 모릅니다."

나는 깜깜한 석굴 한쪽에서 손전등으로 벽면을 비춰가며 앵무새처럼 설명에 열중하고 있는 가이드의 음성을 바람 소리처럼 들으며 두통과 현기증 때문에 굴을 빠져 나왔었다.

그들 송수림과 정강희, 두 사람과 급격히 가까워지게 된 것은 그곳 석굴사원을 돌아나오면서 사막의 신기루를 실제 확인하고 나서였던 듯싶다.

"저게 뭐죠?"

막고굴에서 돈황 시내로 돌아오는 버스 속에서였다. 모든 것이 흰색 하나로만 통일된 듯한 사막의 모래 언덕만이 계속되고 있어서 승객 모두가 반쯤은 졸고 있었는데 뒷자리에 앉아 있던 수림이 내 어깨를 흔들어 왔다. 우리의 시선은 동시에 유리창 밖을 향했고, 버스가 진행하는 방향에서 오른쪽 모래 언덕 저편으로 작은 숲과 숲을 가로지르는 시냇물을 보았다.

만년설 쌓인 톈샨[天山] 산맥에서 운하로 물을 끌어내려 소규모 농사를 짓는 작은 평야와는 정확히 반대쪽의 모래 언덕이었다. 그 시냇물과 작은 숲이 이상하게 아지랑이에 덮여 일렁거린다고 느낄 때까지 창 밖 먼 곳의 풍경은 우리에게 그저 평범한 일상이었다.

"신기루다!"

누군가가 소리를 쳤고, 그 때야 새삼스레 일행들 모두가 창 밖으로 시선을 보냈는데 그 풍경은 어안 렌즈를 통해 본 사물처럼 이미 어느 순간부터 일그러지며 흐려가고 있었다. 버스 안이 수선스러워졌을 때 그 작은 시냇물과 숲은 모래 언덕 위의 파아란 공간 속으로 천천히 녹아들기 시작했다.

"시냇물 양쪽으로 포플러 나무 아니었어요? 맞지요?"

자기가 본 풍경이 다른 사람에게도 똑같이 보였는지 우리는 갑자기 흥분에 휩싸여 서로에게 확인하기 시작했고, 사진을 찍어 보는 건데, 누군가가 혀를 찼다. 그 때야 수림은 내 한쪽 어깨를 붙잡고 흔들던 두 손을 당황해서 거두며 중얼거렸다.

"동화책 속에만 있는 줄 알았는데 정말 신기루가 있네요. 우리 전부가 집단 최면에 걸린 건 아닐까요?"

수림의 콧잔등과 이마 위에 송글거리며 땀방울이 맺혀 있었다.

"수림씨, 난 인생이 맨날 신기루라고 그렇게 느끼고 있어."
정강희의 입가에 쓸쓸해 보이는 미소가 잠시 번졌다.
"인생을 다 살아 버린 것처럼 그렇게 말하지 말아요, 제발."

수림과 나는 그날 밤 예기치 않았던 첫 정사를 가졌다.
특별한 체험을 공유했다는 흥분이 그 곳 돈황의 너무 이색적인
분위기와 시내 중심의 하늘을 향해 날아오르는 비천녀(飛天女)
의 조각상, 낮 동안 흰 햇볕 속에 죽음처럼 감돌던 정적이 저녁과
함께 수런거리며 살아나던 생동감, 문짝이나 벽조차 없는 그 곳
시내의 공중 변소와 그런 모든 것들에 뒤엉켜 우리를 들뜨게 했
던 까닭도 있었을 것이다.
"신기루가 아니었으면 그런 일은 일어나지 않았을 거예요."
지난 일이지만 그 후 수림은 우리의 정사를 그렇게 회상했고,
나 역시 그 말에 동의했었다. 그녀와의 결혼, 그리고 일 년 후의
이혼까지도 우리가 사막에서 보았던 그 신기루의 환상과 무관하
지 않다는 생각을 나는 그 후에도 가끔 했다. 어린 시절 어머니가
갑자기 일상을 중지하고 혼자만 감지하는 세계 속으로 가끔 사
라졌던 것처럼……

낮 동안의 적요가 믿을 수 없도록 저녁이 되면서 돈황의 작은
시가지는 사람들의 물결이 밀물처럼 차올랐고 우리는 저녁 식사
가 끝나기 바쁘게 그 인파에 묻혀 야시장의 목노 찻집에 앉았다.
서로가 표현은 안 했지만 그 작은 시냇물과 시냇물 양쪽에 늘어

선 나무들의 행렬이 실체가 아닌 허상이었음을 확인한 그 독특한 체험의 공유가 우리를 급작스럽게 친밀한 사이로 만들어 버린 것 같았다.

한 마디의 언어도 통하지 않았지만 야시장의 낮은 걸상에 나란히 앉은 손님들 앞에 원주민 노파는 이름 모를 차를 끓여 한 대접씩이나 따라 놓았다.

"이걸 다 마셔야 돼요?"

수림은 깨끗해 보이지도 않는 큰 대접에 가득 담긴 차를 보고 겁부터 냈는데 그 때야 나도 그 엉뚱한 찻잔의 크기에 가이드의 눈치를 살폈다.

"다 안 마시면 여기서는 벌금을 내게 되어 있습니다. 텐샨의 만년설을 어렵게 운하로 끌어내려 소규모 농사를 짓기 때문에 먹는 걸 남기는 건 죄악시됩니다. 힘드실 것 같으면 한 사람에 벌금 5달러씩, 이십 달러 주고 말까요?"

가이드가 어깨를 으쓱해 보이며 능청을 부렸다.

"그런데 문제는 이 차에 이뇨제가 엄청 들어서 곧바로 화장실을 계속 들락거려야 한다는 데 심각한 문제가 있는 겁니다. 5분에 한 번씩 소변을 봐야 하는데 이 곳 사람들은 습관이 되어 괜찮다고 그래요. 이 곳 화장실 보셨지요?"

"큰일 났네."

오후에 돌아보았던 문짝도, 벽도 없던 화장실을 연상했는지 수림은 울상이 되었지만 강희는 얼굴을 돌려 키득 웃었다. 우리는 왕대포잔 같은 그 찻잔을 들어 한 모금씩을 마셨다.

차에서는 가벼운 자스민 향기와 메마른 건초 냄새가 났다.

"아까 명사산 기슭 내려오면서 몽고인들 텐트 보셨죠? 그 중에 장대를 기다랗게 그 빠오 입구에 세워둔 두어 곳 기억하실지 모르겠습니다……. 저는 오선생님 모시고 지금 거길 갈까 하는데 두 분은 어떻게 하실래요?"

가이드가 피실거리며 두 여자를 놀렸다. 잠시 의아해 하던 강희와 수림이 나까지 고개를 돌려 웃음을 터뜨리자 강희가 수림에게 귓속말을 했다.

"누가 말려요? 하지만 요즘은 몽고 과부들 중 레즈비언이 많다는 걸 두 분 모르셨던 모양인데요. 그 장대 끝에 흰 천을 묶어 둔 집은 남자를 기다리는 게 아니고 여자를 기다린다는 표시라구요. 그 천막 장대 끝에 흰 천이 묶였는지 아닌지 정도는 미리 확인을 해두셨어야지, 가끔 도움 청하세요. 도와드릴게요."

오후 내내 별로 말이 없던 강희가 가이드에게 쏘아대자 우리는 같이 허리를 꺾고 웃어댔다.

우리는 왕대포잔의 차를 한 모금씩 더 마시고 자리를 옮겨 양고기 꼬치 안주에 불이 붙는 중국 백주를 깨끗해 보이지 않은 유리잔에 따라 마셨다.

야행성에 길들여졌는지 모든 사람들이 밤거리로 쏟아져 나온 듯 거리는 밤늦게까지 붐볐다. 가이드는 양 꼬치를 먹다 말고 현지 가이드와 일이 있다며 자리를 떴고, 셋은 적당히 취한 채 거리의 목노집에서 미지근한 맥주 한 병씩을 더 마셨다.

"이십 일 전에 아버지 장례를 치뤘어요. 평소 거의 왕래도 없이 지내던 사이였는데 장례를 지내고 한참 후에야 이상하게 그 아버지라는 존재가 내 의식 한쪽에 꽤 넓은 공간을 차지하고 있는 걸 느낀 거죠.”

“그럼 이제 완전히 고아가 되신 거네, 축하해야 되겠네요.”

“자기 인생에 대해 자유롭게 결정내려도 좋게 된 거…….”

“그래요. 강희 언니는 남자를 보냈대요.”

“강희씨, 축하합니다.”

“나도요. 강희 언니, 나 취한 거 아냐. 하지만 어때? 괜찮지? 글쎄 운동권에서 그토록 열심히 정의만 외치던 남자가 국회의원 따님과 며칠 어울리더니 아예 여당 선거 운동원으로 변신하더래요. 그래서 버렸대요. 실체로 보였던 게 허상이었던 거죠. 아까 신기루처럼요. 아, 참 만약 말이죠. 그 신기루 쪽에서 보면 우리가 허상일 수도 있을까요?”

“모르겠습니다. 이 세상 어디에도 절대 가치가 존재치 않는다는 것은 압니다. 최소한 최근 내가 알아낸 진리는 아무 데도 완전한 것, 불변의 것은 존재하지 않는다는 사실입니다. 모두가 상대적이니까요.”

그 때 꽤 취해서 그렇게 떠들며 어머니를 떠올렸는지는 확실치 않다. 하지만 완전한 인연이 정리된 아버지 생각이 그 엉뚱한 공간에서까지 언뜻언뜻 왜 떠올라오는지 그것만은 이상했다.

“우리 호텔로 가서 시원하게 식은 걸로 한 잔씩 더 해요. 두 분 자유를 축하하는 의미로요.”

수림의 걸음걸이가 약간 흐트러지고 있었다.

　시내의 중심, 둥그런 로터리 한가운데 이제 막 하늘을 향해 비
상을 시도하는 듯한 비천녀의 조각상 앞까지 왔을 때 우리는 걸
음을 멈추고 모두가 시선을 하늘로 향했다.
　"하두 삭막한 환경이어서 하늘을 나는 꿈을 꾸는 걸까요?"
　호텔 2층의 작은 바에서 냉장고 속에 보관된 맥주같은 맥주를
나누어 마시면서도 우리는 제각각의 독백같은 대화의 해일에 오
래도록 묻혔다.
　"아, 우리 가이드 말예요, 정말 거기 몽고 과부집 찾아간 거 아
닐까요? 재미있어. 재미있죠? 여럿이 같이 보는 신기루, 광기어
린 종교 집단 같은 데서나 더러 확인되는 집단 최면, 아니죠. 그
거와는 또 차원이 달라요. 오선생님, 그렇죠?"

　앞서 정강희가 두통이 온다고 자리를 떴고, 한 병씩인가를 더
마셨을 때 그녀 수림이 내게, 아직 장가 안갔죠? 그렇게 물었다.
　"혼자 살 생각입니다."
　마지막 잔을 비우며 내가 대답했다.
　"아스피린 가졌어요? 너무 마셨나 봐요, 나."
　내 방문 앞에서 그녀가 물었고, 내가 고개를 끄덕였을 때 그녀
의 몸이 어쩌다 내 방안으로 빨려들어와 출입문에 등을 기대고
서 버렸다.
　"우울해 보였어요, 내내…… 그래서 소년같아 보였어요."
　그녀의 몸이 기우뚱거리며 내쪽으로 무너져 내렸다. 우리의 정
사는 아무런 예견없이 급하고 격렬하게 그렇게 치루어졌다.

그 곳은 사막 한가운데였고, 그 건조한 공기가 갈증으로 환치
되면서 우리는 오늘 오후 사막에서 보았던 신기루 한 자락에 잠
시 한 발씩을 들여 놓은 셈이었는지도 몰랐다. 아니 그 순간 내
방안으로 들어온 것이 수림이 아니었고, 정강희였다고 해도 그
녀와 더 많은 이야기를 떠든 뒤였다면 그녀 정강희와 정사를 가
졌을지 모를 일이었다. 훗날 우리가 이혼에 동의할 무렵 아내는
그것을 물었고, 나는 솔직히 그 사실을 시인했었다.

"여름날 오후같은 때 운전하다가 아스팔트 위로 아른거리는
물웅덩이 같은 것을 본 기억은 누구에게나 다 있어요."
아내와 이혼하고 나서 정강희를 만났을 때 그녀는 우리의 이혼
에 대해 그렇게 반응을 보였고 나는 고개를 끄덕였다.
"남자에게 빠지는 것, 여자에게 빠지는 것, 결혼, 이혼, 그래요.
그것들이 다 착시 현상이나 허상이었다 해도 한순간으로는 진실
하고 의미 있는 일이었다면 우리가 번민하고 후회하는 것도 우
습지 않겠어요?"
내 결혼과 이혼의 화제는 그녀의 남자 이야기로 번졌고, 그녀
는 남의 이야기처럼 학교 시절부터 빠져 있었던 한 남자와의 이
별에 대해서 결론처럼 그렇게 말하고 푸스스 웃었다. 나는 지난
여름 사막의 밤에서 아내가 아니고 상대가 정강희였다고 해도
그 환상적인 분위기에서는 당신을 안고 뒹굴었을 거라고 했다.
"불가능했었어요 그건, 그 때까지 난 옛 남자를 지우지 않고 있
었으니까."

우린 지난 여름밤에 했던 독백같이 서로 연결되지 않는 대화의
물결 속에 상당히 오랫동안 같이 묻혔다.

"난 넥타이를 못해요. 목이 졸려 있다는 생각이 들면 난 금방 돌
아 버릴 것 같아지니까요. 보통때는 커다란 추가 달린 목걸이가
늘 목에 달려 있는 것 같아서 목을 쓸어볼 정도라면 이해가 갈지
모르겠네요."

"그런 식으로 이혼을 변명할 필요 있어요?"

"변명과는 다릅니다. 이건, 아내는 침대에서도 목걸이를 하곤
했는데 나는 가끔 그걸 쳐다보는 것만으로도 가끔 숨이 막혀왔
고……. 그렇겠죠. 일종의 고착 관념인 줄 알죠. 사회 생활을 하
면서 생리적으로 넥타이를 맬 수 없다는 건 출세에 엄청난 지장
이고 말고요. 하지만 같은 시간, 같은 공간에 항상 누군가와 같이
있어야 하는 게 결혼이라면……."

"돌아가신 지 삼십 년이나 되었다면서요? 조금 지나친 거 아니
에요?"

"어머니를 바다 위로 떠나보내야 한다는 강박 관념도 따지자
면 목에 늘 족쇄처럼 붙어다니는 마지막 목걸이를 벗어던지겠다
는 그런 거 아닐지 모르겠습니다."

"오선생님 어머니는 이미 삼십 년 전에 도망가셨어요……."

아아, 나는 두 손으로 관자놀이를 누르며 눈을 감았다. 당신은
알 수가 없을 것이다. 내 귓속으로 달려가던 바람 소리의 방향에
대해서, 그 소리의 정체에 대해서…….

"어머니에게는 바다가 신기루였을 겁니다. 이혼하고 나서야

확신이 왔어요.”

“사회주의 국가에서는 무덤에 대한 시효가 20년이래요. 물론 일반 서민에 대한 기준이지만요. 토지 자체가 국가 소유니까 자식이나 가까운 누군가가 그동안 정부에다 관리비를 내요. 20년이 지나면 이미 사자를 기억하는 사람도 거의 없어지고, 관리비도 더 이상 받기 힘들어진다는 논리겠죠. 그래서 20년이 지난 무덤 위에는 새로운 시신이 묻히고……. 그래서 묘지 면적이 안 늘어난다고 그래요. 결국 상대적인 기준이니까 20년 전에 묻힌 어머니 시신을 다시 화장해서 바다로 보내는 것이 오선생님 마음에 새로운 신기루를 만드는 것이라면 그렇게 하는 거죠.”

붉은 색조를 기본으로 서쪽 하늘과 바다를 같이 물들이던 저녁 노을은 이미 회갈색을 지나 감청색으로 변해 버린 후였다. 포구의 불빛이 이제 바다 위에 일렁거리는 빛 그림자를 환영처럼 만들어 갔다.

“영감님, 술을 한 잔 하십시다. 고생도 하셨구요.”

방파제에 배를 비끄러매는 것을 내려다보며 바다 쪽으로 눈을 보냈다. 배가 머물러 있었던 위치는 전혀 가늠할 수조차 없었다. 이제 어머니의 뼈 가루가 뿌려진 위치를 다시는 확인할 수 없으리라는 생각을 하면서 나는 노인과 소주라도 한 잔 나누고 싶어졌다.

처음에는 몰랐는데, 노인은 한쪽 다리를 조금 절고 있었다.

“영감님은 바다 생활을 오래 하신 모양이지요?”

바다가 내려다보이는 간이식당에서 생선회를 시켜 놓고 두어 순배 말없이 소주잔이 돌아간 후에 지나는 말처럼 내가 물었다.

"열 살 나뭇부터 고깃배를 따라다니다가 이 바닥에서 이날까지 늙었으니…… 오래고 말고도 없지요."

"오래 되셨군요."

입이 무거워 보이던 노인은 두 홉짜리 두 병이 바닥이 나자, 바람을 만나 나흘 간을 먹을 것도 없이 바다를 떠돌던 일, 바다에 떠 있는 시체를 건져올리다 보니 배꼽 밑으로는 이미 고기들이 뜯어 먹고 난 다음이라 기겁을 한 일, 급한 환자를 섬에서 실어내오다가 끝내 육지에 닿기 전에 숨을 거두던 일을 떠듬거리며 회상했다.

"바다에 오래 계시다 보면, 바다 위에도 더러 헛것이 보일 때가 있는지 모르겠습니다. 원래 망망대해였는데 무슨 집같은 것이나, 섬같은 것이 보인다던지 그런 일이 혹시 일어나는가 하기도 해서요."

"어디……. 괜스레 지어낸 이야기들이지."

"서양에서는 더러 수평선에 큰 궁전이나 도시같은 게 나타나 보이는 일들이 있다더군요."

"옛날 어른들한테서 어렸을 때는 그런 이야기들을 듣기도 했는데…… 그걸 찾아나섰다가 풍랑에 휩쓸려서 고깃밥이 되는 일도 있었다고……. 다 옛날 이야기지. 다 마음이 허해져서 헛것이 뵌 게지요. 옛날에야 곡식이 없어 반은 굶고 지냈으니 그런 게 보였겠지만도, 요사이 대명 천지에서야……."

"우리야 모르지만 옛날 사람들 몇몇은 우리 눈에 안 보이는 참말 좋은 곳이 있어서 그 곳으로 갔을지도 모르잖습니까?"

나는 내가 사막에서 보았던 신기루 이야기를 했지만 노인은 그저 심드렁하니 듣고 있다가, 다시 물었다.

"그래 젊은이는 이제 영 이 곳하고 인연을 끊을 생각이우?"

"인연이라는 게 이상한 것이어서 억지로 끊는다고 끊어지는 것도 아니고, 억지로 이을라 해도 이어지는 것도 아니고…… 자, 잘 마셨소. 가볼 데가 있어서……."

그리고 노인은 훌훌 자리를 털고 일어서 버렸다.

밤바다가 내려다보이는 이층의 작은 찻집에 들어섰을 때 정강희는 창가에 앉아 있었다. 그녀가 떠나지 않을지도 모른다는 생각은 했지만 그녀가 실제 우두커니 창 밖 바다를 내다보며 앉아 있는 모습을 보았을 때, 나는 가슴속으로 싸하니 지나가는 바람 소리를 들었다.

"어머니는 잘 보내드리셨어요?"

강희는 쓸쓸해 보이는 얼굴로 물었다.

"안 떠났어요?"

"실망하신 얼굴이네요. 모처럼 밤바다를 보고 가려구요."

어머니의 뼈 가루를 바다에 뿌리겠노라 했을 때 그녀는 내가 배를 타는 것을 지켜봐 주겠노라고 말했었다. 하지만 손수 그녀가 자기 차를 몰고 나왔을 때 나는 솔직히 좀 당황했었다.

"미안해 하지 않아도 되요. 비즈니스 때문이니까요. 방향이 같은 건 좀 우연이지만······."

그녀는 운전을 하면서 이렇게 말했다.

"여름 같았으면 아스팔트 위에 나타나는 물웅덩이의 신기루를 볼 수 있었을 텐데. 지금은 가을이네요. ······ 그럼 또 언제 봐요. 어머니 잘 보내드리구요."

우리는 커피를 마시고 점심 무렵 이 찻집에서 헤어졌었다.

방파제 주변에 몰려 있는 작은 어선들에서 내비치는 불빛들이 밤바다 위에 반사되어 흔들리고 있었다. 그녀는 밤바람이 좀 추웠던지 자연스레 두 손으로 내 왼팔을 싸안고 걸었다.

"그 때 돈황에서요, 시계 바늘이 오후 열 시를 가리키는데 해가 지려면 서너 시간은 더 있어야 할 것같던 황당함, 기억 나세요? 그 넓은 땅 모두를 북경시간으로 표준을 삼은 획일성이 사회주의의 한 단면이라면 난 단연코 앤티 소시얼리스트에요."

밤바다 위에 반사되는 어선의 불빛들은 작은 파문으로 흔들려서 끝가는 데를 모르게 어둠 저편으로 아스라하니 이어져 있었다. 검은 배경 위에 이어져 흔들리는 그 불 그림자가 만들어 낸 길을 향해 천천히 걸음을 옮겨가면 상상하지 않았던 작은 도시에 도착할 듯한 기분이었다. 부분적으로 반짝거리면서 조금 큰 웨이브를 만들어 출렁이는 그 꿈길 같은 길이 끝나는 곳은 어디일까.

그날 사막에서 일찍 떠난 자식을 태운다던 연기가 하얀 모래 벌판과 깨끗하던 하늘을 배경으로 거의 수직으로 이어져 올라가던 것처럼 불 그림자가 만드는 길은 검은 어둠의 틈 어딘가로 이어져 그 끝을 확인할 수가 없었다. 어머니는 지금 그 길의 어디만큼 움직이고 있을까.

"그 서쪽 땅, 사막의 시간이 우리 상식과는 상관 없이 진행되고 있던 일, 그 때 우리들 다 모두 재미있어 했는데, 그 후로 그 이상한 시간 생각은 한번도 한 적이 없어요. 그런데 그 생각이 왜 지금 나죠? 갑자기……?"

그녀의 머리칼이 바닷바람에 내 목덜미 부근을 간지럽혔다.

"오늘 내가 특별한 장례식을 치루어서 그럴 겁니다."

"내가 오늘 유일한 조문객이었나요?"

"뱃사공 영감님이 첫번째 조문객이었던 셈입니다."

"상가에서는 조문객에게 음식 대접하는 게 우리의 미풍양속 아닌가요?"

"사실 강희씨가 지금까지 이 낯선 포구에 남아 있으리라고 생각을 못했습니다. 정말 시장했겠네요."

"엉뚱하게 밤바다를 보고 가야 될 것 같은 강박 관념이 나를 못 움직이게 한 거 있죠. 불편하시면 나 혼자 있어도 전혀 문제가 없는데요."

"밤바다를 보기 위한 짧은 여행, 우연한 동반자로서의 낯선 포구에서의 한 잔, 전혀 문제될 것 없음. 갑시다."

그녀의 허리에 팔을 두르고 조금 전 노인과 소주를 나누던 간이식당에 두 사람이 나란히 들어서자 주인 아낙이 잠시 고개를 갸웃했다.

"나, 오늘 술은 조금만 마실래요."

그녀가 서양 사람들이 하듯 어깨를 으쓱해 보였다.

"이 곳 화장실은 문짝이 다 있으니 걱정 안 해도 될 거예요."

"오선생님 방에 아스피린 얻으러 갈까 겁나서 그래요."

그녀가 그 소리를 하면서 너무 갑자기 푸후훗 웃어서 주인 아낙과 저쪽 테이블의 손님들 시선이 우리를 향했다. 그녀는 무안해졌는지 금방 귓볼이 빨개졌다.

"바다가 내려다보이는 식당에서 싱싱한 생선 요리에 소주를 마셔보고 싶다, 여러 번 그 생각을 했는데 그 기회가 왜 그렇게도 오질 않죠? 좋은 남자랑 바닷가에서 먹는 비싸지 않은 생선 요리, 투박하고 시골스러운 작은 식당에서 파도 소리를 들으면서 마시는 소주, 그게 그토록 사치라고 생각지 않았는데 이상해요. 발리섬에 가서 랍스터도 먹고, 파리에서 괜스레 비싸기만 한 달팽이는 먹었는데……. 우습지 않아요?

그래요. 저 출장이 있어서 더러 밖으로 나가요. 투자죠. 다른 곳에서는 어떤 무늬, 어떤 색상, 어떤 디자인이 유행하는지 구경하는 거죠. 서울로 돌아오는 비행기 안에서 내가 구경한 것들을 해체해요. 그리고 서울을 생각하며 그것들을 다시 재구성해요. 햇빛 강한 지중해에선 강렬해서 매력적이었던 색깔과 디자인이 서울에서는 서커스 포스터같이 보이니까요.

모던 감각이라는 게 그래요. 엄밀한 의미, 좀더 용감한 사람들을 한 발 뒤따라가는 것, 그건 저도 동의해요. 이 세상 어디에도 완전한 창조는 없어요. 변형이죠. 순수 창작은 신의 영역 아니겠어요?

남녀 간의 사랑도, 결혼도, 간통도, 매춘도, 이혼도 외형적으론 새로운 형태로 보이지만 본질은 늘 하나죠. 수컷과 암컷, 그 사이의 교미 욕망. 그것이 채색되고, 은폐되고, 뒤틀리는 것. 그렇지 않아요? 죽음도, 죽은 자를 떠나보내는 장례도 본질은 늘 같고요, 오선생님은 남녀 간의 절대적 사랑이 정말 존재할 수 있다고 믿어요?"

"신기루를 본 순간은 누구나 그게 실체인 줄 알아요. 더러 그 신기루가 계속되는 사람들은 그래요……. 복 받은 사람들이겠지만 대부분 그들 스스로가 거짓말을 하고 있다는 것이 정답 아니겠어요?"

"오늘은 적당히 마실래요……. 같이 꼭 바닷가 식당에 앉아 소주를 마시고 싶다, 같이 파도 소리를 들었으면 좋겠다, 옛날 남자와 사귀면서 그 생각을 참 많이 했는데 헤어질 때까지 나는 그 말을 하지 않았어요. 무서웠던 거죠.

그와 같이 있는 밤, 바다마저 절망으로 확인될까 봐서 겁이 나서요. 더러 확인하고 의도적으로라도 아껴둘 공간이 있으면 절망까지 가지 않을 것 같아 망설였던 모양이에요. 그만 마실래요. …… 아스피린 얻으러 오선생님 방으로 찾아갈 용기도 없고……. 후후훗, 하기야 방문을 열어줄지도 모르겠구요."

강희의 말이 수다스러워질수록 그녀에게서 마른 풀냄새가 풍겼다. 겉은 견고해 보이면서도 수수깡 속 같은 그녀 가슴 안쪽이 자꾸만 밖으로 삐어져 나오는 기분이었다.

"오선생님은 아껴둔 공간이 많아서 다행이에요."

입으로는 그만 마시겠다던 그녀는 이제 내가 술을 따르기도 전에 자기 잔에 술을 채우고 있었다. 그녀와 대작을 하느라고 나도 꽤 많은 양을 마셨지만 나는 전혀 알코올이 몸에 배어 들지 않는 것 같았다.

그녀는 그녀대로 학생 시절부터 꽤 오랜 시간 같이 보낸 떠난 남자의 남아 있는 기억이 제대로 지워지지 않아 초초했던 것 같고, 나는 나대로 오늘 떠나보낸 어머니가 이제야말로 내게서 완전히 떠났는지에 대한 의문 때문이었을지도 모른다. 아버지를 장례 지나고 나서 도리어 잊고 있었던 그 아버지가 내 안쪽에 틀고 있었던 또아리의 넓이에 대해 놀랐기 때문이다. 아내는 내게 일종의 신경성 고착증이라는 나름의 진단을 내렸었다.

유아적 부성 고착증, 유아적 모성 고착증, 유아적 분리불안의 비해소에 따른 혈연 고착 증세. 결혼하고 나서 얼마 동안 우리 부부는 이런 용어들을 조합해 내며 낄낄거리며 웃었다.

"유아기에 잠재된 부모에 대한 이중적 집념은 어른이 되어서도 쉽게 사라지지 않아요. 하지만 그 정도가 심하면 그건 일단 정신과적으로 성장 중단의 의미를 가지고 있는 거예요. 빅 차일드. 몸은 어른이지만 정신 한쪽은 아직 부모 쪽에서 탯줄처럼 연결된 유아 상태니까 정상적인 보통사람으로 살아갈 수가 없어요."

정확하게 11개월의 결혼 생활. 우리는 심한 의견 차이로 다투거나 부부싸움 같은 걸 한 적은 없었다. 반 년쯤 지났을 때 우리는 거의 비슷하게 우리 두 사람이 결혼이라는 관계에 얽매여 같은 공간에서 같은 시간을 공유하는 일들이 필요한 것인가 하는 회의가 왔고, 우리는 그 문제에 대해 자유롭게 의견을 나누었다.

"우리 둘 다 잠시 신기루를 보고 있었던 그런 느낌 안 들어?"

"맞아요. 가끔 나도 그 생각을 했어요."

"그럼 헤어지는게 낫지 않을까?"

"그래요. 그게 낫겠어요. 당신 참 좋은 사람이었는데."

"당신도 참 싹싹하고 친절한 여자였어."

"가끔 보고 싶을 거야."

"아주 이상한 곳. 여행가게 되면 동행하지, 뭐."

강희와 나는 한참 동안 서로의 생각에 잠겨 술만 마셨다. 저녁까지 조용했는데 밖으로 바람이 지나는 소리가 들렸다.

"우리 바닷가에 나가 봐요. 어머니 잘 가시나 보게요."

"나, 화장실 갔다 와서요."

그녀가 일어서서 조용한 목소리로 말했고, 그녀가 조금 비틀거리는 것 같아, 괜찮아? 하고 물었다. 그녀가 밝게 웃으며 내게 윙크를 보내고 유리문을 밀었다. 문이 열리며 바닷내음이 한아름 식당 안으로 밀려들어왔다.

"사람이 바다에 빠졌대요."

강희가 출입문을 밀고 허겁스럽게 내 앞자리에 쓰러지듯 앉으며 작은 목소리로 한 말이었다. 그녀의 얼굴빛이 파랗게 질려 있었다. 그러자 밖이 소란스러워지면서 싸이렌 소리가 낮게 들렸다. 어쩌면 그 소리가 아까부터 들려왔었던 듯싶기도 하다.

그녀의 손을 잡고 출입문을 나왔을 때 구급차가 싸이렌을 울리며 우리 앞을 지나갔고, 그 뒤를 십 여 명의 사람들이 뒤따라 달려가고 있었다. 우리는 얼떨결에 인파에 섞여 십 여 분 동안 구급차를 따라 뛰어갔다. 빨간 십자가 표시의 작은 시골 병원은 몰려든 사람들로 입구가 막힌 채 길가까지 소란스러웠다.

강희가 두 손으로 내 왼팔을 끌어안은 채 오돌거렸다.

"노망할 나이도 아닌데 물귀신이 씌웠나? 허, 믿을 수가 없구먼, 육십 년은 짠물 먹고 살아온 영감이 그래, 제 안방같은 바닷물에 빠져 죽는 수도 있나? …… 미친 거지. 한밤중에 바다 한가운데로 배를 몰고 갈 까닭이 없지 않느냐 말이여.

경비선에서 그래도 금방 건져냈다는데 그리 쉽게 죽을까. 피붙이 하나 없이도 경우 바르고, 깨끗하게 늙어가더니만……. 아, 바람이나 불었다던가, 해일이라도 왔다면 또 모르지. 이 거울 같이 잔잔한 날씨에……. 육십 년 뱃놈이 어떻게 죽노? 태풍 속에서도 며칠씩은 버티는 게 뱃놈인데. 거, 알 수 없는 조화여."

소리들이 너무 많이 뒤섞여 나중에는 바람소리 같아졌다. 이십 여 분 지났을까, 웅성거리고 있는 사람들을 헤치며 경찰관 한 명이 병원 현관문을 밀치고 계단으로 나왔다.

"강노인 말입니다. 그대로 말입니다. 소생 못하고요. 인공 호흡에다 거 뭡니까, 심장 충격 요법까지, 의사들이 된통 애를 썼는데도요. 경찰들도 말입니다. 오늘밤 최선을 다했는데 말입니다. 결국은 유감스럽게도요, 운명을 달리하게 되어서 말입니다."

"죽었어?…… 허어."

누군가 그렇게 한 마디 했을 뿐 잠시 무거운 침묵이 회오리바람처럼 골목 안을 휘감아 버렸다. 강희가 곁에서 나를 붙잡지 않았으면 그대로 주저앉을 것같은 현기에 간신히 호흡을 가다듬고 그녀 손을 찾아 쥔 채 휘청거리며 골목을 빠져 나왔다.

방파제에는 조금 전과는 다르게 잔잔한 바람이 불고 있었다.

나는 귓속으로 달려가는 바람 소리를 들으면서 두 홉짜리 소주 한 병을 허겁거리며 구멍가게에서 사 왔다. 나는 소주를 일 회용 종이컵에 부어 방파제의 돌 위에 올리고 호흡을 가다듬었다. 온몸으로 오슬거리며 한기가 들었다. 어선들이 내뿜는 불빛은 밤이 깊어지면서 아까보다 더욱 화려한 불 그림자를 검은 일렁임 위에 수놓아 한결 멀리로 뻗쳐 나가고 있었다.

"밀물이나 썰물 같은 때 갑자기 멀쩡하게 잔잔한 수면 한 곳이 소용돌이로 변하기도 한다는 이야기를 들은 적 있어요."

"그게 아니야."

나는 마음속으로만 말했다. 그리고 따라 놓은 술을 불 그림자가 만들고 있는 수면 위의 화사한 길을 향해 가급적 멀리 뿌렸다.

"강희씨도 한 잔 따라요."

그녀 역시 나를 따라 소주 한 잔을 따라 멀리로 날렸다.

그 순간 강희가 뿌린 술의 입자들이 날아가는 방향으로 시선을 주었을 때 거기 반짝거리는 불빛의 입자들이 합쳐져 뻗쳐 나간 바닷길 아주 멀리에서 잠깐 고개를 우리 쪽으로 돌린 강노인의 모습을 나는 언뜻 보았다.

　아주 짧게 고개를 돌려 우리 쪽으로 고개를 돌려 미소를 보낸 것 같았는데 강노인의 모습은 금방 그 빛무리 속에 녹아들어 버렸다. 그리고 나는 조금 후 그 불 그림자가 만든 바닷길을 걸어가던 강노인이 전혀 절름거리지 않고 걸음을 옮겨가는 것을 확실하게 본 듯싶어졌다. ●

겨울 바다, 잠시 비 내리고

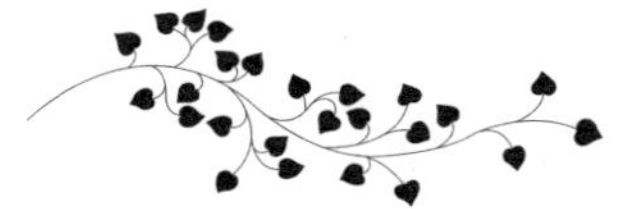

　어이, 젊은 친구, 사내자식이 눈물 함부로 흘리는 거 아니여. 사내자식이라는 것은 죽을 때꺼정 딱 세 번만 우는 것이여. 그런디, 미리 울어 불면 참말로 울어야 할 때 못 우는 것이거등……. 아줌니네 포장 지붕이 찢어진 모양이요. 빗방울이 낯바닥에도 떨어지는디……. 참, 아줌니는, 그래, 나 얼굴, 어디가 열 번도 더 울었겄다, 그리 써 있소? 잘못 봤어라……. 사능 거 바뻐 울 시간이 있어야 울제……. 우리 아부지는 나, 세상에 나오기 전 돌아가 부렀응게 울 수가 없었고, 불쌍한 어무니 죽어서 한 번 울고, ……죽어라고 뼈 빠지게 잘 되면 같이 되고, 못 되면 같이 망한다고 기 쓰고, 일한 공장 망하고, 사장놈 지꺼 챙겨 도망간 것 알고 나서 믿을 것이 없다, 싶어지니께 죽고 싶어서……. 세상살이, 다 시들해 만사 잊어 불고 물에 빠져 죽어 뿔끄나, 그리 생각하고,

젊었던 때, 기차 타고 종점꺼정 온 것이 여그 목포였는디……. 그 때, 여그 바닷가꺼지 와서 소주를 한 두어 되 묵었으까, 그래 한 번 울고……. 그라고는 오래 안 울었지라…….

　이 젊은 친구라? 나도 모르겄소. 기차 나 앞자리에 안거 있었는 디……. 어쩌다 보니께, 여그 포장마차까지 같이 왔응께……. 이 젊은 친구, 세상 살아감서 울 일이 억수로 생기고 허는 것인디, 그것도 모르고 울고 안 있소? …… 되었구먼. 안 울었다니께, 안 운 걸로 허먼 되제……. 그래, 술잔이나 들어. 다 이것도 인연이 니께……. 한두 시간도 아니고, 장장 여섯 시간도 넘게 같은 기차 로 와서…… 무슨 일인지는 모르겄지만 여그 목포 항구까지 와 서……. 이 한 삼동, 바닷가에서 찬바람을 나란히 마시고 앉았으 먼 그것도 작은 인연이 아니니께……. 이 사람, 뭘 영 모르는구 만. 아줌니한테 물어봐……. 객지 벗, 옛날부터 십 년이여. 객지 에서 만난 벗은 말이여, 10년 나이는 서로 벗해도 괜찮다, 그런 말이여. 언제 다시 볼지 모르는 이런 바닷가서는 원래 10년 아니 고, 30년은 벗을 해도 되고……. 그러니께 나하고 같은 기차칸에 실려와서, 이런 바닷가에서 이 찬 바람을 청승맞게 맞고 있는 인 연이먼 벗을 해도 된다, 그 말이여……. 벗이 뭔지 몰라? 친구, 친 구…… 왜 이상헌가? …… 괜찮어. 옛날에 그랬었다니께. 거, 소 크라테스라던가, 아, 그래도 자네는 야간학교라도 고등학교꺼 정 다녔다니께 알 것구먼, 그 영감 말이…… 아주 옛날인데도 말 이여…… 젊은 놈들 버르장머리가 없어서 세상이 큰 일이라고 걱정을 했다느먼. 수천 년 전부터 그렇게 젊은애들 버르장머리 없다고 어른들이 걱정을 했는디도, 세상은 요롷게 다 굴러가고 있다, 그 말이여…….

아줌니, 거 전어, 두어 마리 바싹 구워 보실라요? 나도 몇 해 전 이런 바닷가에서 몇 년 살어서 알지라. 이 매운 바람도 알고, 이 갯내를 나 알지라……. 전어는 대가리가 별미니께, 대가리는 누릿누릿 바삭바삭하게 구워야 쓸 것이요. 알고 말고요. 찬바람 나면 전어 대가리, 깨가 서 말이라고 그런 말, 나도 많이 들었지라. 전어야 회로 묵어야 쓰는디, 이 젊은 친구, 얼굴이 허여멀금 해가지고, 회로는 못 묵을 성싶소……. 아줌니 말대로 그럼 두 마리만 썰어 보시오……. 솜씨가 보통이 아니겄다 싶더구먼도 써는 솜씨가 프로요. 아까 딱 나가 아줌니 첨 볼 때부터, 저쪽 집 아줌니하고는 다르게 안 봐 부렀겄소? 맞소. 그것이 프로지라. 뭔 일이든지 프로가 좋고 말고라……. 멀리서도 탁 아줌니 얼굴을 보니 까무잡잡한 데다가, 보조개가 죄송스럽소만 꼭 죽은 우리 각시 맨키로 생겨 부렀습디다. 그래서 이리 얼릉 들어와 부렀당게요. 아줌니도 이 전어 한 점에 내 술 한 잔만 잡숴 버리시요……. 아이고, 고맙소. 우리 각시 연탄가스에 죽고는 여자가 따러 주는 술은 첨이요……. 그라믄요. 젊은 친구도 따러 주어야제, 나만 따러 주었다 그라면 평등 정신, 헌법 정신에 어긋나지라.

비가 오기는 쪼께 오겠소. 그래도 한 삼동 이런 비는 많이는 안

오는 것이니께……. 비오는 한 삼동 바닷가라……. 참 서울서 여그까지 기차 타고 와서, 밤바람 맞이면서…… 거그다 젊은 친구하고 소주 한 잔이라……. 사는 거, 사는 맛이란 것이 별 것 아니드랑께요. 젊어 한때, 이 항구꺼정 내려왔을 때는 땅 끝나고, 바다가 나오면, 그것으로 땡, 할라고 했었지라. 모든 걸, 땡……, 할라고 말이요. 그런디 밤 기차를 타고, 들인지, 산인지 아무것도 안 뵈는 깜깜한 풍경을 내내 보고 있자니, 하, 그 깜깜한 속에서 별 것이 다 떠올라 오드라고요……. 영화 한 장면맨키로, 얼굴도 모르는 아부지도 보이고, 불쌍한 어무니도 보이고…… 월남 갔다가 병신 되어 온 우리 성님도 보이고…… 많이도 떠올라오는디……. 그 때부터 다시 살았제라……. 많이 돌아댕기고, 사람도 많이 만나고 그리 살어야 되겠습디다……. 그래, 자넨 새파랗게 젊으니께 많이 돌아댕기면서 살어……. 말이여, 나겉이 가난해서 학교라는 것, 딱 국민학교, 요새는 초등학교라드만, 그거 끝내고, 우리는 다들 그랬제. 한 반에 둘셋이나 되았으까, 땅 마지기나 있는 집 아들이나 대처로 중학교를 가고, 나겉이 아부지도 없는 아그들이야, 빛나는 졸업장으로 땡이었제. 다들 그러니 그러려니 했제. 학교 다닐 때도 그 시절에는 다 그랬어. 보리 비고, 모심는 날은 집에서 새참 나르고, 동생들 봐야지, 학교가 뭐여? 그런디 그 때는 다 그러려니 했었단 말이여. 반항? 그런 말은 그 시절 있도 없었던 말이여……. 그 때는 농번기 방학이라는 것도 있어 가지고 한 일 주일 일하라고 그랬제. 하, 그 빈 들판에서 이삭 주서서 그걸로 벼 한 가마니를 채와, 그것으로 학급 주전자도 사고, 바께스도 사고 그랬구먼. 유리 깨진 것, 솥단지 깨진 것, 그런 것들 모아다가 그걸 팔어 학용품도 사고……. 그거이 영 자랑스러왔다니께……. 아니여, 궁상맞은 옛날 이야기 할라고 하는 거가 아니고, 요새 젊은 사람들은 첨부터 많이 있는 거만 보고 커왔거등. 다 그런 건 아니제……. 요새도 끼니 못 때우는 소년 가장 이얘기 나오고 하먼 가슴이 아퍼…….

여그 바다, 부두 어디서 배타믄 소록도 가는 길이 있지 싶은디, 문둥이들 사는 섬 말이어라……. 부두 어디서 그 때는 그 소록도 쪽으로 가는 배가 있었거등요……. 사장이 직공들 적금까지 챙겨서 튀어 불고, 공장 문 닫히고 나서는 참, 청춘이 서럽습디다……. 그래 그 때, 죽을라고, 우선 사람이 싫어져서 죽어 불라고, 그 생각하고는 여그 바다로 왔다가, 마지막으로 세상이나 쪼께 더 보고 죽자, 생각하고 찾어간 곳이 소록도였구만이라……. 옛날 이야기여. 사람이 세상 살다 보먼 되는 일보다 안 되는 일이 워낙 많으니께, 다 베리고, 한 목숨 끊어 뿔끄나, 겉으로 팔자 좋아 뵈는 사람들도 다 한두 번은 그 생각 들게 되어 있어……. 자네도 거기나 한 번 가 봐. 그 소록도…… 경치가 참 좋아. 소나무 빽빽하게 들어섰지, 가로수로 야자수나무 한들거리지, 물 맑고 바람소리 좋지……, 사슴도 놓아 먹이더구먼……. 인자는 약이 좋아지고 해서, 문둥병이 다 없어졌는지는 모르겄지마는, 거그 섬에 한 때는 6천 명이나 환자가 있었다든디……. 인자는 한 천 명도 없는 거 겉드라고……. 천 명이 아니라, 아마 몇백 명밖에 없을 것이여. 인자…… 그 소록도 가면 제일 중환자가 사는 곳이 있어. 그곳이 중앙리인디…… 그러니께 여러 해 전, 교황님이 헬리콥터로 거그 운동장에 직접 안 내리셨소?…… 교황님이 거글 다녀오셨거등……. 운동장에 내려서는 그 맨땅에다 교황님이 입을 맞추는디, 그걸 보고 환자들이 많이 울었다고 그러더라고요……. 나야 곧 죽기로 마음먹은 놈이었는디, 무슨 조화였는지 그 중앙리라는 곳, 중환자들이 얼마나 지독하게 병이 들었는지 그걸 한 번 보고 싶더라니께요……. 사람이 이상한 것은 죽을라고 마음을 먹고 보니께, 아직 못해 본 일 겉은 걸, 해보고 죽어야 쓰겄다, 그런 생각이 들더라니께요. 그래서 거기 중앙공원…… 참 나무들 잘 가꾸어 놓았어. 조금 성한 환자들이야, 나라에서 먹을 거, 입을 거, 다 주고 할 일 없으니께, 그런 데다가 신경 쓰먼서 세월 보내는지, 참 그 정원은 보통 잘 가꾸어 놓은 것이 아니여…….

사람이 그러더라구, 에라, 죽어 삐리자, 해놓고는, 내가 물에 빠져 죽으면 몸이 퉁퉁 불어서 영 흉할 것인디, 갈치 같은 고기가 사람 시체를 먹는다는디, 고기가 나를 어디부터 뜯어 먹을라나, 그런 생각을 하기 시작하면 그건 이미 죽기가 틀린 것이다, 그런 이치는 알겄드라고……. 뭐라고라? 해삼도 사람을 뜯어 묵는다고요?…… 낄낄낄…… 고것이 술안주로는 괜찮은디, 고것이 고런 성질이 있어 부렀구만……. 어이, 젊은 친구, 우리 해삼 한 접시 묵어뿔세……. 아줌니, 그 해삼 한 접시, 썰어 묵어 부러야겄

소…… . 묵어 봐. 오돌오돌 씹히는 것이 별미랑께…… . 이놈의 친구야. 이런 것도 우두둑 우두둑 못 씹어 묵으면 연애도 못하고, 죽지도 못허고 그러는 거여…… . 그래, 소주를 한 병 더 해부러야 쓰겠네. 이런 디서는 30년은 친구랑께, 그래 한 잔 묵고, 나한테도 한 잔 따러…… . 술도 잘만 묵으면 약이고말고, 많이 묵어 놓으니께, 요 술이 사람을 묵제, 사람이 적당히만 묵으면, 이것이 약이고말고…… . 참 내가 소록도 문둥이들 이야기하다가 옆으로 샜네…… . 그 중앙공원을 걸어서 교황님이 헬리콥터로 내린 바로 그 운동장을 건너가면 거그가 바로 중앙리라, 이렇게 되어 있거등. 무슨 학교 분교같이 생긴 것이 바로 그 환자들 사는 디여…… . 육신이 아직 괜찮은 사람들은 다른 동네에서 살고, 거그는 완전히 다 망가진 환자들이여…… . 창 너머로 방안을 안 들여다 보았겄어? …… 하이고, 숨이 턱 막혀 불드만…… . 양손이 없는 것이여. 두 다리도 떨어지고 없어…… . 자네 한번, 생각해 봐, 사람이 손도 없고, 다리도 없어…… , 거그다 머리털도, 눈썹도 다 빠지고, 코, 귀도 반씩은 없어져 가지고…… . 그래, 비슷비슷한 환자들이 한 방에 너덧씩 있는 거 같던디…… .

그런 사람들이 밥을 묵어, 아줌니도 생각해 보씨요…… . 손발 없이 어떻게 밥을 묵을지…… . 참 환장하제…… . 굼벵이여, 꼭 굼벵이가 꿈틀꿈틀 하는 것같이 방안을 이리저리 구르먼서, 그래도 입으로 밥을 먹는 거를 보다가 그 자리에 주저앉을 거 같드라니께…… . 보통사람한테 물어보면 육신이 그 지경 되면, 머리라도 깨서 죽어쁠 것 같은 디, 그 모진 목숨이 그리 질겨서 하루라도 더 살겄다고, 뒹굴뒹굴 몸뚱이만 남은 그 육신을 굴려 한도 없이 먹을 거를 입에다 집어넣어……. 얼굴이고, 남은 몸뚱이고, 방바닥이고…… 하이고, 정신없이 공원까지 도망을 간 거같이 거그를 빠져 나가서, 나, 손을 들여다 보았구먼……. 돌아나오면서 나가 나 손을, 나 다리를 한번씩 쓸어보고 생각했다니께……. 저래가지고도 사는디, 내가 왜 죽어? 저래서도 살라는디……. 고개를 흔들고는 배타고 섬을 나오면서…… 하늘 한번 더 쳐다보고, 바다 한 번 더 쳐다보고, 내내 그러면서, 아니다, 안 죽는다. 나가 왜 죽나? …… 그랬다니께……. 사람이 죽어 삐리자, 그런 생각이 일생 살다보문 몇 번은 다 있는 것이제, 젊은 친구한테 그 말이 하고 잡었어……. 달랑 초등학교 나와 배운 것 없고, 가진 것 없어도, 그 환자들에 대면 얼마나 많이 가졌는가, 그 생각이 들어서 휘파람이 다 나왔어……. 소록도서 건너오믄, 거그가 녹동이라고 쬐그만 항구가 있거든. 그 때 죽기 전, 몇 군데 둘러본다고 떠난 놈이 특별히 갈 곳이 있었겄어? 돈이 많이 있었겄어? 그런디, 거그 항구서는 맨날 배에서 짐 내리고, 올리고 하다 보니 늘 짐꾼들이 많어……. 요새 같으면 일용직이여. 거그 서서 멀그머니, 그 일하는 걸 보고 있었는디, 십장이었겄제, 나를 딴 사람으로 알고, 소릴 질러. 어, 장씨 뭐하는 거여? 이거 빨리 안 옮기고? 배에서 그 때 산겉이 쌓인 말린 미역을 내렸어. 참 그 때부터, 나는 원래 내 성이 박씨여……. 그런디 장씨가 되어 부렀당께. 얼떨결에 사람들 틈에서 한참 땀을 흘렸는디, 새참이 나와,

아나고라고, 아능가, 모르겄다, 바닷장어지, 무를 삐져 넣고, 이것으로 국을 끓여 한 대접씩에다가 됫병 소주를 대 크라스로 하나씩 돌리는디, 하이고 그 맛이 참 기가 막혀 부러. 그 맛에 반해 가지고는, 거그서 4년을 내리 살어 부렀당께…….

　거그 가까운 섬에서 각시도 얻고…… 이쁘지는 않았어. 콩자반 맨키로 꺼멓고 조막만한 얼굴에다가…… 말도 못하고, 듣도 못 했어도, 그리 심성도 고왔는디……. 다 운명이제라. 아줌니, 한 잔만 더 따라 주시오. 고것이 갯것을 잘 했어라. 아침에 눈뜨면 호멩이 하나 들고 갯바닥 나가, 낙지에다가, 기에다가, 해삼, 고동, 청각, 파래, 금방 들고 들어와서, 조물조물 반찬 맹글어 아침 상에 올려 주었제. 나한테는 과한 각시였지라. 나, 인생에서 그 몇 년이 젤로 행복했을 것이오. 사람이 그 때는 몰라라……. 다 지나고, 인자 절대로 그 시절로 돌아갈 수 없게 딱 되야 부렀을 적에서야, 그 시절이 행복했었다, 그리 되는 것이 사람 사는 이치입디다. 어떤 미친 점쟁이 할망구가 우리 각시 인중이 짧어서 명이 짧겄다고, 그것도 물에 빠지는 운이 있다고 한다고 해서, 아, 지 기저구 차기 전부터, 지 이불 속겉이 들어가고 나온 바닷물을 조심허라니……. 기도 안 찼지만 살먼서 그것이 영 자꼬 거슬립디다. 거그서 갯것 뜯어 묵고, 그리 살어야 쓰는 것을 서울로 간 것이 죄지라……. 이 대명 천지. 과학이 어쩌고 저쩌고, 외국돈이 얼마가 있다고 해싸도, 서민들 사는 세상이야 어느 세월이고 다 마찬가지여라. 기름 보일라…… 전기 보일라 그런 거, 다 남의 동네 이야기지라. 썩을 년, 이 대명 천지, 새 천년이 되었다는 디……. 그놈의 연탄가스가 각시를 데려갈지 누가 알았을 것이요? 한 잔 더 묵을라요……. 아부지는 얼굴도 몰라 돌아가서 아부지 죽고는 안 울었응께, 그 몫으로 살아 생전 귀 먹어, 무슨 소리 한번 지대로 듣지도 못하고, 허고 잡은 말 있어도, 덧니 드러내어 웃고, 콩자반 얼굴에 보조개 맨들어 웃으면서 그렇게 살다가, 나겉은 못난 사내 만나, 지하실 방에서 연탄 때다가 죽은 것이 너무 원통해서, 고년 죽고, …… 우리 각시 허망하게 죽고 참 많이 울었구만이요. 한 잔 더 묵어야겠소. 사실 오늘이 각시 죽은 지 똑 1년 되는 날이요. 누가 알어줄 것 아니지만도 나, 혼자 죽은 각시 1년 복을 입고, 오늘 그것 벗는 날이요. 울쩍해서 그년 낳고 살어왔던 바닷물이나 실컷 보고 와야 쓰겄다, 고년 혼백, 인저 지 살던 바다로 보낼라고……. 그래서 기차를 타 부렀소…….

글씨, 나가 기차에서 딱 본께로 가차운 사람과 이별을 안 했으면, 영영 죽어 사별을 하고, 허망한 마음으로 옛날 젊었을 때 나맨키로 바다에나 한번 가보고 죽어 뿔꺼나, 그런 기운이 얼굴에 쓰였더라니께……. 아줌니도 참, 나가 무슨 관상을 보겄소? 밑바닥에서만 밑바닥에서만 살다 보니께, 암만 해도 서러움 많은 사람들을 많이 봐 왔겄지라……. 그러고 톡 까놓고 그요. 요새 젊은 사람들도 저희네들은 저희들대로 속상허고, 괴로운 일이 어찌 없을까마는 그래도 배고파서 쓰레기통 곁에서 눈물 흘려본 사람은 그리 많지 않을 것이요……. 요새 젊은 사람들…… 하도

옆에서 공부, 공부 해싸니께, 그거이 싫다고 집 나오고, 사내 계집들 너무 쉽게 만나니께 쉽게 헤어지고, 그것으로 또 속상하고 그러는 모양입디다마는…… 그런 것이사 어느 세상에나 다 있었던 아니겠소? …… 조금 마셔도 되어. 더러는 술이라는 것이 약이 된다니께……. 그라고 술이 그래……. 어른하고 마셔 버릇하는 게 좋은 거여……. 암만 해도 또래들끼리 마시다 보믄 함부로 마시고 해서 실수를 허거등…….

나, 살던 디, 가차이 주유소가 하나 있는디, 거그서 일하는 아그들, 인자 고등학교 1학년이나, 그리밖에 안 된 아그들이어서 가만히 봤더니, 다 즈이 집들 괜찮게 사는 집 아그들이 하도, 공부, 공부 해쌓는 것이 죽는 것맨키나 힘이 들어서 나왔다고 하는 애들이 있드랑께요. 애비, 에미 이혼해서 할 수 없이 지 혼자 살아가는 아들도 있고, 학교공부는 못 따러 가겄는디, 속없는 애비, 에미는 곧 죽어도 서울에 있는 대학 가라고, 다그치제, 숨이 맥혀서 죽을 거 같어, 에라 집 나와서 그런 디 있는 아그들이 있습디다……. 하기사 그래 가지고도 마음 잡은 놈들은, 다음에 검정고신가 뭐 봐 가지고, 지 힘으로 지 하고 잡은 공부 찾어 야간대학도 가고, 전문대학도 가서 성공하는 아들도 있다드만요……. 그런디도 속 창어리 없는 놈들도 너무 많어라……. 언제까지 지가 청춘이고, 나이도 안 묵을 거 같이…… 지 놈들은 나이도 안 묵고, 항상 그 나이인 중 알고 무슨무슨 표 옷 사고, 무슨무슨 표 구두 사고 할라고……, 또래 여자아 들하고 나이트 갈 돈 벌라고 집

나왔다고도 하고, 돈 벌어서 오토바이 살라고 집 나왔다고 하는
놈도 있어라……. 그래서 영 나쁜 곳으로 가는 아그들도 많이 있
는갑디다……. 다 그러는 것은 아니겠지만도 집 나와서, 여자 아
그들, 힘 안 들고 돈 쉽게 벌라고 술집 겉은 디로도 빠져 뿔고 하
는갑디다……. 그 중 참말 착한 아그들도 있어라……. 쉬는 날,
고아원 가서 더 불쌍한 아그들 돌봐주고, 양로원 봉사 가서, 노인
들 목욕시키고, 밥 멕여주고……. 그리 오는 아들 보면 콧마루가
시큼해집디다……. 그 아들이야 다 복을 받을 것이요……. 포장
마차에서 국수 파는 집이 있어 혼자된 후로 자조 가고 해서……
주유소서 일하는 아들 얼굴이 익고 해서, 즈그 하는 이얘기들을
많이 들었제라……. 아줌니도 한 잔만 더 하시오……. 비가 만히
와 불랑가? 좋지라. 겨울에 비바람, 바닷가에 앉어 혼자 맞어 보
지 못한 사람은 인생을 모르지라……. 이 친구, 시방 또 울고 있
는 거, 아니여? …… 허어, 사내는 일생에 딱 세 번만 우는 것이라
니께…….

 아, 그랬었구나……. 그 소리 들으니, 내가 도리혀 미안해 뿔구
먼……. 어쩔 것인가? 한번은 다 이별을 허게끔 세상 운명이 그
렇게 만들어져 있는 거를……. 아부지가 돌아가셨다고 안 허요?
월남전서 고엽제 맞어가지고, 고생고생…… 어린 아들한테까지
고생시키고 떠나셨다고 안 하요? …… 어무니는 일찍 집나갔
고……. 그래 그 놈의 전쟁이 뭣인지…… 나도 그 말 안 할라고
했는디, 나도 나 위로 하나 있던 성님이 자네 아부님하고 똑같었

어……. 나하고는 나이 차이가 많이 졌제……. 뭐할라고 월남전
에 지원을 했는지 나, 어렸을 때였응께 깊이는 모르제……. 애비
도 없이 가난한 집 큰아들, 홀로 된 어미에다 동생꺼정…… 제대
할라고 생각해 보니 짐이었겄제……. 그 때만 해도 월남전에 가
서 죽기만 안 허문 한 밑천 잡는다고 했을 때니께……. 자네 아부
지도 마찬가지였을 것이여……. 가진 재산 뻔하고, 배움 없고,
어쩔 것이여? 잘 하면 한 밑천 잡을지도 모르고, 거그다 한참 혈
기 왕성할 때 아니여? 나라도 그 때 나이 되어 군에 있었으면 틀
림없이 자원했겄제……. 맞어, 이 총각 아부지하고, 우리 성님하
고 똑같다니께요……. 그래도 겉으로 사지 육신 멀쩡허게 살어
돌아 왔으니께, 식구들이사 얼마나 고마웠겄어? …… 겉으로 멀
쩡해 뵈는 삭신이 속으로 그리 멍이 들어온지 어찌 알았겄어? 그
것이 고엽제 병이여……. 온 몸이 아프니께, 날이면 날마다 술로
세월 보내고, 송장겉이 안방 차지허고 그라고 잡어서 그라지 않
었겄지만……. 날마다 신경질만 부려대는디, 물론 그러고 잡어
서 그러는 거, 아닌 거 알제만 같이 사는 식구들이 옆에서 말러
죽제……. 자네 어무니만 집 나간 것이 아니여……. 나도 보따리
싸서 나오면서…… 앞으로 집 쪽에다가는 오줌도 안 누고 살라
고 했응께……. 그래도 자네 어무니, 어디선가 살아먼 기시면 또
만날 기약이라도 안 있겄능가, 나사 죄가 많어……. 성님 죽은 지
도 모르고 있다가, 어찌어찌해서 홀로 된 어무이 찾아갔을 때는,
어무이도 새끼들헌티 다 뜯겨먹은 거무가 되어서 포소송 무너앉
어 재가 다 되었더구만…….

공사판서 IMF때 다 망해서 노숙자 생활하다가 잡부 노릇 같이
했던 김씨라고 유식한 친구 하나가 있었는디……. 짐작컨대 대
학꺼정은 몰라도 고등학교 공부는 한 사람이 분명했어……. 그
친구, 무슨무슨 약초같은 거, 벌거지, 꽃, 매미, 사마구, 거무, 그
런 거 참 많이 알았어……. 재미있었어. 많이 배왔제……. 그 사
람한테서 매미란 것이 땅 속에서 7, 8년을 있다가 세상에 나와서
길어봤자, 열흘에서 보름, 그리 살다가 후손 냉기고, 죽는다는
소리 듣고는 그 전에는 매미만 보면 만날 욕을 했거등. 저놈의 매
미새끼들은 일도 안 하고, 싸가지 없이 노래만 하고 자빠졌다
고……. 그런디 친구한테 그 소리 듣고, 가만 생각해 보니, 세상
미물한테서도 배울 것이 많이 있구나, 했제……. 사마구는 암놈,
수놈이 교미만 하고 나면, 암컷이 수놈을 아그작아그작 잡어 묵
어분다고 해서 그런 잡것이 어디 있겄냐, 했드만 그것이 다 암컷
한테 영양을 줘서 지 후손이 뻗어 나가라는 이치라는 소리도 들
었고, …… 거무란 놈은…… 맞어, 그거 거미라고 해야제. 습관
이 되어갖고는……. 이름은 들었어도 잊어부렀제, 그 거무……
아니, 그 거미도 종자가 하도 많으니께, 어떤 종자인지는 모르것
어……. 거무 암놈이……. 알었어. 거미 말이여. 고것이 실을 뽑
아서 집을 지어 가지고는 그 속에다가 알을 다 낳아 놓고는, 마지
막 그 집 지붕을 안에서 막어분다고 하드라고……. 훗날 알에서
제 새끼들이 나오머는 우선 급하게 먹을 것이 없응께, 그때 그 지
어미 몸이라도 다 뜯어묵고 기운 차려 세상으로 나가라고 구녕
을 막고는 엎져서는 알에서 새끼 나오는 것을 기다린다고 하더

라니께……. 우리 어무니 찾어 보았더니, 이미 성님이 다 뜯어 묵고, 집 나간 나가 나머지는 속은 파묵어서 껍질만 그리 남어서 사그러 들고 있었어……. 직접 파묵는 것만 묵는 것이 아니제…….

암만 해도 무슨 사정이 있겄다, 싶더니만 그리 되었구먼. 효자구먼……. 아줌니 그러제라? 요새 젊은 사람들, 물려준 재산도 없이 자식 고생만 시키던 애비, 죽을 적 한 마디 했다고, 지 애비 뼈다귀 싸 짊어지고, 여그 땅 끄트머리 바다까지 휘청휘청 찾어오는 자식이 쉽게 있을 것이요? …… 그거이 쉬어 뵈도 쉽지가 않지라……. 지지리 어린 아들 가슴에 못 박어 가면서, 숨 거둔 그 애비래도, 그 애비, 숨 넘어가기꺼정 그리 못잊어 했던 땅이었으니께, 뼈 가루라도 바다로 흘러 흘러서 청춘이고, 인생이고 다 바친 그 월남 땅에 가서 다시 건강한 청춘으로 살어나라고 애비 뼈 가루 안고, 이 바닷가꺼지 찾어온 그 자식 맘을 나는 알 거 같구먼……. 누구 잘못도 아니여……. 그 시대에는 그것이 옳았으니께……. 남의 나라 전쟁에다 목숨 바치고, 청춘 바치고 그랬던 것이니께……. 어느 애비가 제 자식들 잘 먹이고, 잘 입히고 하잡지 않은 사람이 어디 있었어?

각시 살었을 때는 나도 통 말을 안 했어. 그거이 이상한 거는 말을 안 해도 서로 다 알어 불게 되드랑께……. 시방 니가 무슨 말, 하고 잡구나, 다 알어부니께 별 성가신 거를 모르고 살었제……. 생각하면 우리 사람들이 너무 말을 많이 하고 사는 거 겉다, 그런 생각도 많이 들어……. 너무 말을 많이 허니께, 자꼬 헛소리가 되고, 거짓말 되고 그러는 것 같드라니께……. 젊은 친구, 참 말이 없구먼……. 그래도 무슨 생각허는지, 버버리하고 오래 살아서 나는 다 짐작이 되어 불그먼……. 하이고, 아줌니, 나가 무슨 장가를 또 가요? 세상에 한번 나왔다가, 한 사람 하고 인연 되었으면 그것으로 되었제……. 아부지, 어무니가 못났다고 어디 시장 가서, 물건 골르듯 바꾸고 새로 맨들고 그리 하겠소? …… 부부도 마찬가지여라……. 모르겠소. 이 젊은 친구도 보니께, 심지가 굳어서 한 여자 만나먼 그 여자하고 평생 해로하먼서 그리 살 것 같구만이라…….

한 잔씩 더 따러 주시오. 그라고 아줌니도 우리 사정 다 알아 부렀응께, 오늘 초상집 조문 오셨다, 생각하고 한 잔 같이 해붑시다. 밤바람도 차고 비꺼정 오는디 인자 뭐 손님이 또 오겠소?

한 삼동 이런 밤바다 앞에서 귀때기 떨어지게 찬바람 맞이먼서 더러 혼자 서 있어 보기도 해야 쓰는 것이여. 그라다 보면 살아온 일들이 꿈도 같고, 허깨비도 같고, 한번만 다시 살어 보았으면 그리 안 살았을 것이라는 후회도 오고 그러는 거거등……. 저 놈의 시커먼 물결, 저 일렁일렁 달겨드는 시커먼 물을 보고 있으면, 인간지사가 허망하기도 하고, 살어온 세월이 다시 보이기도 허고……. 이런 바람, 저런 물소리는 세월 지나도 하나도 안 변하니께……. 그래서 살다가 더러는 이 힘든 세상, 딱 끈을 놓아 부리고 죽어 부러야 쓰겄다, 그런 생각했던 것도 이런 디서 밤비를 맞어보면 또 달리 생각이 들기도 하고……, 억울했던 일도 어쩔 것이여? 저 울렁울렁 달겨드는 시커먼 물결 보고 있으먼 세상사가 하찮아지고 고러는 것이거등……. 젊은이하고 나하고는 인연치고는 신기헌 인연이여…….

　나가 여그까지 와서 술 처먹고 바닷물에다 눈물 한 방울 찔끔 흘린다 해서 죽어 부린 우리 버버리 각시가 살어 올 리도 만무하고, 나라에서 열부났다고 표창장 줄 것도 아니지마는…… 그래도 인연이라고…… 부부라고 살 비비며 살었던 정이 이렇게라도 해야 조금 가시겄다 싶어서 여그를 찾아왔는디……. 한 사람은 보니께, 아부지라고 어린 자식 가슴에 못만 박아놓고 떠난 아부지인디, 그래도 자식된 도리, 죽은 아부지, 그리 가시고 싶어했으니께, 마음으로라도 성한 육신으로 있던 그 월남 땅으로 가시라고, 그 아부지 보내줄라고, …… 청춘 다 내비리고 온 그 월남 땅으로 영혼이라도 가시라고, 여그까지 왔으니껜…… 자네가 나보다 한 수 위여……. 나사, 우리 성님, 날마다 술만 취해서 소리 지르고, 삐삐 말라가는 것이 보기 싫어, 불쌍한 어무니 혼자 그 성님 뒷감당하게 하고, 우리 성님이 우리 어무니 껍질꺼정 다 뜯어 묵을 때까지 집 밖으로 도망을 갔는디…… 자네는 나보다 한 수 위여…….

　자네 아부지나 우리 성님이 가고 잡어서 간 전쟁터도 아니겄

고, 그 빌어먹을 고엽제 맞을라고 간 것도 아니었겄제만…… 그
것이 운명이고 세상인디, 어찌할 것이여……. 그래, 잘 생각했
네. 비까지 오고, 파도도 높으니께, 잔잔한 날보다는 빠르게 떠
나시겄네. 조심허고…… 그냥 거그서 한 주먹씩 넣어 부러…….
아부지, 인자 가시고 싶은 디로 가셔서, 옛날 부상 당허기 전으로
가셔서 건강하게 돌아다니시오…… 그럼시롱 뿌려 디려…….

　나는 시방 딱 1년이 되었거등. 고년 그리 더럽게 죽을지 알았으
면 연탄같은 거 안 때고, 추우면 둘이 끌어안고 덜덜거리드라도,
그냥 지냈으면 죽기야 안 헐 것인디…… 다 끝난 이야기제…….
그러제…… 여그 바닷가서 그냥 지냈으면 쉽게 죽기야 했겄어?
물 조심을 해야 쓴다고, 인중이 짧어서 그리 오래 못 살 것이라
고, 그 망할 점쟁이가 하는 소리만 안 들었어도 갯거 뜯어 묵으면
서, 버버리로 버버거리면서 시방도 살았을 거 아니여?…… 우리
각시, 나 만나 죽은 것이여……. 그래서 각시한테 그 소리를 하고
잡었어. 니 살던 디, 갯바람 부는 디로 다시 왔으니께…… 나가
살아 있는 동안은 우리 각시 나 맘속에 살어 있응께…… 나하고
여기까지 같이 온 것이제……. 인자 보내줄라고……. 죽은 사람
너무 오래 품고 있어도, 저도 괴로울 일이고……. 1년 동안, 내 오
묵 가슴 한가운데 살고 있었으니께, 인자 보내 줄라고…… 인자
그 막혔던 귓구녕 휑 뚫려서, 무슨 소리든지 다 듣고 살어라…….
바람소리, 물소리, 그 끼드둑끼드둑 울어쌓는 갈매기 소리도 다
듣고……, 니 보고 콩자반 같다고 수근수근대든 소리. 가무잡잡

한 것이 보통 아니겄어. 고기도 검은 고기가 맛있다고들 안 허등 가…… 그런 소리까지 다 듣고, 니가 하고 잡은 소리, 맨날 히벌쭉 덧니 내놓고, 볼태기에 보조개 만듬시롱 늘 웃는 얼굴만 말고, 늬 하고 잡은 욕도 하고, 하고 잡은 노래도 하고…… 인잔 그래 살어라……. 그리 이야기 할라고 내 1년 된 날, 옛날 나 죽을라고 찾아왔던 이 바닷가로 온 것이여…….

자네도 자식 속 끓이던 아부지였제만 다시는 못 본다, 생각하니께, 새록새록 불쌍해 지득키 사람이란 것이, 이승하고 저승하고 갈라져 분 다음에사, 그 사람이 나하고 어쩐 사이였는가, 그거를 알게 되는 거 같어……. 어서 술 한잔 따러서 훨훨 보내 드려……. 네 아부님은 갈 길이 머시잖어? 월남 땅까지 가실라면 아무리 영혼이래도 한참 걸릴 것 아니라고……. 빈 잔, 나를 좀 주소……. 생전 못 본 어른이래도, 우리 성님하고 같이들 그 썩을 놈의 전장터에 기셨던 분잉께, 나도 한 잔 안 따라 드려야 겄는가…….

그럼 그렇게 하소. 우리 각시도 요새 청년들 안 같게 심지 꼿꼿하게 생긴 자네겉은 사람, 지 할 일 하면서, 꼿꼿이 살어갈, 싹수 뵈는 젊은이 따러 주는 술 어디 마다 하겄능가?

울기는 나가 어째 울겄능가? 인자 보내주는 마당인디……. 지난 1년, 지가 떠나고 잡어도, 내 오묵가슴 밑에 내가 워낙 깊이 품고 있었응께…… 차마 못 갔겄지만 인자 보내 줄라네. 생사가 다르고…… 이승, 저승이 다른디, 너무 오래 품고 있어도 혼은 얼마나 성가셨겠능가……. 아, 이거…… 금반지여……. 큰 거는 아니고, 두 돈 짜리…… 십 년을 같이 살먼서, 한번은 나가 지 손구락에 직접 끼워주고 잪었는디…… 나가 못나서…… 훗날 해 주자, 해 주자…… 그랬드만 이대로는 한이 될 것 같어서, 나가 한이 될 거 같어서…… 오늘 각시 보내주먼서, 줄라고 마련했제……. 울기는 나가 뭘 울겄능가? …… 남자는 딱 세 번만 울어야 한다고 옛 어른들 말씀이 기셨는디…….

비가 쪼께 많이 올라는가 보네……. 자네도 우는 거 아니겄제? …… 맞네……, 빗물이여……. 바람이 부니께, 고놈의 빗물이 자꼬 낯바닥에 내려와서 그러는 거제……. 맞어…… 나 얼굴도, 자네 얼굴에도 그거이 빗물이여.

내 친한 친구, 말미잘

'김태수(金太守)' 라는 이름을 듣는 순간 나는 반사적으로 수화기를 든 채 벌떡 일어섰다. 다리가 휘청거리는 느낌에서 빠져 나오기도 전, 수화기 저쪽에서 겔겔거리는 그의 웃음소리가 이어졌다.

"이 사람, 놀라기는? 고향 친구, 태수, 김태수."

"말미잘?"

엉겁결의 내 반문에 그는 한참을 겔겔겔…… 그렇게 웃었다.

이틀 전 한국에 들어왔고 맨 먼저 보고 싶었던 것이 나였다고 했다. 내일 회사 근처 호텔 커피숍에서 연락을 하겠다며 그는 전화를 앞서 끊었다.

창 밖으로 비구름이 뒤엉켜 흐르고 있었다.

충격이 풀리면서 그 얼굴을 떠올리자 실실 웃음이 밀려 나왔다.

"부장님 반가운 소식이라도 있으신 모양이지요?"

앞자리 미스터 최가 서양 애들처럼 어깨를 으쓱해 보였다.

"'말미잘' 이라고 내 초등학교 때 친구가 있어……."

대꾸를 하고 나자 가슴 안쪽에서 웃음이 밀어 올라와 나는 두 손에 얼굴을 묻으면서 실성한 사람처럼 웃음을 토해냈다.

"부장님 웃으시는 모습 오랜만에 봅니다."

평소 잘 웃지 않았지만 명예퇴직 송별회를 치루고 사물함 정리를 하던 며칠 사이는 웃음을 보일 여유도 없었지 싶었다.

부원들끼리 간단히 소주나 한 잔씩 나누자고 해서 그러자고 한 참이었다. 부원이라야 나를 빼면 여섯, 둘이 출장중이어서 나까지 다섯이었다.

"미스 서, 미스터 큰 김, 작은 김, 미리 한잔씩 걸쳤을 겁니다."

"괜히 서로 번잡스러운 것 아닌가?"

"삼겹살에 소주 한 잔이 복잡할 게 뭐가 있습니까?"

10년 넘게 지각 한 번 없이 매일 드나들던 사무실 계단을 내려오면서는 잠시 가슴 안쪽에 휑한 기분이 들기도 했다.

"그런데 부장님, 그 친구라는 분 이름이 좀……."

"아, 말미잘? 이름이 김태수야, 고향 친군데 어렸을 때 하도 부잡스러워서 별별 말썽을 다 부렸거든. '말미잘' 별명은……, '말미잘' 이 뭔지나 아나?"

"저 해풍 받고 큰 갯놈입니다……. 썰물 때면 바위틈에, 갯바닥에 너울너울 그게 얼마나 많았는데요."

"술집 가면 미스 서도 있고 하니까, 말미잘 이야기, 거기서 꺼내기는 뭐하고 말야……."

나는 초등학교 저학년 시절, 갯벌에서 놀던 이야기를 간단히 재구성해 들려주었다.

갯가에서 자란 사람은 비슷한 기억들이 있겠지만 장난감이나 놀이터가 없던 아이들은 더워지기도 전부터 갯벌이 놀이터였다. 입은 옷을 언덕에 팽개치고 발가벗은 채 고동이나 조개를 잡느라고 썰물이 된 갯벌을 뛰어다니고 뒹굴고 했다. 한참을 놀다가 해가 기울면 우리는 햇볕으로 달구어진 갯벌바닥에 한참씩 엎디어 있곤 했다, 알몸에 닿는 따뜻한 펄 흙의 감촉 때문에 썰물이 들어오는 것을 모르고 있다가 혼이 난 적도 여러 번이었다.

"그 친구가 하루는 그 펄 밭에 있는 말미잘한테 고추를 물린 거야. 작은 고기나 바지락을 먹어치우는 말미잘한테 그걸 물렸다니까……."

"부장님은 무사하시구요?"

"아, 이 사람아. 나는……."

"그 말미잘 뿌리, 돌멩이 같은 데 깊이 붙어 있던데……."

펄 흙을 상당히 깊이 파내어 말미잘 뿌리 붙은 돌멩이를 끄집어 낸 후에도 주머니칼로 고추에 붙은 말미잘을 조각조각 찢어낸 뒤에야 그 친구는 자유를 찾았다. 그런데 말미잘 뱃속의 게껍질, 조개껍질 조각들이 친구 고추에 가로 세로로 꽤 많은 상처를 남겼던 것이다. 친구는 울면서 그 일만은 비밀을 지켜달라고 했

고, 나는 약속을 지켰지만 졸업 때까지 그 친구 별명이 정식으로
는 '말미잘에 좆 물린 놈'이었고, 줄어들어 '말미잘'이 되었던
것이다.

미스터 최는 걸음을 못 옮기고 허리를 꺾더니 나를 빤히 올려
보았다.

"친구 사이라는 게……, 원래 유유상종이라는 말이 있지 않습
니까?"

"이 사람아, 나는 10년 동안 회사에 지각도 않은 사람이야."

둘의 얼굴에 웃음기가 남았던지 삼겹살집에서 기다리던 친구
들 눈이 반짝거렸다.

"부장님 초등학교 친구 분 전화가 몇 해만에 온 거야. 그런데 그
분 별명이 뭔지 알아? '말미잘'이야. '말미잘'……."

"그게 뭔데요?"

미스 서가 제일 먼저 호기심을 보였다.

"도깨비 같은 친구가 하나 있었어……. 그냥 엉뚱하고 재미있
는 놈이."

화제를 바꾸려고 했지만 미스터 최가 또 웃음을 터뜨리는 바람
에 그 친구의 '똥 장사' 이야기를 하나 더 하고 말았다.

'말미잘 사건'이 나고 한두 해가 지났던 듯싶은데, 그 무렵은
회충 감염자가 많아 학교에서 매년 '변 검사'라는 것을 하고, 학
생들에게 구충약 '산토닌'을 나누어 먹였다. 비닐 같은 게 없던
때여서 '변'을 받아 학교로 가져가는 일이 썩 쉽지가 않았다.

"에라, 모르겠다, 몇 대 맞고 말지."

빈손으로 등교한 아이들에게 공포의 시간이 다가왔다. 담임이 무섭기도 했지만 지난해 담임을 했던 학생들 이야기로는 변을 안 받아온 학생들은 당장 집으로 내빼는 것이 나을 것이라는 충고였다. 야구방망이로 엉덩이에 피멍이 드는 것까지는 참을 수 있지만 친구들 앞에서 신문지를 깔아 놓고 바지를 까고 앉아 기어이 변을 보아야 한다는 것이었다.

나를 위시해 10여 명의 학생들 얼굴이 샛노랗게 변해 버렸다.

그 때 '말미잘' 이 운동장 한쪽 미루나무 아래에서 우리에게 손짓을 했다. 헌 장판 종이에 누런 변을 한 무더기 가져다 놓고 그는 성냥개비로 사탕 한 개만큼씩 변을 덜어내어 신문지 조각에 올려놓고 팔고 있었던 것이다.

아이들은 우르르 몰려가 얼마씩 돈을 내고 그 변 한 조각씩을 나누어 받고 얼굴에 핏기가 돌았다. 나도 신문지 조각을 내밀었는데 그가 한쪽 눈을 찡긋하면서 내게는 돈을 받지 않았다.

미스 서는 코부터 싸쥐었고, 모두 허리를 꺾는데 미스터 최가 한 마디를 던졌다.

"그러니까 부장님과는 뭐가 통한다, 동업자나, 동지의식, 그런 게 아니었을까요?"

"에이 이 사람, 10년을 나를 보아 오면서……."

서둘러 화제를 돌려 소주잔을 부딪쳤지만 술이 들어가면서였을까, 그의 전화를 받았을 때의 섬뜩함이나 일종의 불안감 대신, 그의 출현을 기다리고 있었던 것같은 기분이 들기도 했다. 그를

화제에 올리면서 목소리가 커졌고, 양평의 작은 시골집 이야기
에도 과장이 많아졌던 것 같다. 숲과 냇물, 황토구들방, 심고 싶
은 관상수에 대해 계획에 없던 말까지 하고 있었기 때문이다.
　"우리 부원들 고기 사들고 한번 몰려가는 겁니다."
　"동네에서 떨어진 골짜기여서 밤새워 마셔도 시비할 사람 없
으니까 염려 놓으라고……."
　집에 돌아와 마루에 사지를 뻗고 누워서도 나는 한참을 낄낄거
렸다. 아내 영정 사진이 내려다보는 침실에서도 아내에게 술자
리에서 하지 못한 친구 이야기를 하고 싶어지는 기분이었다.

　사실 그는 우리에게 왕초였고 자석(磁石)같은 친구였다. 그가
없으면 무슨 장난을 해야 할지 따분하고 난감할 때가 많았다. 그
때 그가 나타나 엉뚱한 일을 만들어 우리를 신나게 하고, 가슴을
뛰게 하고, 매를 맞게도 했다.
　기억에는 원근법이 없다.
　과거는 자주 뒤섞여 뭉개지고 지워지고 변색되지만 어떤 것은
뿌연 형상이나 바늘 끝이 되어 살아나기도 한다. 기억의 단층에
매몰시켜 버리고 싶은 부분도 있지만 어떤 조각들은 도리어 반
짝거리면서 나태해진 현재를 비집고 올라와 가슴을 뛰게 하기도
한다.

　어느 때였는지, 그가 너구리를 잡자고 한 적이 있었다.
　시골 마을은 대개 몇 마리씩 닭을 길렀고, 병아리들이 태어났

다. 병아리의 털갈이가 시작될 무렵 솔개들이 병아리를 채가곤 했는데, 너구리가 산에서 내려와 어미닭까지 물어가는 일도 흔했다. 그 때 그가 너구리를 우리 손으로 잡자고 제안을 했다. 울타리 구멍으로 너구리가 드나드니까 거기에 덫을 놓으면 틀림없을 것이라고 했다…….

"너구리고기는 모닥불을 피워 구워먹고, 가죽을 벗겨서 파는 거라. 가죽 팔아서 그 돈으로 우리 몫의 병아리를 기르는 거지. 메뚜기, 여치, 방아깨비, 개구리가 들판에 지천이니까 그걸 잡아다 먹이면 큰 닭이 여러 마리가 되어 알을 낳고, 병아리들을 또 까고……."

우리는 '말미잘' 네 집 헛간에서 덫을 찾아 내어 우리 집 울타리 구멍에 설치해 놓고 교대로 망을 보면서 며칠을 지켰다.

이틀, 사흘……. 너구리 기다리는 일이 시들해진 나흘째 되던 날 해질 녘, 덫을 지키던 태수가 손등으로 이마의 땀을 흩뿌리면서 제기차기에 한참이던 우리에게로 헐레벌떡 뛰어왔다.

"걸리긴 걸렸다."

"얏호!"

친구들이 손가락으로 V자를 그리며 공중으로 제기를 차올리고 펄쩍펄쩍 뛰었다.

"그런데……."

그가 시무룩하게 내 뒤로 자리를 옮기는데도 우리는 너무 들떠서 생각없이 우리 집 울타리를 향해 달려갔다.

어스름 속에서 맨 처음 눈에 들어온 것이 뒷발을 파고 든 덫의 강철을 끊으려고 몸부림치던 누런 짐승의 입가에 흐르는 피와 새파랗게 불을 켠 눈이었다.

소름이 돋았다.

"너구리가 아니라, 늬네 누렁이여."

나는 그만 그 자리에 털썩 주저앉아 버렸다.

그는 지도자였고, 기획가였으며 실천가였지만 그 결과가 상처로 돌아올 때의 책임은 대개 우리 몫이었다. 눈이 새파랗게 변해서 주인도 모르고 으르렁거리는 누렁이를 발견한 아버지는 자초지종을 짐작하고 나서 지게작대기로 나를 후려 패댔고, 눈에 불을 켜 있던 누렁이는 동네 어른들 몽둥이에 맞아죽어서 이튿날 개울가의 큰 무쇠솥 안으로 사라졌다.

나는 그날 오후 개울이 내려다보이는 언덕에 앉아 피어오르는 생솔가지 연기 속을 떠도는 누린내를 맡으며 손등으로 눈물과 콧물을 뿌리면서 혼자 서럽게 울었다.

잠시 유년 속으로 침잠해 들어가다가 사진 속 아내와 눈이 마주쳤다.

아내가 혀를 차는 듯싶었다…….

"나는 늘 뒤치다꺼리만 했어, 무슨 일에 내가 앞장선 걸 본 적 있어?…… 딸년 시집가서 살고, 아들놈도 제대하고 취직이 되었고……. '사오정, 오륙도'라는 말 알아?…… 45세면 정년, 56세까지 직장에 있으면 도둑이래. 앞으로 양평 골짜기에 사둔 땅, 당

신과 같이 못가 서운하지만, 나 거기 가서 나무도 심고 채소도 가
꾸고……."

　이튿날, 태수의 전화가 걸려오자, 오래 그를 기다렸던 것같이
나는 서둘러 호텔 커피숍으로 나갔다.
　외국 사람들이 몇 테이블, 한산한 커피숍 중앙에서 흰 양복이
일어서면서 손을 치켜들었다.
　"그리고 보니 세월이 가긴 갔네. 자네 앞머리털 빠진 걸 보
니……."
　두 손으로 내 손을 감싸 쥐고 그가 겔겔겔겔…… 하는 독특한
웃음소리를 냈다.
　"3년 전 들어왔다가 그 때 바빠서 그냥 나가면서는 내가 사람
구실 못하나 싶었네. 아, 이거……."
　미리 준비한 듯 흰 봉투를 내밀며 그가 희극배우처럼 내게 허
리를 굽혔다.
　"자네 부인 상사(喪事), 내가 심부름도 하고 해야 되는데 밖으
로 떠돌다 보니, 예(禮)가 아니네만 상사에는 시간 지나도 인사
를 하는 것이니 허물 말게."
　4년이나 지난 아내 상(喪)에 '근조(謹弔)' 봉투라니.
　어정쩡하게 봉투를 받아 들고 자리에 앉자 그가 담배를 꺼내서
권했다.
　담배를 끊었다고 하자, 우리 나이에 아직 담배 피우는 사람들
은 아주 독한 사람이라는 말이 있다고 했다. 주변에서 담배 끊으

라고 극성들인데 주눅 안 들고 피우는 게 가상하다던가……. 그
러면서 다시 겔겔겔 웃었다.

"지난 번에는 '캥거루 꼬리곰탕' 때문에 나왔었어, 자네 캥거
루 알지? 호주 말일세. 이게 너무 많아져서 호주에서는 교통사고
가 많이 나거든."

캥거루들이 저녁에는 숲에서 자다가 새벽이면 아스팔트로 어
슬렁거리며 내려온다고 했다. 낮에 햇볕을 받은 아스팔트로 내
려와 캥거루들이 새벽잠을 자는 통에 숲속 고속도로 사고가 빈
번해지자 정부에서 적정 숫자 유지를 위해 5년 전부터 일부를 도
살, 고기를 판다는 것이었다.

아프리카에서도 코끼리 숫자가 너무 불어나서 숲을 파괴하자
일정 숫자를 정부에서 도살한다고 들은 적이 있었다.

캥거루들이 아스팔트로 내려오는 광경을 떠올리자 유년의 갯
벌이 떠올라 비실비실 웃음이 나왔다. 그 역시 그 시절을 잠시 반
추하는 듯 작은 눈이 가느다랗게 되었다.

"알잖은가? 백인들, 동물 뼈다귀나 내장, 대가리, 꼬리 같은 건
다 버리지 않나? 뭔가, 초창기 미국 갔던 한국 친구들 '소꼬리곰
탕' 으로 돈 좀 만졌지. 그런데 미국 애들이 눈치를 채고는 지금
은 뼈, 꼬리도 돈 받고 한국 사람들에게 넘겨. 호주에서는 캥거루
고기는 못 먹는 것으로 되어 있었거든. 그런데 캥거루 꼬리가 얼
마나 커? 꼬리로 몸을 지탱하고 싸울 때 휘두르고 하지 않나? 그
래서 이왕 버리는 그 꼬리로 곰탕을 만들면 한국에서야 최고 아
니겠어? 남자 정력에 최고다, 한 마디면 장사 끝이지. 그런데 이

게 꼬이더라고. 처음 살코기가 조금 팔렸는데 쇠고기가 흔하다 보니 전에 안 먹던 캥거루 살코기도 먹으려고 안 하는 거야. 결국 캥거루 식용화는 포기한다, 그렇게 된 거야.”

“그럼 죽인 캥거루들은?”

“매장하지. 묻어 버린다고……. 이왕 버릴 것 꼬리만 떼어 가겠다는 말이 거기에서는 통하질 않아. 썩혀 버릴 고기, 돈 내면서 꼬리 잘라가겠다는 게 저희들한텐 이상하겠지만 추진중이야.”

그는 금년 1월 호주 스트레키 배이 해안에서 바닷물에 씻겨 밀려온 ‘용연향’ 을 주워서 한국 돈으로 7억의 횡재를 했다는 기사를 본 적이 있느냐고 물었다.

산책 중에 밀랍(蜜蠟)같은 덩어리가 있어서 집어왔는데 고급 향수 원료로 사용되는 ‘용연향’ 으로 드러나 횡재를 했다는 기사였다.

향유고래 수컷이 번식기에 장이 약해져서 토해낸 ‘앰브레인(ambrein)’ 이 주성분인데 처음에는 냄새가 고약하지만 몇 년간 바다를 떠다니고 햇볕에 마르면서 반투명 물질로 변한다고 했다. 용연향 가격이 금보다 비싸다는 것이다. 현재 1g당 27달러에서 87달러 시세라고 했다.

그 기사를 나도 읽은 적이 있어서 고개를 끄덕였더니 커피 이야기로 화제를 바꾸었다.

“특별히 좋아하는 커피에 대한 기호가 있나?”

커피 잔이 반쯤 비었을 때 그가 물었다.

"그냥 습관으로 마셔."

"코피 루왁(kopi luwak)이란 걸 들어본 적은 있어? …… 한 잔에 한국 돈으로 따지면 16만 원 정도의 커피…….'

"미쳤나? 커피 한 잔에 그런 돈을 주고 마시게?"

그가 다시 겔겔겔, 웃더니 세상에서 제일 비싼 인도네시아산의 '코피 루왁'에 대한 설명을 시작했다.

그가 호주머니에서 엽서 크기의 상표 한 장을 꺼내 내게 내밀었다.

위쪽에 큰 글씨로 'kopi luwak'이라는 도안이 있고, 너구리처럼 생긴 동물 꼬리를 사람 손 하나가 치켜들고, 다른 한 손에 들린 커피 잔이 그 배설물을 받고 있는 그림이었다. 그림 아래에 'Good to the last dropping'이라는 글자가 인쇄되어 있었다.

"'커피 루왁' 상표야. 세상에서 제일 비싼…….'

'코피 루왁'은 1년 총생산량이 500킬로그램 이하여서 1킬로그램에 미화 1,000달러에 달한다고 했다. '긴꼬리사향고양이'가 완숙한 커피 열매를 따먹고 겉껍질을 소화한 뒤 딱딱한 씨만 배설하는 습성 때문에 만들어진 커피라고 했다. 배설물로 나온 커피 씨로 커피를 만들어 보았더니 그 맛과 향이 기가 막혔다는 것이다. 전문가들은 '코피 루왁'의 독특한 향과 맛이 '사향고양이' 체내에서 소화되는 과정 중 아미노산이 분해되면서 특유의 맛을 내는 것으로 설명한다고 했다.

꽃 속의 꿀 성분이 꿀벌 위장에 들어갔다가 나오면서 꿀이 되

는 것과 같은 원리라는 것이다. '시빗(Civet palm)'이라고도 불
리는 '사향고양이'의 배설물로 만든 '코피 루왁(Kopi luwak)'
은 배설물 속의 커피 씨앗만 씻고 잘 볶아 만들어서 위생상 문제
는 없다고 했다.

　미스터 정과 '까리따'가 나타나지 않았으면 커피 강의가 더 계
속되었을 뻔했다. 어렸을 때도 그와 있을 때는 주변 사람들은 허
물어져 사라지고 그 혼자만 있는 것같은 기분이 들었던 적이 자
주 있었다. 깔끔한 검은색 정장의 청년과 동남아계의 젊은 여인
이 동석이 되면서 나 역시 현실로 돌아온 것 같았다.
　미스터 정이라는 청년은 민망할 만큼 내게 깍듯하게 허리를 굽
혔다.
　"두 사람에게 이야기한 적 있지? 어릴 때부터 제일 친한 친구라
고, 오건우씨……. 그리고 자네도 인사하게. 이쪽은 인도네시아
의 '코피 루왁' 본사의 미스 '까리따'……."
　"김회장님이 친구 말씀하셨습니다. 제 이름은 까리따입니다.
앞으로 많이 부탁드립니다."
　여자가 손을 내밀면서 어눌한 한국어로 인사를 했다.
　"자, 앉지. 우선 좀 앉아."
　여자가 내 앞자리에 앉았고 청년은 저 회장님, 하면서 친구의
등 뒤쪽으로 다가서서 목소리를 낮추었다.
　"박사장님과 최사장님 두 분이 각각 3,000주씩 묘목 값 입금하
신 것 은행에서 확인했습니다. 묘목을 바로 내일 아침 비행기 편

에 탁송하도록 본사에 팩스를 넣을까요?"

"아, 그래? 아, 조금 있다가……. 그런데 나무 심을 땅은 확인하고 온 거야?"

"다녀오는 길입니다. 내일이라도 묘목 도착하면 바로 식수(植樹)하도록 일러두고요."

커피 묘목이 들어온다고 했다. 겨울 보온을 위해서 묘목 심은 밭을 덮는 하우스를 가을 들어 짓도록 하고, 여름은 노지에서 키우는 게 성장이 빠를 거라고 했다. 파인애플, 망고, 파파야 하우스 재배는 오래되었지만 커피 묘목이 한국에 들어오는 것은 처음일 것이라고 했다.

"1년 후면 한국에서 첫 '코피 루왁' 이 수확될 거네."

"그럼, 그 고양이도?"

"그 '긴꼬리사향고양이' 란 놈들 말이지. 잡식성이야. 원래 야생이니까 사료 먹일 필요가 없지만 당분간 주거 제한을 하게 되니까, 가축사료 있잖아? 고양이 사료, 개 사료……. 가끔 과수원에서 솎아낸 과일이나, 감자, 고구마…… 양계장 닭 도축할 때 나오는 닭대가리나 내장 같은 것 있지 않나?…… 두어 쌍씩만 우선 장에 넣어 기르다가 하우스 만들 때 울타리 철망을 치고 커피 밭에 풀어놓으면 되는 거지……. 물건은 생산되는 대로 인도네시아 본사에서 수집할 테니까……. 아, 그런데 자네, 미스 '까리따' 와 두어 시간 점심 데이트 좀 하게……. '까리따' 외할아버지가 한국 사람이야. 한국 피가 섞였지. 한국말도 하니까, 쉬운 영어 하고 섞어 쓰고……. 나는 정비서하고 이쪽 파트너들 잠깐씩 면

담을 하고 돌아오겠네. 오후 4시까지……. 괜찮겠지?”

내 의사도 묻지 않고 두 사람이 나가 버린 바람에 인도네시아 아가씨와 예정에 없던 점심 데이트를 하게 되었다.

‘생선초밥’ 이야기는 들었지만 먹어본 적이 없다고 해서 ‘까리따’ 와 나는 호텔 안 일식집으로 옮겨 점심을 같이 했다.

‘자카르타’ 와 ‘발리’ 를 패키지 여행으로 다녀온 적이 있다고 했더니 ‘까리따’ 가 몹시 반가워했다. 원래 보루네오 출신이라는 것, 2차 대전 중 일본군 점령군이었던 한국인 청년과 원주민 처녀 사이에서 자기 어머니가 태어났다고 했다.

“4분의 1에 한국 피가 섞였지요. 어머니는 다야크(Dayak)족…….”

외할머니와 어머니에게서 몇 마디 한국어를 배웠고, 대학에서 한국어를 공부했다고 했다.

“다야크(Dayak)족, 아세요?……. 2층으로 된 길게 지은 집(longhouse)과 사람 머리사냥(head-hunting)습관…….”

그녀는 꾸르륵 웃더니 지금은 전설로만 남아 있는 이야기들이지요, 했다.

일반적으로 코가 낮은 남방계와 다르게 ‘까리따’ 의 높은 코는 한국계 유전자 탓일 수도 있겠다는 생각이 들었다.

그녀는 맥주 두 병을 반주로 가볍게 마셨다.

“우리 나라 민속 술에 ‘싱꽁’ 이라고 하는데요. 고구마 비슷해요. 이걸 항아리에 으깨어 담아 두면 술이 됩니다. ‘뚜악’ 이라고 그래요. ‘뚜악 술’ 이 익으면 가까운 사람들이 모여 빨대로 돌아가면서 빨아 마시지요. 연인이나 부부끼리 ‘오두막’ 에 갈 때도 ‘뚜악’ 항아리를 안고 가요. 아, 다야크족은 대가족 생활이어서 산속에 작은 오두막이 있어요. 사랑을 나눌 때는 두 사람만 그 곳 오두막으로 가요.”

그녀, ‘까리따’ 는 쾌활한 성격이어서 더듬거리는 한국어였지만 많은 이야기를 유쾌하게 들려주었다.

나는 얼마 전 회사를 그만두기로 했으며 산골에서 관상수도 심고, 채소 가꾸면서 지낼 것이라는 이야기까지 해 버렸다.

“열대지방은 3모작 농사를 짓지만 한국은 내가 어렸을 때만 해도 봄이면 가난한 집에 식량이 바닥이 나고 했어요. 농업을 공부해서 식량을 남아나게 하겠다, 그런 꿈을 가졌는데, 부모님 시키는 대로 법과에 진학, 고시 실패하고 평범한 회사원의 일생……. 슬픈 사랑을 해 보겠다는 공상은 해보았지만 부모가 소개한 여자와 결혼, 그래서 앞으로 여생은 내 식대로 나무 심고 지내겠다, 그런 생각으로 회사를 나왔지요.”

“용기 대단하세요.”

“내 나이쯤 되면 내 의지로 살아온 시간이 얼마나 되나? 살아온 게 아니고 생존(生存)해 왔다는 후회, 남아 있는 시간이 많지 않다는 자각……. 하찮은 것이라도 내 하고 싶은 대로 살 수 없나, 그런 생각…….”

나는 결국 그녀에게 현재의 내 심경을 필요 없이 다 쏟아낸 것 같았다.

그 고백의 결론이 이왕 마련해 둔 땅이 있으니까 하우스 안에 커피 묘목을 심는다. 울타리를 막아 '긴꼬리사향고양이'를 사육한다. 적당한 시기, 커피 열매가 익으면 '사향고양이'들이 잘 익은 커피 열매만 골라서 먹고, 울타리 안에 배설을 할 것이다. 그 배설물을 인도네시아 '코피 루왁' 본사로 보내 세계에서 제일 비싼 커피를 생산하게 한다.

김태수를 만나기 전에는 상상도 해보지 않았던 엉뚱한 일을 나는 이튿날 아침 하고 있었다. 1,000그루 커피 묘목 값과 두 쌍의 '사향고양이' 대금을 정비서가 지정한 은행계좌에 송금했기 때문이다.

김태수가 내 곁에 등장하고 묘목을 심기까지 걸린 시간이 5일이었다.

다섯째 날에는 미스터 정이 직접 인부까지 동원해서 내 앞으로 도착한 커피 묘목을 내 산골짜기 밭 500여 평에 심어주었다.

"가을 하우스 문제는 여주에서 농장을 해왔고 이번 커피 묘목 3천 주씩을 심은 박사장, 최사장님이 도움이 될 거야. 정비서도 '사향고양이'가 도착해서 적응하는 것을 확인할 때까지 한국에 머물 테니까 자주 연락하기로 하고……."

키 1m 남짓의 커피 묘목 1천 주가 집 가까운 밭 한쪽 5백 여 평에 심어지고, 미스터 정이 직접 주문해서 조립한 '사향고양이' 임시 사육장이 그 곁에 놓이게 되었다.

"겨울 추위 문제도 있고 해서 구리배수관을 잘라다가 땅 속으로 굴을 만들었습니다.”

　정비서는 회장 친구인 내게 최대의 성의를 보이는 것으로 생각
되었다.

　나무 심기가 끝나자 전에 준비해 둔 바비큐 그릴을 처음 꺼내
수고한 인부들까지 불러 삼겹살에 소주와 맥주 파티를 열었다.
　인부들이 돌아가자 비가 내리기 시작해서 우리는 바비큐 그릴
을 마루로 옮겼다. 장마가 일찍 시작할 것이라던 기상 예보가 맞
는 듯했다.
　“비 오는 것 보세요. 나무들 착근이 얼마나 잘 되겠습니까? ‘사
향고양이’도 같이 도착했으면 금상첨화인데 야생동물 검역은
좀 시간이 걸리네요. 길어도 3, 4일이겠지요.”
　정비서가 잔 세 개에 소주 한 잔씩을 섞은 맥주를 가득 따랐다.
　“자, 새로운 커피 농장을 위해서.”
　태수가 내 잔에 자기 잔을 부딪쳐 왔다.
　“비 오는 시골집 툇마루에 앉아 있으니 어릴 때로 돌아간 것 같
네……. 그래도 자네는 시골집에 나무를 심고…… 고향을 찾은
셈일세. 자, 축하. ‘까리따’도 같이 합시다.”
　빗줄기가 점점 더 세어졌다.
　“나무 때는 아궁이도 만들었다며? 참새 구워 먹던 생각이 나.”
　태수는 무쇠솥 쪽에 눈을 주었다가 망연하게 비가 쏟아지는 허
공으로 눈을 주었다. 잠시 그의 표정에 쓸쓸함이 번지는 듯했다.
　“회장님. 박사장과 최사장님 농장을 잠깐 둘러보고 돌아오시

지요."

"아, 그래. 그렇군."

태수는 시간을 확인하면서 두 시간만 '까리따' 와 기다려 달라고 했다.

"너무 조용해서요. 인도네시아 숲속 오두막에 있는 것 같아요. 스콜이 쏟아지는……."

"출퇴근 같은 것 안 하고, 상관도 없고……. 이렇게 좀 지내보고 싶었습니다."

"용기 대단하세요."

둘은 술을 한 잔씩 더 마시고, 아궁이에 불을 지피기 시작했다. '까리따' 는 한국식 아궁이를 처음 본다고 했다. 나뭇가지가 아궁이 속에서 벌겋게 타들어가는 것에 재미를 붙여 그녀는 아궁이 앞을 떠나지 않았다. 빗줄기 속에서 아궁이의 불빛으로 검게 윤기 나는 그녀의 옆얼굴을 바라보다가, 문득 나는 '아!' 했다.

잊고 있었던 기억이었다. 군대 휴가를 나왔다가 태수가 마을 끝에 살던 젊은 과부를 데리고 도망을 갔다는 소식을 들었다. 우리보다 10여 살 많았던 가무잡잡하던 여자였다. 그 여자와 얼굴을 부딪치지 않으려고 그 집을 멀리로 돌아다녔다는 생각이 들었다. 왜 그 여자와 부딪치는 것이 두려웠는지 어렴풋하게 짐작이 이제야 되는 듯했다. 세월이 지난 뒤에도 여자에 대한 상상을 할 때면 늘 그 가무잡잡하던 연상의 여자가 맨 먼저 떠올라오던 것을…….

'까리따'는 나뭇가지를 아궁이에 밀어 넣으면서 쏟아지는 빗줄기를 가끔 올려다보곤 했다.

"훗날 혹시 보루네오 시골 마을에 여행 가실 때가 있으면요. 짐승 두개골과 사람 해골을 새끼에 꿰어 매달아 놓은 다야크(Dayak) 마을, 롱하우스에 꼭 한번 들려 보세요. 그리고 오두막에서 하루 주무셔 보기도 하구요."

나무를 심은 지 사흘째 되는 날, 택배회사 기사라면서 산골 집 위치를 알려달라는 전화가 걸려왔다.

"큰 상자가 두 개인데……. 살아 있는 짐승 같은데요."

"예. 기다리겠습니다."

나는 전화를 끊고 인터넷에서 다운받아 프린트 해 놓은 '사향고양이'의 사진을 꺼냈다.

너구리를 닮은 것 같았다. 여우보다는 짧은 주둥이였지만 회갈색의 털에 묻힌 녀석의 생김새가 귀여워 보이지는 않았다. 그 꼬리 한쪽을 치켜들고 엉덩이에 커피 잔을 대고 있는 코믹한 상표 생각에 쿡 웃음이 나왔다.

택배회사 직원이 산길로 들어오느라고 힘이 들었다며 상자를 내려놓고 돌아간 다음 마루 위의 휴대폰이 요란스럽게 울렸다.

"오건우씨 전화 맞는가요?"

상대방이 너무 큰 소리를 질러대어서 내 이름이 아니었으면 잘못 걸려온 전화려니 생각할 뻔했다.

“네, 그렇습니다만.”

“뭐? 그렇습니다만? 시골에 묻혀 있는 농사꾼으로 만만하게 보고 애들 장난도 아니고…….”

걸걸거리는 큰 목소리가 너무 황당해서 나는 수화기를 다른 쪽 귀로 옮기면서 물었다.

“누구신데 무슨 이야기를 하시는 겁니까?”

“그래, 나 박사장이오. 커피 묘목 3천 그루 심은 박사장, 알겠소? 그래 당신들, 초등학교 동창들끼리 짜고 이런 애들 같은 사기를 쳐?”

“무슨 말씀인지?”

“지금 몰라서 되묻는 거요? 당신, 그 김태수인지 하는 그 친구, 지금 어디 있소? 그 뺀돌이 같은 젊은 놈하고 여우같은 그 여자하고 말이오.”

“김태수가 뭘 어떻게 했는데요?”

“이 친구, 한 수 떠 뜨네……. 그래, 그 황금커피를 똥으로 싼다는 ‘사향고양이’ 인가 하는 게 어째서 도둑고양이로 바뀌었느냐, 하는 거요.”

“도둑고양이라니요?”

나는 순간 사태가 이상하게 돌아간다싶어 택배 직원이 내려놓고 간 ‘긴꼬리사향고양이’ 가 든 나무상자 쪽으로 뛰어내려갔다. 등 뒤로 마루에 내팽개친 휴대폰 속에서 큰 목소리가 계속되고 있었다.

작은 캐비넷 크기의 나무 상자 한 개의 위쪽 작은 판자 조각을 뜯어냈다.

잿빛 털의 동물 두 마리가 놀랐는지 상자 안쪽으로 몸을 사리며 높은 소리로 야아옹 하고 울기 시작했다. 다른 상자 속의 검은색에 흰 얼룩이 박힌 놈들 역시 구석 쪽으로 몸을 사렸다.

사진 속의 '긴꼬리사향고양이' 와는 주둥이 모습이 달랐다. 사진 속의 '긴꼬리사향고양이' 는 주둥이가 길었고, 담황색이었다.

상자 속 고양이가 높은 소리로 울어대기 시작하면서 빗방울이 다시 듣기 시작했다. 너무 번식률이 높아 구제작업을 해야 한다는 소리가 들렸던 도둑고양이 네 마리의 동그란 눈들이 나를 향해서 퍼렇게 불을 뿜는 듯했다.

수십 년 전, 너구리 덫에 걸린 누렁이의 눈이 떠오르면서 내 안쪽에 억눌려 있던 웃음덩어리들이 토사물처럼 터져 나왔다.

그 토사물 한쪽에서 그 무렵 '옻나무 피리 사건' 이 흑백사진처럼 기억의 틈을 비집고 떠 올라왔다.

'버들피리' 를 만들던 봄날 '말미잘' 이 내게 헌 장갑을 찾아오라고 시킨 일이 있었다.

그는 내가 가져다 준 면장갑을 끼고 씩 한번 웃은 다음, 옻나무 가지를 잘라다가 피리를 만들었다. '옻나무피리' 세 개를 길에 놓아두고 그는 장갑을 벗어 멀리 던져 버렸다. 셋이었나, 넷이었나, 우리가 신나게 버들피리를 부는 동안 쭈뼛쭈뼛 우리 곁으로 다가온 아이가 있었다. 용구라는 얼굴이 흰 아이였다. 눈치를 보던 아이에게 '말미잘' 이 눈으로 '옻나무피리' 를 가리키며 턱을

까닥거렸다.

"가져도 돼?"

아이가 물었고, 우리 모두 고개를 끄덕였다. 아이는 옻나무피리를 집어 들고 V자를 그리며 뛰어갔고, 곧 우리의 버들피리 소리보다 훨씬 맑고 높은 피리소리가 언덕 아래쪽에서 들려왔다.

사건은 그날 밤 늦어서 일어났다.

천방지축 뛰어노느라고 저녁 숟가락 놓기 바쁘게 곯아떨어졌던 나는 부엌 쪽에서 들려오는 귀에 익은 아낙네의 악 쓰는 소리에 설핏 잠이 깨었다.

옻나무피리를 가져갔던 용구 어머니 목소리였다.

용구 고추가 옻이 올라 제 애비 것보다 더 커졌다는 것이었다. 옻나무피리를 불었던 입술은 돼지주둥이같이 부어서 뒤집어지고, 그 손으로 오줌을 눈 용구 고추 역시 옻이 올라 퉁퉁 불었으니 당장 병원으로 싣고 가던지 하라는 것이었다.

"…… 그 옻나무 피리, 내가 만든 것 아닌데……, 태수가 만들었다니까……."

변명도 소용없이 그날 밤 어머니에게 부지깽이로 얼마나 얻어맞았던지 며칠간 학교 오가는 길을 절뚝이면서 걸어야 했다. 평소 친하지도 않은 용구 녀석이 왜 태수 이름 대신 내 이름을 대었는지 그것은 어른이 된 후에도 안 풀리는 수수께끼였다.

나는 고개를 들어 빗방울을 얼굴 가득히 받으면서 참으로 오래간만에 눈물이 나올 만큼 웃어제꼈다.

“야!! 이 ‘말미잘 새끼’ 야. ‘말미잘에 좆 물린 새끼’ 야. 야! 똥 장수야!”

악을 쓰는 소리가 빗소리 속에 빨려 들었지만 나는 세 번 네 번 계속해서 악을 썼다. 목이 터지게 친구의 비밀을 허공을 향해 쏟아내자 가슴속이 후련해지면서 까닭 모르게 눈물이 나오기 시작했다.

눈물이 빗물에 섞여 볼을 타고 흘러내렸지만 나는 계속해서, 계속해서 친구의 별명을 입 속에서 웅얼거리고 있었다. ❦

소설가 유금호 선생님과 함께 인생과 문학 수놓기

대담 : 박유하(소설가)

박유하 이번에 간행된 〈신춘문예 걸작선〉에 실린 「하늘을 색칠하라」를 보고 선생님의 근래 작품에서는 좀처럼 보기 힘든 피가 돌고 눈물이 흐르는 인물이 등장하더군요. 선생님 고향이 소록도가 건너다 보이는 녹동이라는 이유 말고 이 작품을 쓰시게 된 동기는 무엇입니까?

유금호 소록도가 건너다 보이는 포구에서 자라면서 소록도의 특수한 공간을 바라볼 기회가 있었던 것이 큰 이유이겠지요. 그러나 어떤 상황이나 사건도 작가에게 직접 충격이나 의미로 와 닿지 않으면 작품으로 쓰여지지 않는다는 것은 박선생님에게도 마찬가지 아니겠어요?

60년대는 한창 실존주의가 유행하던 시기여서 소록도라는 특수한 공간과 상황에서 인간 존재의 한 전형을 느꼈다고 할까, 뭐 그런 것이 있었을 것입니다. 갇혀 있는 인간의 한계 상황, 그것을 벗어나려는 몸부림이 결국 허무로 귀결되는 한 패턴을 소록도에서 느꼈고, 그래서 그걸 쓰고 싶었던 것 같습니다. 근래의 내 소설과 전혀 다른 분위기의 소설이라고 느끼셨다고 했는데, 그 문제는 읽는 사람 나름의 자유로운 판단이지요.

나로서는 갇혀 있는 상황과 그 탈출의 시도, 그러나 결국 벽에 부딪쳐 주저앉는 그 '자유를 위한 몸부림과 허무로의 귀결', 문제는 변함없이 계속되어 온 내 소설의 성격이라고 생각하거든요. 최근에 발표한 장편소설 《만적》 역시 같은 궤라고 나는 생각하고 있습니다.

박유하 그러고 보니 그 나이에 소록도처럼 실존적 한계 상황을 여실히 보여주는 곳을 착목하셨다는 사실에 다시 한 번 놀라게 됩니다. 소록도는 천형(天刑)이니까요. 만적도 처음에는 그랬습니다. 점차 신비주의로 기울어진 감이 있었지요. 그 점에 대해서 말씀해 주세요.

유금호 '만적'은 《고려사절요》에 나온 몇 줄이 자료의 전부입니다. 그리고 결국 그 혁명은 미완의 실패였다는 안타까운 역사적 사실은 바뀔 수 없고 그것은 작가의 상상력에 한계로 작용합니다. 그 한계를 우회하면서 신비주의랄까, 환상적 분위기 속에 그 한계를 희석시키려 한 것 같습니다.

박유하 아까 제가 놀랐다고 했는데요, 나병을 전염시키지 않기 위해 자식을 떠나보내야 하는데도 자식과 이별하기 싫은 나병 환자가 자식의 몸에 상처를 내어 진물을 발라주는 모습은 충격적이었습니다. 제 사견이지만 소설은 당위적인 인간과 자식을 나환자로 만들어서라도 함께 살고 싶은 인간적인 인간 사이에서 솟아나는 생명체 같은 것이 아닐까 생각합니다. 마땅히 그래야 하는 인간이라면 소설에 등장할 필요가 없겠지요. 그래서 놀랐고, 「하늘을 색칠하라」라고 하는 제목이 함유하고 있는 적극성, 구호와 같은 외침이 주는 목청에 놀랐습니다. 선생님께 새로운 면을 발견한 것이지요. 등단 초기에는 이런 경향의 작품을 쓰셨나요?

유금호 실제 소록도에서는 비슷한 일들이 사실로 더러 일어났었습니다. 모성애라는 것이 맹목인가, 이성적 판단이 개입되는가의 문제는 해답이 없지만 이성간의 사랑에서도 이 문제는 똑같이 제기될 수 있고, 그 답 역시 주관적일 수밖에 없을 것입니다. 적극성 문제를 이야기하셨는데, 젊은 시절에는 현실 문제에 관심이 많았습니다. 대학시절, 4·19와 5·16을 연거푸 겪었고, 손아래 동생을 잃고 하면서, 분노와 투쟁이랄까, 그런 쪽의 작품을 쓰기도 했습니다.

실제 「자유가 보이는 장의행렬」이라는 여순사건을 다룬 장편을 20대에 쓰다가 반공법으로 힘이 들기도 했고, 시골학교 선생을 하면서 〈국정교과서 이상 있다, 문교부 장관 답하라.〉 같은 건방진 글을 신문에 써서 직장을 쫓겨나기 직전까지 가기도 했습니다. 세미다큐멘터리로 '농민은 농협의 것'이라는 제목으로 농촌 현실을 당시 『농민』 잡지에 연재하다가 혼이 나기도 했습니다. 그러나 조금 더 살아오면서 문학이 현실과의 직접 대결은 아니다(?)라는 인식이 오기 시작했고, 문학은 보다 인간 존재의 본질적인 문제로 독자의 가슴에 근원적인 질문과 의문과 감동을 주어야 한다는 생각으로 바뀌기 시작했습니다.

박유하 그런 일이 있었군요. 많이 만나 뵙고도 그런 사실이 있었다는 것을 알지 못했습니다. 「자유가 보이는 장의행렬」을 다시 쓰실 의향은 없으신지요? 왠지 절절한 얘기가 있을 것 같거든요.

유금호 사람마다 능력과 취향이 다르듯 작가도 모든 문제를 다 다룰 수는 없을 것입니다. 이미 여순사건이 주는 의미는 조정래 씨가 《태백산맥》 안에서 충분히 다루었다고 생각합니다. 어차피 나는 내가 쓸 수 있는 쪽을 써야할 것 같습니다.

박유하 그렇다면 저잣거리의 잡답 속에 찧고 까부르며 피와 땀, 눈물을 흘리는 인간형이 등장하지 않는, 고민도 어느 정도 거리를 두고 바라보는 관조적인 작품, 예를 들어 여행 소설·역사 소설은 언제부터 쓰셨습니까?

유금호 《만적》은 역사소설이지만 실제로는 현실 비판적이고 투쟁적 작품입니다. 군사정권 때 시작했다가 그 혁명적 발상으로 중단 압력을 받았고, 그후 한때 펜을 꺾었습니다. 10년을 쓰지 않았고, 문학하는 사람들과도 교류를 완전히 끊고 목포로 내려가 버렸습니다. 나이 먹고, 가까운 사람들이 많이 죽고, 그러면서 내 관심의 영역도 변모한 것으로 생각합니다.

박유하 그런 것 말고 변모를 보이게 된 다른 동기가 있다면 무엇인가요?

유금호 "문학이 배고픈 사람에게 한 조각의 빵이라도 될 수 있는가, 억울하게 죽고, 다치고 갇혀 있는 사람에게 한 끼의 사식(私食)이라도 될 수 있는가"에 대한 회의에 한때 심하게 빠져 있었습니다. 온 몸에 시너를 뿌리고 불타 버린 내 제자들의 젊은 열정 앞에 내 글이 얼마나 하찮은 것이고 위선적인 것인가, 괴로워도 했습니다. 그리고 쓰지 않기로 했습니다. 그게 10년입니다. 그러나 다시 더 세월이 더 흐르면서 생각이 바뀌었습니다. '어차피 문학은 직접적인 투쟁의 도구도 아니고, 그럴 수도 없는 것이다.' 라는 생각이 들기 시작한 것이지요. 어차피 문학은 근원적인 인간의 감성에 뿌리를 내리고, 감동으로 세계를 서서히 변모시키는 것이라는 생각, 눈앞의 현실과 직접적 투쟁이 문학의 본질이 아니라는 생각이 들었던 것입니다. 왜냐면 시대와 상황이 바꾸어졌을 때도 그 작품이 가치를 가질 수 있을까에 대한 생각을 했기 때문입니다.

박유하 어쨌든 근래 작품은 관조적이고 환상을 차용하기 때문에 읽기 편한 대리 체험을 주고 계십니다. 소설의 그런 정화와 위안의 기능은 독자를 즐겁고 행복하게 합니다. 그 이상 다른 것은 추구하고 싶지 않으신지요?

유금호 우리 문학이 80년대까지 주로 현실 문제에 맞서는 큰 목소리가 문단을 지배했고, 그 여파로 문학의 예술성, 혹은 언어예술에 대한 회의가 온 것이 사실입니다. 그 반대급부가 최근 일부 소위 서사 상실, 미시 담론으로 나타나고 있습니다. 그러나 나는 소설의 1차적 특질인 서사 기능의 상실에는 반대합니다. 그러나 그것을 전달하는 '이야기하기'의 방법에서는 옛날식의 이야기를 풀어놓는 차원으로는 안 된다는 것입니다. 어차피 소설 자체가 현실 그대로가 아니니까 그 서술방법으로 환상의 차용도 때로 필요하다고 생각하는 것입니다.

박유하 현실에 맞서는 목소리 큰 문학은 이제 한 물 갔지요. 저는 생활의 고통이랄까 질곡이랄까, 하는 생활 진진한 현장에 초점을 맞추는 문학에 대해 말씀 드린 것인데요?

유금호 조금 전에도 이야기했지만 사람마다 개성과 취향 능력이 다릅니다. 그쪽은 그쪽대로 잘 쓸 수 있는 다른 동업자가 써야지요. 박선생님이 그쪽은 좀 맡아주시지요.

박유하 부메랑으로 돌아오는군요. 후유…… 선생님 주변 사람들은 아마도 저와 비슷한 의문을 가지고 있을 것입니다. 실은 선생님은 작품에서 뿐 아니라, 일상에서도 관조적이십니다. 가령 선생님은 구두선처럼 '가는 사람 잡지 않고 오는 사람 막지 않겠다'고 하십니다. 외부의 일은 멋대로 흘러가게 내버려 두고 나는 나대로 살아가겠다는 뜻이겠지요. 여유와 관용이 보이지만 굉장히 소극적이고 인간의 냄새가 결여되어 있어요. 젊은 시

절부터 그러셨는지, 세월이 흐르고 연세가 들어 그렇게 되셨는지요? 타고
난 천성인지요? 아니면 신념인지요?

유금호 사실은 어렸을 때 별명이 '찍보'였습니다. 하고 싶은 일을 못하게
하면 머리통을 마당 돌멩이에 찧어서 피가 줄줄 흐를 때까지 고집을 부리
곤 했어요. 살아오면서는 내 한계를 알게 되고 상처입기 싫으니까 큰 욕심
을 부리지 않고 살아왔지 않나, 그래서 다른 사람들 눈에 그렇게 보여졌는
지 모르겠습니다. 그런데 실제로는 그게 '에고이스트'라는 말이기도 합니
다. 내게서 공부를 하는 학생들은 지독히 고약한 선생이라는 이야기를 합
니다. 세상을 살아오면서 확실한 것 하나는 있습니다. '내가 조금 손해보
고 살자.'입니다. 그럼 편해지거든요. 그러나 내가 지키고 싶은 '어떤 선'
이랄까, 그것만은 양보하지 않고 살았으니까 에고이스트이지요.

박유하 '내가 조금 손해보고 살자.' 이 '조금'이 비결이라는 것, 하지만
'조금'은 결코 쉬운 게 아니지요. 하지만 주변 사람들은 이 '조금'이 미치
는 파장을 생각할 것입니다. 그리고 슬슬 그늘이 펼쳐지기 시작했는데요.
사실 선생님께는 에고적인 면도 따뜻하면서도 차가운 면도 있지요. 그래
서 선생님은 이런가 하면 저렇고 저런가 하면 이런, 어찌 보면 큰 나무에 안
개가 낀 것 같은 때가 있습니다. 학생들이 어떤 점을 그렇게 고약하게 여겼
는지 구체적인 예를 들어 주시면 감사하겠습니다.

유금호 대학원에 한국 학생들 외에도 유학을 온 중국 학생들과 일본 학
생도 있습니다. 한번은 한 중국 학생이 심각한 얼굴로 너무 힘이 들어 휴학
을 하겠다고 그래요. 명색 내가 지도교수인데 아니다 싶어 어느 교수 과목
때문이냐고, 내가 직접 만나서 조금 편하게 공부하도록 상의를 하겠다고
말렸는데……. 한참 후에 머뭇거리다가 바로 나 때문이라는 거예요. 충격
을 받았고, 반성도 했습니다. 편하게 대해주는 것 같은데 점점 내가 목표한
곳까지 결국 끌고 올라가서 숨이 막힌다고 그래요.

박유하 그것도 결국 제자 사랑 아닌가요? 지금까지 어찌 보면 행복하게
살아오신 것 같은데 선생님 내면은 어떠신지요? 한이나 아쉬움은 없는지

요? 때로는 꼭 붙잡고 싶은 사람도 있고, 보고 싶지 않은 사람도 있을 텐데 그 때는 어떻게 하십니까?

유금호 그건 박선생님도 다른 작가들에게도 마찬가지 아닐까요? 그런 게 없었다면 글쓰기를 이미 중단했겠지요. 가끔 하는 이야기입니다만, 작가에게는 살아오면서 받은 상처마저도 재산이다, 그런 생각을 합니다.

박유하 일반론으로 피해가시는군요. 그런 것이라고 하셨는데 좀 구체적으로 말씀해 주시거나 희미하게라도 좀 조명해 주세요.

유금호 비슷한 연배의 작가들이 공통적으로 겪은, 여순사건·6·25, 4·19, 5·16 등의 시대적 고통, 거기에 유별나게도 가까운 가족·친구·제자들과의 사별 들이 제일 많은 상처를 남겼습니다. 그러나 붙잡고 싶었던 사람이 있었던 기억은 없습니다. 작가로는 불행한지도 모르겠군요.

박유하 선생님의 문학에 나오는 여성상 중 제일 좋아하는 인물은?

유금호 《만적》에 나오는 '금소예'는 적극적이고 야성적인 여성입니다. 비슷한 이미지가 다른 작품에서도 늘 반복되고 있는 것 같습니다. 하지만 그건 소설 속이고, 실제 그런 여자를 만난다면 도망가지 않을까 싶습니다.

박유하 이 약아빠진 천민자본주의가 판치는 거리에서 선생님은 장점이 많은 분이라는 것은 주변에서 모두 인정하는 사실입니다. 선생님 주위로 사람들이 몰려드는 것만 봐도 알 수 있습니다. 그러니 여기서는 단점에 초점을 맞춰보겠습니다. 고약하지요? 사모님이 가장 많이 지적하는 선생님의 단점은 무엇입니까?

유금호 젊을 때는 너무 부지런을 떨어서 피곤하다고 했어요. 수도도 들어오지 않은 30년 전 이쪽 동네 장지동으로 이사 와서는 10년 동안을 새벽에 약수터에 가서 물을 길어다 아이들 우유를 타주고, 밥 짓고, 기르고 있던 100여 쌍 새들 물을 갈아 주었습니다. 아 참, 새 기르는 것은 전문가 수준입니다. 십자매에게 알을 낳으라고 하면 3, 4일 후에는 알을 낳을 정도는 됩니다. 호금조 같은 고급 새는 스스로 알을 품지 않기 때문에 호금조가 알을 낳을 기미가 보이면 그 알을 대신 부화하고 길러줄 십자매가 같은 시기에 알을 낳아주어야 알을 바꾸어서 부화시킬 수 있거든요.

박유하 알 낳으라고 하면 알을 낳아요? 너무 놀라워요. 지금도 그늘 아닌 그늘을 말씀하셨어요. 그럼 선생님 자신이 싫어질 때는 언제입니까?

유금호 가끔 스스로 느끼는 게으름, 시간을 낭비하고 있다는 생각이 들 때면 내가 아주 바보스럽고 싫어집니다.

박유하 김홍신 선생은 영혼과 육체를 불사른 사랑을 한번쯤 해보는 것은 인생의 자산이라고 했습니다. 그런 자산을 갖고 계신지요?

유금호 그런 자산이 없습니다. 그런 게 있었다면 소설을 쓰지 않았을 수도 있지요.

박유하 가지지 못한 이유는 뭐라고 생각하시나요?

유금호 성격 탓이겠지만 학교 선생이라는 직업 역시 관계될 것입니다. 작가가 되겠다는 생각을 하면서 나로서는 약은 생각으로 소설만 써서 이 땅에서 살기 힘들 것 같으니까 선생을 하기로 했고, 결국은 작가 쪽이나 학자 쪽 어느 한쪽에 힘을 쏟지 못한 채, 소설가로도 학자로도 족적을 남기지 못한 것 같습니다.

박유하 그렇지요. 사실 소설은 미친 듯하고, 지독하지 않으면 쓸 수 없는 것인지 몰라요. 한국의 가난한 소설가들 곁에도 희생적으로 생활을 도맡아준 사람이 있더군요. 작가는 인정이나 현실적 책임을 무시하고 작품에 몰두하는 끼가 있어야 하는 것 같아요. 여류작가들은 남자들이 피와 뼈까지 남김없이 여자에게 바치는 애정 소설을 쓰고, 남자작가들은 불현듯 나타난 묘령의 여인이 하룻밤의 사랑인지, 사랑 놀음인지를 하고 다음날 아침 흔적도 없이 사라지는 소설을 쓴다고 합니다. 그게 남녀 작가의 갈망이라나요. 윤대녕을 비롯해 그런 애정소설을 쓰는 작가가 많은데 선생님의 여행 소설에서도 그런 여자들이 등장합니다. 선생님의 의식, 무의식적 갈망이 아닐까 생각하는데요?

유금호 남, 여 간의 성적인 차이가 아닐까 생각합니다. 여자들은 사랑에 인생 전부를 걸지만 남자들에게는 사랑이 인생의 일부이기 때문일 겁니다. 정신병원에서 담을 사이로 남녀를 분리 수용해 놓는데, 시간이 지나면서 가끔 사고가 나는 경우가 있답니다. 담을 뛰어넘은 것은 어느 쪽이라고 생각하지요?

박유하 글쎄요, 남자들이 아닐까요?

유금호 우습게도 담을 넘는 쪽은 전부 여자랍니다. 입원한 환자들 중 남자의 경우는 이성문제로 들어오는 사람이 없습니다. 대부분 남자들은 자기가 대통령이나, 예수님, 무슨 재벌 회장 등 과대망상증입니다. 거기 비해 여자 환자 대부분은 애정문제로 입원을 한답니다.

박유하 어리석지만 순수한 여자들! 사냥터에 나가지 않을 수 없는 남자들……. 숙명적인 이 문제를 여자들은 명심해야겠군요. 머지않아 퇴임하신 다음의 계획은 세우고 계신지요?

유금호 학교 선생 노릇하느라고 제대로 못쓰고 있다고 늘 자기변명을 하고 살았으니까 학교를 떠나면 건강이 허락하는 한 소설을 써야지요. 그리고 늘 여건이 안 되어 못했던 난 기르기, 새 기르기 쪽 어느 하나에 매달릴 것 같은 예감입니다.

박유하 퇴임 이후 선생님의 작품이 기대가 됩니다. 평균 수명이 늘어 많은 시간이 있을 테고, 그 시간에 좋은 작품이 탄생하리라고 기대합니다.

앞으로도 선생님의 문학이 큰 느티나무처럼 울울창창하리라고 기대합니다.

감사합니다.

유금호 연보

1942년 전남 고흥 녹동에서 과수원을 경영하던 아버지 유정순(俞正淳)과 어머니 오덕봉(吳德鳳) 사이에서 3남 1녀 중 장남으로 출생. 유년 시절 아버지 책장에 꽂혀 있던 《15소년 표류기》를 읽은 뒤, 金來成의《태풍(颱風)》, 《마인(魔人)》 등을 읽어대다.

녹동초등학교 3학년 때 6·25 전쟁이 일어났고, 치우지 못한 시체들과 그 시체 위에서 파란 색깔을 한 파리 떼들을 보았다.

1954년 녹동초등학교 졸업, 광주서중에 진학하며 하숙생활 시작.

하숙집 주변 헌책방에서 닥치는 대로 책을 빌려다 읽어대는 지독한 남독의 생활을 함. 방학 때면 고향에 내려가 남아 있던 고향 친구들과 심한 장난을 하며 소설가가 되겠다고 생각함.

1960년 의사가 되기를 바랐던 부모의 뜻을 거역, 소설가가 되기로 결심, 소설만 써서 생활이 힘들 거라는 계산으로 국립 공주사대 국문과에 진학. 「수요문학회」를 결성, 회원들과 쓰고 토론하고, 신춘문예에 투고했지만 계속 낙방의 고배를 마심. 1학년 때 4·19를 겪고, 손아래 동생을 잃으며 삶에 대한 심한 회의에 빠짐. 다시 2학년 때 5·16을 겪으면서 많은 정신적 방황.

그러나 원고지는 계속 붙들고 있었음.

1964년 공주사범대학 국문학과를 졸업하면서 서울신문 신춘문예에 소설 「하늘을 색칠하라」 당선 (심사위원 : 황순원, 최정희)으로 문단 데뷔.

1967년 여수여고 교사로 부임.

1969년 고려대학교 사범대학부속고교 교사로 자리를 옮겨 서울생활을 시작.

첫 소설집 《하늘을 색칠하라(선명문화사)》 출간함.

1972년 교사생활을 하면서 고려대학교 대학원 국문과를 수료, 소설집 《깃발(창작문화사)》을 출간.

1974년 김정수(본명 : 金貞淑, 필명 : 金貞秀)와 초등학교 6학년 때 담임이었던 손장

윤 선생님을 찾아 주례로 모시고 고향 바닷가에서 결혼식을 올리고, 사글세방의 신혼
생활을 시작함.

　1976년 딸 수지(秀知)가 태어나고, 처음 정릉에 내 문패를 붙인 작은 집을 마련함.

　1977년 소설집 《한 마리 작은 나의 꿩(금란출판사)》을 출간함.

　1978년 동서울대학 교수로 자리를 옮겨 교무처장, 학장 직무대리 등의 일을 함.

　1978년 아들 병우(炳宇) 출생.

　1978년 장편소설 《겨울에 내리는 비(민성사)》 출간.

　1981년 대만에서 열린 제1회 「한 · 중작가회의(韓 · 中作家會議)」에 참석한 뒤 태국,
말레이시아, 싱가포르, 홍콩, 일본 등지를 여행함.

　1985년 제2회 「한 · 중작가회의(韓 · 中作家會議〈Taipei〉)」에서 ‘상업주의와 문학’
의 주제 발표를 하고, 《언어, 그 꿈과 절망(동천사)》 출간.

　1986년 목포대학교 국문과 교수로 자리를 옮기면서 서울과 목포를 오가는 나그네
생활을 시작함.

　1988년 경희대학교 대학원에서 「한국현대소설에 나타난 죽음의 연구」로 문학박사
학위를 받고, 동천사에서 단행본으로 출간.

　1990년 중국 실크로드 주변과 백두산을 여행함.

　1992년 장편소설 《고려무(高麗舞, 세계일보사)》 출간.

　아프리카와 유럽을 여행함.

　장편소설 《소설 열하일기(큰산)》 출간.

　러시아 여행.

　1996년 소설집 《새를 위하여(큰산)》 출간, 이 작품으로 제4회 후광문학상 수상.

　연구서 《新 小說論(공저. 우리문학사)》 출간.

　1997년 2월 오래 벼르던 남미 여정에 올라 멕시코 마야 유적과 아마존 밀림, 이과
수 폭포를 돌아보고 마추픽추 산정에 올라 생일을 맞음. 여름에는 캐나다와 멕시코
칸쿤을 거쳐 쿠바에 들어가 헤밍웨이의 옛 친구 그레고리오 노인을 만남. 〈L.A해변문
학제〉에서 「한국소설의 현재」를 강연하고 한국어 방송국 ‘radio korea’에 출연.

　1998년 소설집 《여자에 관한 몇 가지 이설, 혹은 편견(남양문화사)》 출간, 이 작품으

로 제24회 한국소설문학상을 수상함.

연구서 《현대소설의 이해'(공저, 문학사상사)》 출간.

1999년 장편소설 《내 사랑 풍장(개미)》을 출간, 이 작품으로 제17회 PEN문학상을 수상함.

연구서 《小說, 이렇게 쓰라(공저, 평민사)》와 《작가론(공저, 삼영사)》을 출간.

인도네시아 자카르타에서 열린 「한민족 문학대회」에서 '한국소설의 영역 확대'에 대한 주제 발표. 미얀마 여행.

2000년 '한국작가교수회'를 창립, 초대·2대 회장을 역임하면서 기관지 『소설시대』를 발간함. L.A의 「한민족문학인대회」에 참석, '사이버시대의 문학'에 대한 토론을 주제.

겨울에 두 번째 아프리카 여행.

2001년 일본 쓰시마 지역 여행.

2002년 소설집 《허공중에 배꽃 이파리 하나(개미)》 출간, 교보문고에서 팬 사인회를 가졌고, '김동리 문학상' 최종 심사에 오름.

소설가로 데뷔한 제자들과 공동소설집 《상사화꽃 다 지고(문학과 의식)》를 출간함. 터키 여행.

2003년 동화 《과수원 집 아이(자유지성사)》 출간.

2004년 장편소설 《만적 1, 2부(도서출판 이유)》출간, 이 작품으로 제1회 만우 박영준 문학상을 수상하였고, 2005년 제1분기 문예진흥위원회 우수도서에 선정됨.

봄에 지중해 연안을 둘러보고 여름에는 알래스카를 여행.

2005년 첫 산문집 《거기에 아름다움이 있었네(개미)》를 출간, 영풍문고에서 팬 사인회를 가짐. 여름에 노르웨이 연안을 따라 북극지역을 여행함.

가을에는 단편집 《속눈썹 한 개 뽑고 나서(문학나무)》 출간.

2006년 봄 파푸아뉴기니를 여행함.